歷代全集叢刊／張印棟主編

蘇子由遺著彙刊

（第五册）

（北宋）蘇轍　撰

河南人民出版社

欒城後集目録

第一卷

詩七十首

次韻門下呂相公同訪致政馮宣徽

滕達道龍圖挽詞二首

曾元翰中大挽詞二首

贈司空張公安道挽詞三首

蔡州任氏閱世堂

次韻子瞻和淵明飲酒二十首

次韻子瞻道中見寄

郊祀慶成

次韻姚道人

次韻子瞻上元扈從觀燈二首

蔡州壺公觀劉道士

太行太皇太后挽詞二首

次韻姚道人一首

次韻石芝

故樞密荅書贈正議大夫王彦霖挽詞二首

讀史六首

和子瞻雪浪齋

次韻子瞻生日見寄

蹇師嵩山圖

望嵩樓

思賢堂

阻風

次韻子瞻遊羅浮山

次韻子瞻江西

雨中遊小雲居

第二卷

詩七首

次韻子瞻上元見寄

次韻子瞻連雨江漲二首

次韻姪過江漲

亡嫂靖安君蒲氏挽詞二首

寄題武陵柳氏所居二首　天真堂　康樂樓

筠州州宅雙蓮

奉同子瞻荔支歎

次韻子瞻梳頭

勸子瞻修無生法

石盆種菖蒲甚茂忽開八九華或言此華壽祥也遠因生日作頌亦爲賦此

子瞻和陶公讀山海經詩欲同作而未成夢中得數句覺而補之

成都僧法舟爲其祖師寶月求塔銘於惠州

還過高安送歸

東西京二絶

唐相二絶

寓居六詠

和子瞻新居欲成二首

次遲韻二首

次遠韻

次韻子瞻和陶公止酒

次韻瞻子過海

過姪寄柳冠

寓居二首東樓

所寓堂後月季再生與遠同賦

浴罷

次遠韻齒痛

子瞻問瘦以詩見寄次韻

次韻子瞻獨覺

次韻子瞻夜坐

次韻子瞻寄賀生日

次韻子瞻寄黄子木杖

次韻子瞻謫居三適旦起理髮　午窓坐睡　夜卧濯足

同子瞻次過遠重字韻

次韻子瞻和淵明擬古九首

雨中招吳子野先生一絶

荅吳和二絶

閏九月暈九與父老小飲四絶

求黄家紫竹杖

賦豐城劍

范丞相堯夫挽詞二首

卜居

和子瞻過嶺

子瞻贈嶺上老人次韻代老人答一絶

第三卷

詩七十首

大行皇太后挽詞二首

追尊皇太后挽詞二首

贈史文通奉議二首

次前韻示楊明二首

唐修撰義問挽詞二首

寄題登封揖仙亭

吳帅卿夫人秦國挽詞二首

十一月十三日雪

補子聸贈姜唐佐秀才

遷居汝南

索居三首

聞諸子欲再冊質卞氏宅

任氏閱世堂前大檜

贈蔡駜居士

癸未生日

自讃

寒食二首

潁川城東野老

汝南示三子

謝任亮教授送千葉牡丹

思歸二首

萬蝶花一絶

春晝

亭中詠醉人

立秋偶作

汝南遷居

寄内
病愈二首
九日三首
立冬聞雷
將歸二首
示資福諭老
三不歸行
罷提舉太平宮欲還居潁川
次運韻寄适遜
次運韻對雪

還潁川

題郾城彼岸寺二首

文殊院古柏

武宗元比部畫文殊玄奘

上巳日夕病不出示兒姪二首

葺東齋

次遲韻千葉牡丹二首

盆池白蓮

詠竹二首

見兒姪唱酬次韻五首

初得南園

移竹

記夢

第四卷

詩七十首

葺居五首

再賦葺居三絶

歲奠口號二絶

雪後小酌贈内

喜雨

收蜜蜂

養竹

和遲田舍雜詩九首

雨病

施崇寧寺馬

南堂新甕花壇二首

夢中謝和老惠茶

新霜

戲作家釀二首

冬至雪

歲莫二首

春後望雪

除夜

喜雨

甲子日雨

新火

次韻和人詠酴醾

閒居五詠 杜門 買宅 坐忘 移竹 讀書

城中牡丹推高皇廟園遲适騶騎往觀歸報

未開戲作

外孫文驥與可學士之孫也予親教之學作

詩俊發猶有家風喜其不墜作詩贈之

春深三首

次遲韻示陳天倪秀才姪孫元老主簿

再次前韻示元老

築室示三子

開窗

遜往泉城穫麥

送元老西歸

蜀人舊食吹明花耳頼川夏秋少菜崇寧老

僧教人弁食其葉有鄉人西歸使爲父老

言之戲作

諸子將築室以畫圖相示三首

題韓駒秀才詩卷一絶

秋社分題

釀重陽酒

中秋無月同諸子二首

予昔在京師畫工韓若拙爲予寫眞今十三年矣容貌日衰展卷茫然葉縣楊生畫不減韓復令作之以記其變偶作

九日獨酌三首

泉城田舍

第五卷

雜文十二首

和子瞻沉香山子賦

和子瞻歸去來詞

穎川擇勝亭詩

和子瞻次韻陶淵明停雲詩

和子瞻次韻陶淵明勸農詩

沐老圖贊

香城順長老真贊

第八卷

第九卷

歷代論三

荀彧

賈詡上

賈詡下

劉玄德

孫仲謀

晉宣帝

晉武帝

羊祜

王衍

第十卷

歷代論四

王尊

祖逖

符堅

宋武帝

宋文帝

梁武帝

唐高祖

唐太宗

狄仁傑

第十一卷

歷代論五首

唐玄宗憲宗

姚崇

宇文融

陸贄

牛李

郭崇韜

馮道

擬殿試策題二首

第十五卷

擬合祭天地手詔一首

論合祭天地劄子一首

會計錄敘三首

第十六卷

乞除翰林承旨乞外任劄子四首

舉王鞏乞外任劄子五首

乞賜張宣徽謚劄子一首

立皇后制書劄子一首

第十七卷

降朝請大夫謝表

謝復墳寺表

謝復官表二首

皇太后上僊慰表

欽聖憲肅皇后祔廟慰表

欽慈皇后祔廟慰表

太行太皇太后上僊功德疏

皇太后上僊功德疏

哲宗皇帝大祥功德疏

天寧聖節功德疏

東塋老翁井齋僧疏

第十九卷

青詞十一首

京師一首

高安四首

龍川二首

閣皁一首

許昌三首

祝文二首

嵩山

書楞嚴經後
書金剛經後二首
書白樂天集後二首
書鮮于子駿父母贈告後
第二十二卷
墓誌銘一首
亡兄子瞻端明墓誌銘
第二十三卷
神道碑一
歐陽文忠公神道碑（答公孝叔歐書冊）

第二十四卷

雜文五首

巢谷傳

亡姊王夫人墓誌銘

龍井辯才法師塔碑

逍遥聰禪師塔碑

天竺海月法師塔碑

欒城後集目錄卷終

欒城後集引

予少以文字爲樂涵泳其間至以忘老元祐六年年五十有三始以空疎備位政府自是無述作之暇頋前後所作至多不忍棄去乃裒而集之得五十卷題曰欒城集九年得罪出守臨汝自汝徙筠自筠徙雷自雷徙循凡七年元符三年蒙恩北歸寓居穎川至崇寧五年前後十五年憂患侵尋所作寡矣然亦班班可見復類而編之以爲後集凡二十四卷

欒城後集卷第一

詩七十首

次韻子瞻感舊一首

還朝正三伏，一再趨未央。久從江海游，苦此劒佩長。夢中驚和璞，起坐憐老房。子瞻夢中見人誦詩云度數形名本偶然破琴今有十三弦此生若遇邢和璞是響泉因作破琴詩以記之始信秦箏爲我忝丞轄眞身顧幷涼子瞻每欲爲國守邊顧不敢請耳此心一自許何暇憂陟岡早歲發歸念老來未嘗忘淵明不久仕黙妻足爲康家有二頃田歲辦十口糧教敕諸子弟編排舊文章辛勤養松竹遲莫多風霜常恐先著鞭獨引社酒嘗火急報君恩會合心則降

次韻題畫卷四首

山陰陳述

卧對郗人氣已真晚依丘壑更無倫不須復預清言侶自是江東第一人逸少知清言之害然蘭亭記亦不免之清言耳

雪溪乘興

亟往遄歸真曠哉難人不信有驚雷雖云不必見安道已誤扁舟犯雪來

四明任安

失脚來遊九陌塵故溪何日定抽身便同賀老扁舟去已笑西山鄭子真

西塞風雨

雨細風斜欲暝時菱波一葉去安歸遥知夜宿蛟人室浪卷波分不著蓑衣

送姪邁赴河間令一首

老去那堪用恩深未敢歸誰能告民病一一指吾非爾赴河間治無嫌野老譏仍將尺書報勿復問從違

次韻門下呂相公車駕臨學一首

未識吾君龍鳳章諸儒望幸久南庠輦回原廟初移蹕鷺集西雝已著行執爵稍前疑問道獻琛不日數來王從官始悟熙寧意遺我親臨見肯堂

傳銀青挽詞二首

名自烏臺發恩從鳳沼深鹽梅和衆口金玉比誠心

澹泊平生事彌留一病侵遺言自無憾朝野爲沾襟

又

丹旐國西門茅廬濟水源官清貧似舊名重没猶存

臺閣傳遺懿交遊拭淚痕君恩不改故延賞遍諸孫

大雪三絶句

閏歲窮冬已是春常寒卻煖未宜人陰風半夜催飛

霰梢净天街一尺塵

元冥留雪付勾芒桃李雖憂麥未傷膏澤較遲三十

日問天此意亦茫茫
連歲金明不見氷上春風雪氣稜稜臺中曾奏五行
傳到此施行愧未曾
和王晋卿都尉荼蘼二絶句
春到都城曾未知揪花時見萬年枝多情頼有王公
子𦍩𦎧金槃寄所思春來未曾見花但於禁中時見楸花耳
後圃荼蘼手自栽清於芍藥釅於梅舊來詩客今無
幾三嗅馨香懶舉杯
次韻門下吕相公同訪致政馮宣猷一首
懶從朝謁事驂騑此去高眠罷倒衣詔許敲門訪耆

雋天教築室俟來歸石公熙載舊守張弋買卽修覺公得之以成歸計頗非偶然者肯與商皆追杯色公來春將往洛中看花鼓缶何妨傲夕暉所至成家則安穩武昌誰乞釣魚磯

滕達道龍圖挽詞二首

才濟邦家用學非章句儒遭逢初莫測流落一長吁

大節輕多難深言究袞圖收功太原守談笑視羌胡

又

南竄逢公弄水亭公時守池北歸留我闔閭城壯年不見日千里餘論猶驚敵[illegible]兵簡冊何人知造膝邊防嘗慮竦先聲傷心繫舸城東地目斷安知有死生

魯元翰中大挽詞二首

遺直誦家聲持心本至誠何勞求瞰察所至自安平

氣象餘前輩才華屬後生飛騰看諸子相斷亦公卿

又

十年初見范公園知與錢塘結邪昆樂易向人無不

可疎慵憐我正忘言南遷卻返逢北渡遠聘相過適

近藩無復放懷譚笑語挽詩空寄淚潺湲予嘗兄右與元翰皆倅杭州及自陵城丞北都門寓居范景仁東園元翰時來相過予始識之其後南遷元翰出守洛州友奉使契丹元翰復守滑臺皆援從密者〃之

贈司空張公安道挽詞三首

道廣中無競才高治不煩安心本篤靜憂世亦時言

壽考同儕畫經綸故事存循應門下客微論記根原

又

孤高出世學豪邁謫仙人早歲猶和俗中年自識真

定餘特發照塵盡四無隣聞道騎箕尾還應事玉宸

又

西蜀識公初南都從事餘一言知我可久好復誰知

學術晋元歎家聲付伯魚霜天近生日聞挽重欷歔

蔡州任氏閱世堂一首

朱君長桐鄉死食桐鄉社吏民安君德君亦愛其下

遺言於斯葬老没勿相檜自知得民深千歲誰似者
任君治新息寬惠洽鰥寡疆梁順教詔桴鼓不鳴野
三年去復還園木栽拱把居人敬閭巷禽鳥依屋尾
蒼然百尺檜直幹任大廈相要勿翦伐令尹昔所舍

次韻子瞻和淵明飲酒二十首

我性本踈懶父母強教之逡巡就科選逮此年少時
幽憂二十年懶性秪如茲偶然蹊黃閣俯仰空自疑
乞身未敢言常愧外物持

人言性本静不必林與山世雖有此理知誰非妄言
自我作歸計于今十餘年低回軒冕中此語愧虛傳

又

世人豈知我，兄弟得我情。少年喜文章，中年慕功名。自從落江湖，一意事養生。富貴非所求，寵辱未免驚。平生不解飲，欲醉何由成。

又

秋鴻一何樂，空際乘風飛。秋蟲一何憂，壁間終夜悲。憂樂本何有，力盡兩無依。物生逐所遇，久行不知歸。少年氣難回，老者百事衰。聊復沃以酒，未與狂心違。

又

昔在建成市，鹽酒晝夜喧。夏潦恐天漏，冬雷知地偏。妻孥日告我，胡不反故山。一來朝廷上，七年不知還。

有寓均建成且忘昔日言

夢中見百怪一一皆謂是醉中身已忘萬事隨亦毀此心不應然外物妄使爾安心十年後此語知非綺

又

開卷觀古人誰非一世英骨肉委黄壚泯滅俱無情憧憧來無盡擾擾相奉傾驚雷震朱夏鮮能入秋鳴得酒且酣飲問誰逃死生

明月出東墻萬物含餘姿孤蟾庇繁蔭衆鳥棲高枝解衣適少事捫腹知亡奇朝與羣動作莫復何所爲此時不自有日出還受羈

尺書千里至輟食手自開將卜東南居故鄉非所懷
勿言湖山美永與平生乖鴻鴈秋南來及春思故棲
蛟龍乘風雲旣雨反其泥兄弟通四海叩門事雖諧
直道竟三黜去國終恐迷何如自衛反闕里從參回

又

羌虜忘君恩戰鼓驚四隅邊候失晨夜驛騎馳中塗
詔書北窮征諸將守來驅敵微勢可料師競力無餘
防邊未云失憂懷愧安居
修己以安人嗟古有此道平生妄謂得忽忽恨衰老
年來亦見用何益世枯槁邊巡事朝謁出入自媚好

報君要得人彼褐有懷寶斯人何時見郎上歸耕表

又

春旱麥半死夏雨欣及時出郊睬禾田父老有好辭

秋陰結愁霖似欲直敗兹冥冥人天際影響良不疑

精誠發中禁愍默非有欺雞號日東出乃令民信之

又

天厨釀冰池揺蕩畏出境年衰雜羸病一酹百不醒

鸞臺異諸曹有政非簿領頽然雖無謫固謝出囊頴

回首愧周行羣英𥡴彪炳

淮海老使君受詔行當至當官不避事無事輒征醉

平生自相許兄先弟亦次東南豈徒徃多難嫌暴貴
白首六卿中嚼蠟那復味
去年旅都城三月不求宅彼哉安知我爭掃習禮迹
三巳竟無怨心伏鷙鳥百無私心如丹經患髮先白
功名巳不求餘事復何惜
家居簡餘事猶讀内景經浮塵掃欲盡火棗行當成
清晨委羣動末夜依寒更低帷悶重屋微月流中庭

又

依松白露上歷坎幽泉鳴功從猛士得不取兒女情
南方有貧士狂怪如病風垢面髮如葆自汗暑酒中

導我引河水上與崑崙通長箭挽不盡不中無尤另

又

清秋九日近菊酒皆可得永愧陶翁飢雖飢心不惑
懷忠受正命賦命本通塞斯人今何在可與同事國
借哉委荆榛忍飢長默默
我友二三子兼有仕未仕青松出林秀豈獨私與巳
歙然不求人而我自壘耻臨風忽長鳴誰信日千里
江行泝漁父但自正綱紀持綱起萬目魴鱮皆可止
老成日就衰所餘殆難恃
諸妄不可賴所賴惟一真內欲求性命油然反清淳

外將應物化致一常日新商於四父老携手初逃秦翻然感漢德投足復踐塵出處蓋有道豈爲諸吕勤嗟我十歲後瀸然與之親還將山林姿俛首要路津囊中舊時物布衣白綸巾功成不歸去愧此同心人

次韻子瞻道中見寄一首

凡詩有味劇雋永和者僅同如畫影短篇泉冽不容挹長韻風吹忽千頃經年淮海定成集走書道路未遑請相思半夜發清唱醉墨平明照東省詩到適在南省中來應帶蜀岡泉西信近得蒙山茗出效一飯歡有餘去歲此時初到潁

郊祀慶成一首

盛禮彌三祀初元正七年祭兼天地報儀自祖宗傳講義金華久近有旨請讀官訓釋祖宗齋祠故事十五條日漢於前齋心玉食鮮秋成通四海禀實到窮邊今秋諸路皆奏豐稔而陝西河東邊尤甚塵卷跳疆寇西羌入寇環州邊吏邀擊敗去琛來浸海船高麗使前十日到闕顧覩大礼人和神亦答物備禮誠全廟室開深靚郊丘對廣圜翠帷新祕殿寶仗溢通壓周冕裘繒儉周礼大裘而冕以祀天有司欲為黑裘度用百羔上以其害以黑繒代之唐車保介便玉輅有正見敗志壺所室進退安重奕導前多舊德迎拜或華顛薦潔求陰燧馳誠寄燎煙垂精粲星斗望秩遍山川降輅追前

蹕回班戒兆虔徹細深屍體肆羞切承天門陞至大駙降輅步

入齋殿至郊壇北首官回班仍去只道三一事皆循祖宗故事而去繖特出上意稱巘谷灰初

應禋室吹灰久廢不講近太史考求遺書復修其法扶桑日欲躔旄旗逐風

轉歌舞送天旋簾啓瞻宸極雞號識漏泉矜歲開罪

咎釋欠靖民編樂作波翻海書行箭脫弦東朝歸福

胙南極本高仙有道知難犯無私每得賢勛勞就聖

德謙畏絕私權治道初無象神功竟莫宣下臣叨進

王隨見頌誠然臣松景彔辦丘其之王鄰

次韻姚道人二首

西山學探薇東坡學煮羹昔在建成市豈復衣冠情

朋友日已疎止援育趙生齋智術所安元氣賴以存
時於星寂中稍護亂與昏河流發九地欲挽升天門
枉用十年力僅餘一燈温老病竟未除驚呼欲狂奔
何日新兩餘得就李王綸

高人隱陋巷至樂初無方心知無生妙運轉開陰陽
才如凌雲松豈受尺寸量氣如幽谷蘭時送清風香
嗟我．病肺寒景隨翕張卅砂苦落落青春去堂堂
清詩墮雲霧至音叩琳琅山海信多士世俗非所望
遠遊居臨安閒出從諸王他年解冠佩共遊無邉疆
儀麟既委照末謝過隙光

次韻子瞻上元扈從觀燈二首

虜去邊城少奏章，雪殘中禁罷焚香。都人知有新年喜，爭看瑚輿金鳳凰。

春來有意乞歸耕，足痺三年久未平。頃奉使契丹墜馬傷足已三年矣忽記上元鑾輅出，起聽前殿曉鍾聲。

蔡州壺公觀劉道士一首

元祐八年七月，彭城曹煥子交至自安陸，爲予言過淮西入壺公觀，觀縣壺之木，木老死久矣，環生孫蘖無數。聞有老道士劉道淵，年八十七，非凡人也。謁之，神氣甚清，能言語，服細布單衣，縫補殆遍

璧開題者多以不易衣爲美煥問其意道淵悵然
曰此故淮西守歐陽永叔所贈也世人稱永叔工
文詞善辯論忠信篤學而已君知是人竟何從來
耶公與我有夙契且齋年也普將去吾州留此以
別吾服之三十年嘗破而補之矣未嘗垢而澣也
比嘗得其訊吾亦去此不久矣煥聞之憮然莫測
徐問其故皆不答予少與兄子瞻皆從公遊究觀
平生固嘗疑公神仙天人非世俗之士也公亦嘗
自言昔與謝希深尹師魯梅聖俞數人同遊嵩高
見麟書四大字於蒼崖絕澗之上曰神清洞之間

同遊者惟師曾見之以此亦頗自疑本世外人令
聞道淵言與曩意合因作詩以示公子棐叔弼
思穎求歸今幾時布衣猶在老劉師龍章舊有世人
識蟬蛻惟應野老知昔葬衣冠今在否近傳昔問不
須疑曾聞圯上逢黄石久矣畱侯不見欺

大行太皇太后挽詞二首

内治隆三世尊臨極九年神孫克負荷大業付安全
有道華夷靖無心怨惡悛和熹盛東漢從此不賢稱

又

約己心令小寬民德有餘外家恩澤少先后禮容虛

有司每以章獻太后故事爲請德音輒深自非薄不敢當而止原廟因前宗有司擇采神宗皇帝神御有詔自處治隆以成就宜光中朝避冊書頃歲將受冊實當御前殿謙避不欲遂退卽後殿而已功名不勝紀四諡歎猶疎近以四諡進呈上歎曰太皇太后盛德豈四諡所能盡

次韻姚道人一首

道人偶許俗人知法喜非妻解養兒夜久金莖添沆瀣室虛寶月映琉璃遂來醉俠忽乜返近出詩仙句奇獨怪區區踐繩墨相逢未省角巾欹

次韻石芝一首并引

子瞻昔在黄州夢遊人家井間石上坐紫藤枝葉如

赤箭乇人言此石芝也折而食之味如雞蘇而芊起
賦入韻記之元祐八年予與子瞻皆在京師客有至
自登州者言海上諸島石向日者多生耳海人謂之
石芝食之味如茶久而益耳海上幽人或服之言
甚益人客以一籃遺子瞻遂次前韻
雞鳴東海朝日浙光家洲島霧雨匀一晞石上遍生
耳幽子自食無來賓寄書乞取久未許箬龍蕉囊海
神戶䑛戶止也左傳戶之一掬誰令墮我前無爲知我超諸
數此身不願清廟瑚但願歸去隨樵蘇龜龍百歲豈
知道養氣千息存其胡塵中學仙定錐脫夢裏食芝

空酷烈中山軍府得安閑更試朝霞磨鏡鐵

故樞密簽書贈正議大夫王彥霖挽詞二首

試吏有能名升臺擅直聲雄飛極九載修路止三城壯忘方凌厲遺書忽歎驚老人殊可念白首泣新塋

又

傾蓋晚相親東西省戶鄰聽君占諫草繼我出詞綸京尹聲初浹樞庭迹尚新邯鄲炊未熟榮謝隔逡巡

讀史六首

晋侯決成敗面折愧周昌垂老召商叟鴻鵠自高翔

又

又

諸呂更相王陳平氣何索千金壽絳侯劉宗知有託

又

費生料吳楚竟斃大梁城一身不自保甫哭空傷生

又

桓文服荆楚安取破國都孔明不料敵一世空馳驅

又

安石善談笑揮麈卻苻秦妄起并吞意終殘吳越人

又

江河浪如屋要須滄海容可憐狄仁傑猶復負婁公

和子瞻雪浪齋一首

謫居杜老嘗東屯波濤遶屋知龍尊門前石岸立精鐵潮汐洗盡莓苔昏對人相望夾水住扁舟時過江西村窓中縞練舒眼界枕上雷霆驚耳門不堪水怪妄欺客欲借楚些時招寃人生出處固難料流萍著水初無根旄旗旋逐金鼓發蓑笠尚帶風雨痕高齋雪浪卷蒼石比叟未見疑戲論激泉飛水行亦凍窮邊臘雪如翻盆一杯徑醉萬事足江城氣味猶應存

次韻子瞻生日見寄一首

日月中人照與芬心慮盡氣則薰形霞點空來羣

羣精誠匕徹天無雲寸田幽闕熯不焚眇眎中外絳
錦紋宜然物我無復分不出不入常氤氳道師東西
指示君乘此飛仙勿晋壙茅山隱居有遺文世人心
動隨蚉蚑不信成功如所云蒸夜實餞同華勛爾來
僅能破魔軍我經生日當益勸公稟止氣飲不醺梨
畢木實要鉏耘日云莫矣收桑紛西還閉門止紛紛
憂愁直能散淒澹萬事過耳今不聞發真隱訣云日中青帝日照龍韶生元、尸芬營嬰

寒師嵩山圖一首并引

葆光法師寒君未嘗至嵩山欲往遊焉元祐九年春

磐桓都下得古畫一幅以示其客客曰此嵩山圖也予昔嘗遊焉峯嶺徑遂觀刹皆是君喜曰此將以導予也君昔熙寧中自陳之洛往來皆出嵩少之間時方重九與偕行者約曰予與於此登高乎今筋力尚強可以一往異日復至或不能矣今年三月以罪出守汝州聞此州在嵩少之陽登城北望可以盡得其勝君何時爲此遊吾將舉酒與予相望雖不能同亦庶幾焉系之以詩曰

峻極登高二十年汝州回望一依然君行亦是高秋後試覓神清古洞天神清洞事見山

望嵩樓一首在汝州

連山郭吾北二室分西東東山幾何高不爲太室容
西山爲我低少室見諸峯臨軒一長歎隱見由所逢
試問山中人二室竟誰雄雄雌久已定分别徐亦空
可憐汝陽酒味與上國同遊心四山外寄適杯酒中

思賢堂一首

楊公守臨汝俛仰八十載推遷城帝非散落篇章在
外物固難必清名竟安賴孤亭右洲渚斜日到冠佩
飛翔棟宇回混蕩波流對稍存楸梧高大纇蔴蕭穢
遺編訪諸子翠石補前廢吏民亦潸然未替甘棠愛

阻風一首自汝迁筠歲月過真州江漲倍常歲而風不順

大水茂洲浦牽挽無復施我舟恃長風風止將安爲

揭然委積水坐被蒭纜維市井隔峯嶺食盡行將飢

長嘯呼風伯厄窮豈不知蓬蓬起東南旗尾西北馳

所望乃大謬開門訊舟師舟師掉頭笑沿泝要有時

泝者不少息沿者長嗟咨飄風不終日急雨常相隨

雨止風亦止條條弄清漪我言未見信君行自見之

次韻子瞻遊羅浮山一首

安迷墮澗逢王京雲行天喬風號鳴暗中過盡石髓

滑驚喜觀闕朝霞明東坡南去類此客擠者力盡非

求生偶然瀕海少氣氣復有福地容躬耕諸候歷聘謝魯叟茅簷燕坐師老彭天樞旋結日珠重人寰下視鴻毛輕俗緣漸覺氷雪解元氣作復蛟虬停遠遊脫屣入藍竹初愜長史晋家庭後來玉斧小兒子亦入真誥參仙經試令子弟學諸許還家不用劒閣銘洞天聞亦有圖籍但恐未免如公卿此心願與世無事不願與世平不乎

次韻子瞻江西一首

許君馬老共一邦西山斷處流蜀江誰令十載重渡瀧灘頭舊寺晨鐘撞亂流赤脚記淙淙道俗自謂丹

霞麗便令築室修畦矼徃還二老笻一雙聰長老予綉州有十年之舊

雨中遊小雲居一首

賣酒高安市早歲逢五秋常懷簡書畏未暇雲居遊十載還上都再謫仍此州廢斥免羈束登臨散幽憂鄉黨二三子結束同一舟雨餘江漲高林薄煩撑鉤積陰荐雷作兩山亂雲浮雨點落飛鏃江光濺輕漚笑語曾未畢風雲遽誰收舟人指松檜古剎依林丘老僧昔還住晚飯迎淹留食菜吾自飽饋肉煩賢侯嚴城迫吹角歸棹隨輕鷗聯翩閲村塢燈火明譙樓

肩輿踐積甃塗潦分潛溝居處方自適未知厭拘囚

欒城後集卷第一

欒城後集卷第二

詩七十首

次韻子瞻上元見寄一首

誰憐東坡老，獨看南海燈。故人隱山麓，燕坐銷牀稜。人生天運中，往返成廢興。炎起爨下薪，凍合瓶中水。賴有不變處，寂如方定僧。建城亦巖邑，燈火高下層。頭陀舊所識，天寒髮鬅鬙。問我何時來，嗟哉谷爲陵。幸此米方賤，月食聊一升。夜出隨衆樂，餔糟共騰騰。

次韻子瞻連雨江漲二首

南過庾嶺更千山，烝潤由來共一天。雲塞虛空雨翻

甃江侵城市屋浮船東郊晚稻須重揷西舍原蠶未及眠獨棹扁舟趂申卯米鹽奔走笑當年

客到炎陬喜蹔涼江吹虛閣雨侵廊回看野寺山溪隔卧覺晨炊稻飯香荔餉深紅陋櫻棗桂醅淳白比琳琅恩移嶠北應非晚未省南遷日月長

次韻姪過江漲一首

陰淫夏爲秋雨暴溪作瀆鈌防舊通市流潦幾入屋雖幸廪粟空猶惜畦蔬緑鹿駭不擇音鴻羈分遵陸室誚曾子還城謳華元衂中情久岑寂外物兢排蹙設心等一慈開懷受諸毒道力雖未究游波偶然伏

糧須三月聚芟要七年蓄君恩許北還從此當退縮

亡嫂靖安君蒲氏挽詞二首

家風足圖史婦德儼蘋蘩湯沐從夫寵冠衣席弟恩

克家傳衆子有後慶多孫追養心何極增封禮尚存

又

宦遊非不遂流落自龐踈宗黨半天末存亡驚素書

佳城東嶺外茂木故阡餘遥想千軍送臨江涕滿裾

寄題武陵椰氏所居二首

天眞堂

宦遊閲盡山川勝歸老方知氣味眞歌哭不移身自

穩往還無間語尤親末懷前輩無因見猶喜諸郎有
此人千歲展禽風未改不加琱琢世稱珍

康樂樓

邑居欲盡溪山好不作層樓無奈何巖谷滿前收蠟
屐漪漣極目卷漁蓑安心已得安身法樂土偏令樂
事多千里筠陽猶靜治還家一笑定無它

筠州州宅雙蓮一首

緑盖紅房共一池一雙遊女巧追隨鏡中比並新粧
後風際攜扶欲舞時露蘂暗開香自倍霜蓬漸老折
猶疑殷勤畫手傳真態道院生綃數幅垂

奉同子瞻荔支歎一首

蜀中荔支止嘉州餘波及眉半有不稻糠宿火却霜
霰結子僅與黃金侔近聞閩尹傳種法移種成都出
巴峽名園競擷絳紗苞蜜漬瓊膚甘且滑北遊京路
墮紅塵箬籠白曬稱最珎思歸不復爲蓴菜欲及炎
風朝露匀平居著鞭苦不早東坡南竄嶺南道海邉
百物非平生獨數山前荔支好荔支色味巧留人不
管年來白髮新得歸便擬尋鄉路棗栗園林不須顧
青枝丹實須十株丁寧附書老農圃

次韻子瞻梳頭一首

水上有車車自翻懸雷如線垂前軒霜蓬已枯不再緑有客勸我抽其根枯根一去紫茸茁球重已試幽人言紛紛華髮何足道當返六十過去寬近有道士相教拔白

後以水火養之當不復生故以為答

勸子瞻修無生法一首

除却靈明一一空年來丹竈漫施功掌中定有菴摩在雲際懸知霧雨濛已賴信心留掣電要須淨戒拂昏銅誹言逐客江南岸身世雖窮心不窮

石盆種菖蒲甚茂忽開八九華或言此華壽祥也遠因生日作頌亦為賦此一首

石盆擴石養菖蒲沮洳沙泉蕥葉鋪世說華開難值遇天將壽考報勤劬心中本有長生藥根底暗添無限鬢更爾屈蟠增瘦硬它年老病要相扶

子瞻和陶公讀山海經詩欲同作而未成夢中得數句覺而補之一首

此心淡無著與物常欣然虛閑偶有見白雲在空間愛之欲吐玩恐爲時俗傳逡巡自失去雲散空長天永愧陶彭澤佳句如珠圓

成都僧法舟爲其祖師寶月求塔銘於惠州還過高安送歸一首

少年能講大乘經，法施堂中不出高，爲許先師傳後世，徑從西海集南濵。忘身直犯黄茅瘴，瀟意初成白塔銘。寄我淚痕歸萬里，遥知露滴澗松青。

東西京二絶

親祀⿻泉歲一終，屬車徐動不驚風。宓妃何預詞臣事，指點譏詞豹尾中。

犀著金槃不暇嘗，更須石上擣黄粱。數錢未免河東舊，不識前朝大練光。

唐相二絶

楊王滅後少英雄，猶自澄思郄月中。已得惠妃歡喜

見方頭笑殺曲江公
朝中寂寂少名鄉晚歲雄猜氣益横心怕無鬚少年
士可憐未識王奴兒

寓居六詠

手植天隨菊晨添苜蓿盤叢長憐夏苦花晚怯秋寒
素食舊所愧長齋今未闌殷勤拾落蘂眼暗讀書難

又

山丹炫南土盈尺愧西京所至曾無比知非浪得名
未須求別種尚欠剩繫英行復春風度天涯眼斃明

又

憐家三畝竹，蕭散倚東墻。誰謂非吾有，特能惠我凉。
雪深聞毀拆，風作任披猖。事過還依舊，相看意愈長。

又

蒻檣生掩冉，插竹強支义。旋疊封根石，能開著子花。
扶持物遂性，綴緝我成家。故國田園少，何須恨海涯。

又

大雞如人立，小雞三寸長。造物均付予，危冠兩昂藏。
出欄風易倒，依草枯不殭。後庭花草盛，憐汝討興亡。

或言矮雞冠即玉樹後庭花

又

西隣分半井十口無渴憂歲旱百泉竭日供八家求
艱難念生理沾足愧寒流比聞山田婦出汲爭群牛
山中澗谷枯竭汲者每苦牛奪其水一人出汲輒數人持杖護之

和子贍新居欲成二首

老罷子卿還屬國功成定遠恨陽關漂流豈必風波
際顛沛何妨枕席間伏臘便應隨俚俗室廬聞似勝
家山因緣宿世非今日賴有陰功許旋還此說見佛書

山連上帝珠明府心是南宗無盡燈過去歌危空比
夢年來瘴毒冷如氷圖書一笑寧勞客音信頻來尚
有僧梨棗功夫三歲辦不緣憂患亦何曾

次遲韻二首

老謫江南岸，萬里修烝嘗。三子留二子，嵩少道路長。累以二孀女，辛勤具餱糧。誰合南飛鴻，送汝至我旁。飢寒不能病，氣絹色亦康。拊背問家事，嗟我久已忘。力耕當及春，無爲久南方。還家語諸女，素剛非王章。

又

世事非吾憂，物理有必至。常賜百川竭，顧亦防雨耳。陰陽相糾纏，反覆更自治。幽懷濬不起，默坐識其意。長子念衰老，遠行重慙愧。疎慵身似僧，岑寂家近寺。但聞事日新，未覺吾有異。崎鍠本自出，藩角徒不遂。

得失衆共知窮達佛所記要令北歸日粗究一大事

次遠韻一首

萬里謫南荒三子從一幼誇追春秋餘賴爾牛馬走憂病多所忘問學非復舊借書里諸生疑事誰當叩吾兒雖懶教擢穎既冠後求友中卷人玩心竹間岫時令檢遺闕相對忘昏晝兄來試謳吟句法漸翹秀暫時鴻鴈飛迭發塤篪奏更念死丘子頎然何時覯

次韻子瞻和陶公止酒一首雷州作

少年無大過臨老重復止自言衰病根恐在酒盃裏今年各南遷百事付諸子誰言瘴霧中乃有相逢喜

連床問動息一夜再三起泝流俛仰得此病竟何理
平生不尤人未免亦求已非酒猶正之其餘眞止矣
飄然從孔公乘桴南海涘路逢安期生一笑千萬祀

次韻子瞻過海一首

我遷海康郡猶在寰海中送君渡海南風帆若張弓
笑揖彼岸人回首平生空平生定何有此去未可窮
惜無好勇夫從此乘桴翁幽子疑龍鰕平須竟誰雄
閉門亦勿見一鸎同香風晨朝飽粥飯洗鉢隨僧鐘
有問何時歸茲焉若將終居家出家人豈復懷兒童
老聃眞吾師出入初猶龍籠樊顧甚昬俛首姑爾容

衆人指我笑韁鎖無此工一瞬千佛亡相期攬率宮

過姪寄椰冠一首

衰髮秋來半是絲幅巾繼撮强爲儀垂空旋取海棕子蜀中海棕即嶺南椰木但不結子耳束髮裝成老法師變化寄移人不悟壞成相續我心知茅簷竹屋南溟上亦似當年廊廟時

寓居二首

東亭

十口南遷粒有歸一軒臨路閙奔馳市人不慣頻回首坐客相諳便解頤慙愧天涯善知識增添城外小

茅茨華嚴未讀河沙偈偃仰明窻手自披

東樓

明從海上湧金盆直入東樓照病身久已無心問南
北時能閉目待儀鱗颶風不作三農喜（是歲海無颶風）舶客
初來百物新歸去有時無定在漫隨俚俗共欣欣

所寓堂後月季再生與遂同賦一首

客背有芳蘂開花不遺月何人縱尋斧害意背寄折
偶乘秋雨滋冒土見微茁猗猗抽條額頗欲傲寒冽
勢窮雖云病根大未容拔我行天涯遠幸此城南芨
小堂劣容卧幽閣粗可躡中無一尋空外有四隣匝

窺墻數柚實隣垩看榔棄葱蒨獨茲苗戢戢待其活
及春見鬬敷三嗅何恐折

浴罷一首

逐客例幽憂多年不洗沐予髪櫛無垢身垢要須浴
顛隮本天運債恨當誰復茅簷谷病軀稻飯飽枵腹
形骸但癯瘁氣血尚豐足微蕩閟九地浮彩見雙目
枯槁如束薪堅緻比濕玉長齋雖云凈閲月聊一沃
石泉瀞巾帨土釜煑桃竹南窓日未移困卧乂彌熟
華嚴有餘秩默坐心自讀諸塵匆消盡法界了無矚
恍如仰山翁欲就潙叟卜猶恐墮聲聞大願勤自督

次遠韻齒痛一首

元明散諸根外與六塵合流中積緑氣虚妄無可託

弊陋少空明婦姑相攘奪日出嘆焦牙風來動危擇

喜汝因病悟或免終身著更須誦楞嚴從此脱纏縛

子瞻問瘦以詩見寄次韻一首

多生習氣未除肉長夜安眠嬾食粥區伸久已效熊

虎倒掛漸擬同蝙蝠衆笑忍飢長杜門自恐莫年還

入俗經旬輒瘦駭鄰父未信腦滿添黄玉海夷旋覺

似齊魯山蕨仍堪嘗菽粟孤船會復見洲渚小車未

用安羊鹿海南老兄行尤若樵爨長須同二僕此身

所至即所安莫問歸期兩黄鵠

次韻子瞻獨覺一首

咄咄書空中有帷内熱搜膏發癰疥羨藜飯芋如固然飽食安眠真一快午雞鳴屋呼不起欠伸吉貝重衾裹此身南北付天工竹杖芸鞋即行李夜長却對一燈明上池溢流微有聲幻中非幻人不見本來日月無陰晴

次韻子瞻夜坐一首

月入虚牕疑欲旦香凝幽室久猶薰清風巧爲吹餘瘴疎雨時來報斷雲南海炎凉身已慣北方毁譽耳

誰聞遥知桝璧瓢無酒歸舶還將一酌分

次韻子瞻寄賀生日一首

第兄本三人懐抱喪其一頎然仲與叔耆老天所隲
師心每獨往可否輒自必折足非所恨所恨覆鼎實
上賴吾君仁議止海濱黜凄酸念毋氏此恨何時畢
平生賢孟博尙生不謂言歸心天若許定卜老泉室
淒凉百年後事付何人筆于今兄獨知言之泣生日

次韻子瞻寄黄子木杖一首

老至亦有漸五十惟杖始行年日辰匝幸免卿閭耻
罪重瘡難平餘疒加未脱痍登山足猶健不用扶兒子

我兄念辛勤憐此㩦且倚它年賜環日田舍仓須此

早收藤節杯旋綴烏皮几茅簷數間足不用伐桐杞

次韻子瞻謫居三適

旦起理髮

道人雞鳴起趺坐存九宫靈液流下田茯苓抱長松

顛毛得餘潤冉冉欺霜風俯就無數櫛九九爲一通

洗沐廢已久徐之勿怱怱氣來自湧泉至此知幾重

近聞西邊將袒裼擁馬鬃歸來建赤油不復儕伍同

笑我守尋尺求與真源逢人生各有安未肯易三公

午窓坐睡

定中龍眠膝定起。椰生肘心無出入，異三昧亦何有。
晴窗午陰轉坐睡，一何久頽然擁褐身剥啄叩門手。
褰帷頽我笑疑我，困宿酒不知吾喪我。冰消不遺壽，
空虚無一物彼物，自枯朽夢中得靈藥，此藥從誰受。
侵尋入四支欲洗，自無垢從今百不欠只欠歸田叟。

夜卧濯足

海氏慢寒備不畜，衾與裯雖苦地氣，洩亦無徙跣憂。
逐客久未安集舍，占鵂鶹念肯使胡中車驅卒不晋。
貂裘遡北風十襲，猶颼颼中塗履冰河馬倒身自投。
宛足費馮翼千里，煩勝韝十年事，湯劑風雨氣輙浮。

南來足憂慮此病何時瘳名身孰親陳慎勿求封侯

同子瞻次過遠重子韻一首

孟子自誇心不動未試求嘉鐵輪重弟兄六十老病餘萬里同遭海隅逆長披羊裘類嚴子罷食豬肝同閔仲大男晋處事田亩幼子隨行躬釜甑低眉語笑接隣父彈指吁嗟到蠻洞茅茨一日敢忘葺桑柘十年須勉種來時避近得相攜歸去逡巡應復從莫驚憂患爾來同久知出處平生共雖令子孫治家學休炫文章供世用潁川築室久未成夜來忽作西湖夢

次韻子瞻和淵明擬古九首

客居遠林薄依墻種楊柳歸期未可必成陰定非久
邑中有佳士忠信可與友相逢話禪寂落日共杯酒
艱難本何求緩急肯相負故人在萬里不復爲薄厚
米盡鬻衣衾時勞問無有

閉門不復出玆焉若將終蕭然環堵間乃復有爲戎
我師柱下史久以雌守雄金刀雖云利未聞能斫風
世人欲困我我已安長窮窮甚當辟穀徐觀百年中

又

蕭蕭髮垂素晡日過西隅道人愍我老元氣時卷舒
歲惡風雨交何不完子廬萬法滅無餘方寸可久居

將歸道上塵先拔庭中蕪一淨百亦淨成物皆如如

又

夜夢被髮翁騎驎下大荒獨行無與遊闖然欵我堂
高論何崢嶸從言何渺茫我徐聽其說未離翰墨場
平生氣如虹宜不群北邙少年慕遺文奇姿揖昂昂
衰罷百無用漸以圜斷方隱約就所安老退還自傷

又

海康雜蠻蜑禮俗久未完我居近閭閻顧先化衣冠
衣冠一有耻其下胡爲頑東隣有一士讀書寄賢關
歸來奉親友跬步行必端慨然顧流俗歎息未收彈

提提鳥鳶中見此孤翔鸞漸能衣 表褐祖楊知惡寒

又

佛法行中原儒者耻論兹功施冥冥中亦何負常時
此方舊雜染渾渾無名緇治生守家室坐使斯人疑
未知酒肉非能與生死辯熾哉吳閩間佛事不可思
生子多穎悟德報豈吾欺時俾正法眼一出照耀之
誰爲邑中豪勤誦我此詩

憂來感人心悒悒久未和呼兒具濁酒酒酣起長歌
歌罷還獨舞忝麥力誠多憂長酒易消脫去如風花
不悟萬法空子如此心何

杜門人笑我不知有天遊光明遍十方咫尺陋九州
此觀一日成衮衮通法流竿木常自隨何必迈故丘
老聃白髮年青牛去西周不遇關尹喜覆迹誰能求

又

鉏田種紫芝有根未堪採逡巡歲月度太息毛髮改
晨朝玉露下滴瀝投滄海須臾忽長茂枝葉行可待
夜燒沉水香持戒勿中悔

雨中招吴子野先生一絶循州作

柴門不出蓬生徑暑雨無時水及堂䃅榖賴君能作
客暫來煎蜜餉桃康

答吳和二絶

三間㓚水小茅屋，不比麻田新草堂。問我秋來氣如火，此問何事得安康。

慣從李叟遊都市，及伴藍翁醉畫堂。不似蘇門但長嘯，一生晋恨與嵇康。子野皆與宇上宰縱遊京師，與藍喬同客曾魯公家甚久

閏九月重九與父老小飲四絶

九日龍山露霜凝，龍川九日氣如烝。偶逢閏月還重九，酒熟風高喜不勝。

獲罪淸時世共憎，龍川父老尚相尋。直須便作鄉關看，莫起天涯萬里心。

客主俱年六十餘紫萸黄菊映霜鬢山深瘴重多寒
熟老大須將酒自扶
尉佗城下兩重陽白酒黄雞意自長卯飲下床虚已
散老年不似少年忙

求黄家紫竹杖一首并引

予於龍川買曾氏小宅宅西南隅有紫竹百餘竿
爲藤蔓所困無復直幹雖爲伐藤而見竹偃弱無
可爲杖者黄氏老家有紫竹甚茂乞得一莖勁挺
可喜聞黄氏竹舊自曾氏移植偶爲詩示之

曾家紫竹君家種曾園竹與荒藤共藤驕竹瘁如

畏人不似君家竹森聳我來買宅非爲宅愛此風
稍特一弄磨刀向藤夂未忍樹倒藤披真自送繁
陰一豁新笋地狂鞭欲向青春動我身病後少筋
力逾求杖杖扶腰痛蕭蕭瘦幹未能任一祕君家
知足用一枝遺我拄尋君老酒仍煩爲開甕

賦豐城劒一首中途北歸作

劒氣夜干斗精識初莫隔全身寄獄户隱約還自得
張雷彼知我遇爲汝一出匣間雜環佩亦旣報之德
凜凜天地間要非手中物躍入延平水三日飛霹靂
此當乘風雷歸當卧泉石千年故穴在三嘆未上客

范丞相堯夫挽詞二首許州作

持身守忠恕臨事灺浮沉直道更三黜平生惟一心
家風來自遠國論老彌深令待真如玉泥沙枉見侵

又

南遷頭已白北返病初加君意知無罪天心許到家
同朝曾忝舊握手一長嗟時事紛無已還應付棣華

卜居一首

我歸萬里初無宅鳳去千年尚有臺誰爲遠池先種
竹可憐當砌已栽梅囊貲只數腰金在歸計長遭鬢
雪催欲就草堂終歲事落成隣舍許銜杯

和子瞻過嶺一首

山林瘴霧老難堪，歸去中原茶亦甘。有命誰令終返北，無心自笑欲巢南。蠻音慣習疑傖語，脾病縈纏帶嶺嵐。千挹祖師清淨水，不嫌白髮照毿毿。

子瞻贈嶺上老人次韻代老人答一絕

嶺頭盧老一爐灰，長短根莖各自栽。輕賤已消先世業，知君海上去仍回。

欒城後集卷第二

欒城後集卷第三

詩七十首

大行皇太后挽詞二首

累朝宗内治晚歲擅鴻動立子得元聖收簾奉長君

一言消横逆多難弭紛紜仙馭曾非遠長瞻輦洛雲

又

家風承舊相國體繼昰姑定策從中禁傳聲震海隅

春風開閈蟄朝露濕焦枯萬里生還客冠纓淚雨濡

追尊皇太后挽詞二首

月缺年何久龍飛事一新追崇名號正同祔禮容均

鳳髻低迎日，龍輴細起塵。都人知舜孝，擁紼盡霑巾。

又

德美鍾岐嶷，榮華倍感傷。一時朝野恨，百世本支長。
出祖悲無憾，因山儉有光。它年過嵩洛，望拜裕陵旁。

贈史文迪奉議二首

墻比史居士，掛冠心轉閑。頂開人共怪，神去夜深還。
白雪微侵鬢，丹砂久駐顏。從君欲問道，何日徑開關。

又

有叟住東野，畏人希入城。君時共還往，我欲問修行。
早歲識嚴客，近時逢絳生。真能訪茅屋，襚屨試將迎。

次前韻示楊明二首

晚歲有餘樂天教一向閑嵩陽百口住嶺外七年還

十宅先隣晏携瓢欲飲顏巷曾來不久相約叩禪關

又

甘井元依廟干湖亦近城幅巾朝食罷芒屩雨中行

擾擾初何事悠悠畢此生欲邀東郭叟煩子作郊迎

唐修撰圭叟挽詞二首

家風臺栢老遺直故依然節亮南遷後神凝未瞑前

臨民舊有法訓子適成篇九轉今猶在參同豈妄傳

又

我返南荒日君歸舊許初笑談寬老病旌旆擁竿廬酒盞開雖數溪堂到尚疎誰言生死隔近在浹旬餘

寄題癸卦揖仙亭一首

靈王太子不讀書縱談穀洛參諸儒生來不見全盛初老成遺訓誰稽模心知漸失文武餘蕭然直入山中居山開吹笙鳳凰呼升天白日乘龍車周人聚觀拜路隅洲月為佩雲為裾歸來千歲孰任無赤松老彭自為徒上侍玉宸臨九區烜赫不類山澤癯依山作邑賢大夫夜中焚香遡空虛我欲從之駕肩輿秋風八月來徐徐

吳沖卿大夫秦國挽詞二首

國老相隨盡家風慨獨存見夫成相業聽子得忠言夫人長子起居昔將論事以南之憂諍於夫人夫人以當官許駮氣節慙多士聲華盛一門平生高義重未易俗人論

雅頌成章早春秋發論長風規晋叔向文采似中郎覽古明興廢臨危喜激昂南遷初不恨李杜得從滂

十一月十三日雪一首

南方霜露多雖寒雪不作北歸亦何喜三年雪三落我田在城西禾麥敢嫌薄今年陳宋災水旱更爲虐閉糴斯不仁遂熟自難卻飢寒雖吾患尚可省鹽酪

飛蝗昨過野遺種遍陂濼春陽百日至鬧若蠶生箔得雪而土中及泉盡魚躍美哉豐年祥不待炎火灼呼兒具樽酒對婦同一酌誤認屋瓦鳴更願開雪脚

補子瞻贈姜唐佐秀才一首

予兄子瞻謫居儋耳瓊州進士姜唐佐往從之遊氣和而言道有中州士人之風子瞻愛之贈之詩曰滄海何曾斷地脈白袍端合破天荒且告之曰子異日登科當爲子成此篇君游廣州州學有名學中崇寧二年正月隨計過汝南以此句相示時子瞻之喪再逾歲矣覽之流涕念君要能自立而

莫與終此詩者乃爲足之

生長茅間有與芳風流擾下古諸姜適從遷官魚龍窟秀出羊城翰墨場滄海何曾斷地脉白袍端合被天荒錦衣它日千人看始信東坡眼目長

還過汝南一首

我昔還自南從北適舊許再歲常杜門壁觀無與語何人自驚顧未聽即安處丞逃潁州籍來賀汝南户妻孥不及將童僕與鋳爼身如孤棲鵲夜起三遶樹故人樂安生風節似其父忻然鼇一笑捨我西南去去已還閉門時作野田步蕭條古僧舍遺像得顏魯

精神凜如生，今昔吾與女。已同羈窮厄，但脫生死怖。
幸世方和平，有土非寇虜。春寒燒黃茅，晝飯煮青茹。
何必濮上田，幸此足粳稌。歸心念狂簡，裁製時莫特。

索居三首

索居非謫地，垂老更窮途。去住看人意，幽憂賴我無。
小園花草穢，陋巷犬羊俱。近覺根塵離，心言日益愚。

又

平生亦何事，十載苦顛隮。憂愉曾非愉，覺迷終不迷。
客居無壯子，别久愧良妻。稍訝音書闊，春陰道路泥。

又

許祭古隣國風煙相雜和蕭然客舍靜不須主人過
野薺春將老淮魚夏漸多街南病居士有酒對酣歌

聞諸子欲刪賢卞氏宅一首

我生髮半白四海無尺椽卞氏昔冠冕子孫今蕭然
頋以棟宇餘救此朝夕懸頋我亦何有較子差尚賢
傾囊不復惜埽地幸見捐南隣隔短墻兩孫存故廛
松竹手自種風霜歲逾堅幽花亂蜂蝶古木嘶蜩蟬
並陰可數畝成功幾百年人心苦無厭隱居恨未圓
得之苟有餘老矣聊息肩畚土塡隙穴結茅苴滿穿
粗輔容偃息豈復求華鮮西歸信已乎未雜孫陳編

任氏閱世堂前大檜一首

君家大檜長百尺，根如車輪身弦直。壯夫連臂不能抱，孫鶴高飛直上泣。狂風動地舞枝幹，太雪翻空洗顏色。人言此會三百年，未知昔是何人植。君家大夫老不遇，一生夜氣未嘗屈。沒身不詭歸故里，遺愛自知懷舊邑。此翁此檜兩相似，相與閱世何終極。汝南山淺無良材，櫟柱楝椽聊障日。便令殺身起大厦，亦恐衆林無匹敵。且留枝葉撓雲霓，猶得世人長太息。

贈蔡駜居士一首

結茅汝上只三間，種稻城西僅一廛。梅老外生詩律

在秀公弟子佛心傳埋盆疊石常幽坐留客開樽輙
醉眠開道隣僧乞米送時無幣予定誰憐
癸木生日一首
我生本無生安有六十五生來逐世法妄謂得此數
隨流登中朝失脚墮南七人言我常喜亦言我常懼
我心終頽然喜懼不入故歸來二頃田且復種禾黍
或疑頴川好又使汝南去汝南亦何為均是食眾處
兒言生日至可就瞿曇語平生不為惡今日安所訴
老聃西入胡孔子東歸魯我命不在天世人汝何預
白鬚一首

中歲謬學道白鬢何由生故人指我笑聞道未能行我笑謝故人唯唯亦否否老聃古道師白髮生而有佛告波斯匿汝有不白仔亭中掌亭人何嘗隨客奔客去不用留主在亭不毀墁墻支折棟在我不在爾道成款玉晨跪乞五色丸肝心化黃金齒髮何足言

寒食二首

寒食今年客汝南餘樽傾瀉亦醺酣道人又厭世間濁僧舍猶存肉食慙花折園夫時送客餳留孫女尚分甘東叔詩有為翁寒食晝饋之句欲遊紫極誰爲伴長揖孤松對不談紫極宫有巨松可數人抱

寄住汝南懷潁南五年一醉又倘酣身逃爭地差云
靜名落塵寰終自慙斗畔飛蠅看尚在鼻中醇酢近
能共今朝寒食唯當飲買酒先防客欲談

潁川城東野老一首 姓刘氏名正

我歸潁川無故人城東野老須如銀少年推埋起黄
塵晚歲折節依仙真走如麏鹿人莫親呼來上堂飲
清樽踞牀閉目略頻伸指我黄河出混崘東流入海
還天津沐浴周遍纔逡巡嬰兒匍跌乘日輪脱身遊
戲走四隣逢人不告非自珍許我已老知閉門東朔
太山款真君告我不返遊峨嵋還家一舍卧不晨闔

楞空空但衣巾平生自言師洞賓覺世賤目貴所聞

汝南示三子一首

此生賴有三男子到處來看老病翁飲食但使魚稻足音塵不隔馬牛風道場莫問何方是舍宅元依畢竟空且爾不歸歸亦得汝曹免復走西東

謝任亮教授送千葉牡丹一首

花從單葉成千葉家住汝南疑洛南亂剥浮苞任狼籍併偷春色恣醺酣香穠得露久彌馥頭重迎風似不堪居士誰知已離畏余纔剪送病中庵

思歸二首

汝南百日再走逾三男子思歸非吾計聊亦爲爾耳
行裝理肩輿客舍眷床第兒言世情惡平地風波起
舟行或易擾舟靜姑且已匏繫雖非願蠖屈當有竢
老人思慮拙小子言有理晨炊廩粟紅晚市淮魚美
索居庖無人歸去迎伯姊終歲得安閑幽居無彼此

又

我老不待言有女年四十念我客汝南無與具朝食
翩然乘肩輿面有風土色許蔡雖云近傳舍三經夕
衰老累汝曹愧歎心不懌燒刀鱠縷紅洗盞酒花白
毋老行役難女來生理葺外孫跨鞍馬遇事亦閑習

居然數口家觧我百憂集厄窮須父子它人非所及

萬蝶花一絶

誰唱殘春蝶戀花一團粉翅壓枝斜美人欲向釵頭揷又恐驚飛鬢似鴉

春盡一首三月二十二日立夏

春風過盡百花空燕坐笆簾起臧中樹影連天開翠幕鳥聲入耳當歌童楞嚴十卷幾回讀法酒二升是客同誰問隣僧行乞在何人開眼似衰翁

夢中詠醉人一首四月十四日夢中得首四句起而足之

城中醉人駢連背城外醉相人枕臂此人心中未必

空甃爾頽然似無事我生從來不解飲終日騰騰少
憂累廿年曾見樂全翁自説少年飲都市一時同飲
石與劉不論升斗俱不醉樓中日夜狂歌呼錢盡酒
空姑且止都人疑是神仙人誰謂兩人皆醉死此翁
年老不復飲面光如玉心如水我今在家同出家萬
法過前心不起此翁已死誰與言欲言已似前生記

立秋偶作一首六月二十二日

十年憂患本誰知慙愧仙翁有舊期度嶺還家天許
我斸山穐要我尤謂秋風欲踐故人約春氣潛通病
樹滋心似死灰鬢似雪眼看多事亦奚為

汝南遷居一首

病暑暑巳退思歸未成歸人事不可期當受不當違
客居汝南城未覺吾廬非忽聞鵲反巢坐使鳩鶩飛
三遶擇所安一枝粗得依我來衆草生漸見百卉腓
天行君循環物化如發機閉目內自觀此理良寖微

寄內一首

與君少年初相識君年十五我十七上事姑章旁兄
弟君雖少年少過失昏晨定省歲月短五十還朝定
何益憂深責重樂無幾失足一墜南海北身居穽中
不見天仰面虛空聞下石丈夫學道等憂患婦人亦

爾何從得歸來舊許生白鬚回顧慙君髮如漆遷居汝南復何事龜老支牀隨所擲相望一月兩得書開君肺病久消釋我經三伏常暑下近喜秋風掃炎濕病除穀食未復故枯身猶驚身似臘劉根夫婦俱有道去目饒君著鞭策

病愈二首

學道雖云久沉痾竟未除炎蒸度三伏晻曖覺中虛嘉穀不自長荒榛終費鉏何辭剖蘭石梨棗得扶踈

又

病退日身輕身輕心轉清山空流水上海靜寸燈明

朝市誰留住林泉自不行鈎溪慙丐士流蕩過平生

九日三首

早歲寡歡意衰年仍病纏客居逢九日十酒破千錢
萸菊驚秋晚兒孫慰目前登高懶不出多酌任頹然

又

狂夫老無賴見遂便忘歸小酌還成醉僑居不覺非
妻孥應念我風雨未縫衣憂患十年足何時賦式微

又

黃菊與秋競白頭道日添時人知不憙野老未相嫌
但酌清樽盡猶存薄俸霑日西聞客至吏問酒家帘

立冬聞雷 首 九月二十九日

陽淫不收斂半歲苦常燠禾黍飼蝗螟粳稻委平陸
民飢強扶耒秋晚麥當宿閔然候一雨霜落水泉縮
薈蔚山朝隮滂沱雨翻瀆經旬勢益暴方冬歲愈蹙
半夜發春雷中天轉車轂老夫睡不寐稚子起驚哭
平明睇中庭松菊半摧禿潛發枯草萌亂起蟄藏伏
薪標不出市晨炊午未熟首種不入土春餉難滿腹
書生信古語洪範有遺牘時無中壘君此意誰當告

將歸二首 十月三日

久客初何事言歸似有名騰騰且隨俗落落竟無成

病苦醫猶厭囊空身自輕家人驚別後無限白鬢生

又

爲客不滿歲還家見兩孫遥知臨竹户相對引瓢樽老罷那嬿瘦心寬尚喜存風波隨處有何卒免驚奔

示資福諭老一首 并引

予讀楞嚴至塵既不緣根無所偶反流全一六用不行釋然而笑曰吾得入涅槃路矣然孤坐終日猶苦念不能寂復取楞嚴讀之至其論意根曰見聞逆流流不及地名覺知性乃嘆曰雖知返流未及如來法海而爲意所留隨識分别不得名無知

覺明豈所謂逐流全一也哉乃作頌以示諭老

幽居百無營孤坐若假寐根塵兩相接逆流就一意

意念紛無端中止不及地寂然了無覺乃造眞實際

百川入滄溟衆水皆一味止爲潭淵深動作濤瀾起

動止初何心乃適然耳吾心未嘗勞萬物將自理

三不歸行一首

客心搖搖若懸旌三度欲歸歸不成方春欲歸我計

懶秋冬欲歸事自變問我欲歸定何時天公默定人

不知孔公晚歲將入楚磐桓陳蔡行且住昭王已死

不復南意欲歸老父母邦衛靈父子無足取姑爾息

肴族東魯三桓豈知用聖人哀公亦自不能臣冉求
一戰却齊虜請君召師君亦許歸來閉户理詩書弁
冕時出從大夫夢見周公已不復老死故國心亦足
孔公愈老愈　屯邅歡我未及門下賢鄉邦萬里不
能往妻孥近寄潁川上依嵩架類結茅茨自問此忘
於何期汝南一寓歲行復來年歸去栽松竹

罷提舉太平宫欲還居潁川一首

避世山林中衣草食芋栗奈何處朝市日耗大倉粟
中心久自笑公議肯相釋終然幸寬政尚許存寄秩
經年汝南居久與茅茨闕祠官一掃空避就兩皆失

父子相携扶里巷仃可即堲弊且巧墻蟆際尚遺粒交遊忌點染還往仍親戚閉門便莪病杜口謝彈詰餘年迫懸車奏草屢濡筆籍中顧未敢爾後償容乞幽居足暇豫肉食多憂慄求懷城東老未盡長年術

次遲韻寄适遜一首

飢氓畏寒冱惡少旋理破裘紙敗纊我雖久客未成歸黍酉甕爽還潑節汝南新炭舊如土爾來薄俸纔供爇脹削煖熱無可道心下清涼有餘契穎川歸去知何時祠官欲罷無同列夜中髣髴夢兩兒欲逕老人先聚說

次遲韻對雪一首廿七明二

雪寒近可憂麥熟遠有喜我生憂喜中所過一已委
平生聞汝南米賤豚魚美今年惡蝗旱流民鬻妻子
一食方半菽三日已千耜號呼人誰聞惻惻天自邇
繁陰忽凄夕飛霰墮千里蒼茫驚大河原隰殊未被
貧家望一麥生事如毛起荐飢當遂熟西去真納屨

還潁川一首甲申明五

昔貧仕不遇避世遊鉅馬嗟我獨何為不容在田野
歸來寄汝南落泊及長社東西俱畏人何適可安者
故廬已荆榛遺壠但松檟頹齡適衰暮舊物一已捨

安能爲妻孥辛苦閒甘舍平生事瞿曇心外知背假
歸休得滇渤坐受百川瀉何人實造物未聽相陶冶

題鄢城彼岸寺二首

文殊院古栢

曾看大栢孔明祠行盡天涯未見之此樹便當稱子
行它山只可作孫枝棟梁知爲誰家用舟楫唯應海
水宜日莫飛鴉集無數青州老鶴未曾知

武宗元比部畫文殊玄奘

遺墨消磨稍陸餘開元一二數吳盧本朝唯有宗不
近閩本長晋後世模出世真人氣雍穆入畫老釋面

清癯君人不惜遊人愛風雨侵陵色欲無

上巳久病不出示兒姪二首

春氣侵脾久在牀開門桃李著泥香牛鳴頗覺西湖近鳳去長憐北樹荒欲出老人無伴侶退歸諸子解農桑肩憐約賣千竿竹拄杖穿林看笋長

卧聞諸子到西湖鵠鷺翩翩衆客俱紈扇藤鞵試輕駃隻雞斗酒助歡娛行歌久已饒渠輩睡美猶應屬老夫春服既成沂正浴孔門世不乏迂儒

葺東齋一首三月十八日

憐屋如鷰巢歲歲添泥上泥多甃完紫壁老終難固

况後非吾廬聊爾避風雨圖書易新幌几杖移故處
宵眠不擇安鼻息若炊釜兒孫喜相告定省問晨莫
我生溪山間弱冠衡茅住生來乏華屋所至輒成趣
苦恨無囊金莫充償地玉投老付天公著身豈無所

次蓮韻千葉牡丹二首

濮上名園似洛濱花頭種種鬪尖新共傳青帝開金
屋欲遺姚黄比玉真秦嶺猶應篆詩句仙鶴直恐降
天神老人髮少花頭重起舞歌斜酒力匀

老人無力年年懶世事如花種種新百巧從來知是
妄一機何處定非真園夫漫接曾無種物化相乘豈

有神畢竟春風不揀擇隨開隨落自匀匀

盆池白蓮一首

白蓮生於泥清濁不相干道人無室家心迹兩蕭然
我住西湖濱蒲蓮若雲屯幽居常閉戶時聽遊人言
色香世所共眼鼻我亦存憐父閔我獨遺我數十根
瀵水不入園庭有三尺盆兒童汲甘井日晏泥水温
及秋尚百日花葉隨風翻舉目得秀色引息收清芬
此心湛不起六塵空過門誰家白蓮花不受風霜殘

詠竹二首

湖濱宜草木脩竹可三尋屢有多野思移種近牆陰

及時迷未醒方予熱正侵無慊不逮本地薄肯成林

又

南隣竹甚茂門巷不容賓縣印君當從囊金我患貧
翠旌梢亂起犀角筍初勻不惜圖書費端來作主人

見兒姪唱酬次韻五首

芝蘭生吾廬一兩一增倩本亦何預人懷抱終眷眷
老傅時已迫塵埃日須浣求懃舊文書展讀不終卷

又

讀書雖不懸不讀亦自好根才就區別花實隨時老
耘鉏不可無雨露勿憂少我釣不在魚一竿寄洲島

又

宇宙非不寬閑門自爲阻心知塵外惡且恐閑居苦
聊趺然非睡龕燈翳復吐道士爲我言嬰兒出歌舞

又

身病要須閑閑極自成趣空虛鄰近道懶拙初非悟
偶將今生腳還著古人屨大小適相同本來無別處

又

西湖雖不到井轆餘涼三伏罷飲酒桂漿攜一觴
冠者十六人起舞互低昂人生有離合此歡未易忘

初得南園二首

倒囊僅得千竿竹埽地初開一畝宫十里歧園蒐爲裏百年生事寂寥中晏家不願諸侯賜顏氏終成陋巷風洗竹移花吾事了子孫它日記裴翁

移竹一首

牆陰竹蒙密板築念相妨欲補園東缺欣來雨後涼三年生筍遍一徑引風長但恐翁彌老筋板懶復將

記夢一首 七月二十六日五

長魚三尺困橫盆送入清流喜欲奔報我金匙僅盈寸擲還聊意不貪存

城後集卷第三

欒城後集卷第四

詩七十首

葺居五首

南堂初一家隔絶歲月久開牆比風入爽氣通戶牖
棟梁未摧折斤斧聊結構非言事輪奐粗亦昔人舊

又

庭方正數尋風月所從入百年養毒樹櫕芒比刀戟
伐之念生久不伐愁跣足且復爲人謀庖椹利朝食皂角木宜食椹

又

竹林失舊養春筍日瑣細草蔓牛縈纏樗櫟互蔚蔽已令具刀鑱稍芟秋霜厲欲成林下飲更種園東地

又

雜花生竹間竹蔫花亦瘁移花通在鞭春到兩皆遂牆東破茅屋排去拔遺址時來拾瓦礫細細晋花地

又

東南皆民居屋敗如齵齒一完城未能綴葺聊且爾內修晨夜虞外結比隣喜無心本何營生理未免此

再賦葺居三絶

誰將脩竹寄隣家秋斫長竿春食芽旋築高牆護鷄

犬稍容嵇阮醉喧譁
短垣疏戶略藏遮羣竹長松夾徑斜遊宦歸來四十
載粗成好事一田家
南北高堂本富家百年梁柱半欹斜略教扶起猶堪
住西望吾廬已自奢
歲莫口號二絕
六十來年又七年眼昏頭白意茫然逢人欲說平生
舊少有能知兩世前
兩世相從今幾人回頭強半已埃塵此心點檢終如
一特事無端日日新

雪後小酌贈內一首 乙酉正月九日

薄雪爲燈正和風應節來出遊吾已懶小酌意難裁竹徑泥方滑菁畦凍欲開細君憐老病加料作新醅

喜雨一首 三月二十三日

奪官分所耳年來祿又絕天公尚憐人歲賚禾與麥經冬雪屢下根續連地脉庵廚望麪餌甕盎思麴糵一春百日旱田作龜板拆老農淚欲墮無麥真無食朱明候纔兆風雷起通夕田中有人至膏潤已逾尺繼來不遺願飽食真可必民生亦何幸天意每相恤我幸又已多鉏來坐不執同爾樂豐穰與爾若稅役

時聞吏號呼手把縣符亦歲賦行自辦横歛何時畢

收蜜蜂一首

空中蜂隊如車輪中有王子蜂中尊分房減口未有處野老解與蜂語言前人傳蜜延客住後人秉艾催客奔布囊包裹開如市伞入竹屋新且完小窗出入旋知路幽圃首夏花正繁相逢處處命儔侶共入新宅長子孫今年活計知尚淺蜜蠟未暇分主人明年少割助和藥慙愧野老知利源

養竹一首

病竹養經年生筍大如毋初番放出林未番任供口

欲求五寸圍更聽三年後蕭踈畫椽桷無復堪作帚
吾廬適營葺便可開戶牖秀色到衣冠清風盪塵垢
物生恨失養養至無不厚斧斤日摧割陰陽自難救
閑居翫草木農圃即師友養人如養竹舉目皆孝秀

和遲田舍雜詩九首并引

吾家本眉山田廬之多寡與楊子雲等仕宦流落
不復能歸中原嶺南諸子不能盡從畱之穎川買
田築室賒飢寒之患既蒙恩北還因而居焉然拙
於生理有無之計一付諸子夏五月麥方登場遲
往從諸農夫簞瓢鐙支知以爲樂作詩九章濟然

有詩人之思歸而山之爲和之云

麥生置不視麥熟爲一來我懶客亦情田荒誰使開

勤事知有獲直駕獨求回交遊悉吾病門巷多蒼苔

又

我生無定居投老旋求宅未暇棟宇完先問松筠碧

床錢日益銷車轄轉生澁東家雖告貧斸否猶未必

又

偶自十年閑非繼十人作早歲漫云云忘大終落落

齒髮巳半空頭顱不難度顏曾本吾師終身羨藜藿

又

至人竟安在陶鑄皆粃糠世俗那得知楚楚事冠裳
方醉狂正作吾語未可莊天定能勝人更看熟黄粱

又

平湖近西垣杖屨可以遊偶從大夫後不徃三經秋
盎中揷蒲蓮菱芡亦易求閉門具樽俎父子相獻酬

又

試問西寺僧云何古佛意别無安心法但復遊師㫐
外物來無從徃亦無所至佛法見在前我亦從此逝

又

老佛同一源出山便異流少小本好道意在三神洲

子房見黄石願封小國晋終老預人事斷穀爲呂憂

又

蒼然澗下松不願世雕刻斧斤百夫手牽挽千牛力

斵成華屋柱加以綴衣飾人心喜相賀松心終自惜

又

汲汲隮有爲昏昏墮無記湛然古井水心在獨無意

讀書非求解食栗姑自遂幸有三男子力田奉租稅

兩病一首

晴送麥入倉雨催穀含穗共怪天公仁曲盡老農意

誰爲三日霖下漉一丈地百谷爭奔流通川不可厲

夜開屋山落晝謊城闉閉老羸抑柰何脾病尤所畏中宵得縣下亭午卧忘起良醫過我言勿藥行自喜損食存谷神收心辟邪氣兀然槁木居油爾元和至天唯不窮人人則昧其理學道三十年愧爾良醫賜

施崇寧寺馬一首并引

予自龍川還潁川安於閑放不畜車馬僧悟緣自成都來爲予致一滇馬甚駿曰聞公歸自南方家無良駟此可以備登山之乘予愧其意不能却也然馬入吾廄輒苦多病意具非吾物也西鄰道僧和禪席之盛鄉閭之所犇走乃祝之曰俾爾爲和

馬歸依佛法乘病或已乎因爲詩以示和

南歸閉門萬事了病卧常多起常少未用田間下澤車何須櫪上追風驃鄉人記我少年日滇馬爲致風前鳥三年伏櫪人共怪馬不能古心可曉坐馳千里氣蟠結日食生芻空自笑主人自是箕頴人誰復爲送洮岷道支公惠眼識神駿山下泉其足芳草法流一洗百病消翹足長鳴且忘老

南堂新甃花壇二首

亂竹侵紅藥病花羞晚春移根近談笑得土長精神

榮悴非由爾芬芳止爲人庭西弃泉好汲灌毎躬親

又

老木不恐伐橫{去聲}枝宜少除根莖漸有託兩露稍分餘生意初無損開花終自如它年諸草木{就}成此幽后

夢中謝和老惠茶一首

西鄰禪師憐我老比死新茶惠初到晨興已覺三嗅多午枕初便一杯少七椀前嘗病未能兩腋風生空自笑定中直往蓬萊山盧老未應知此妙

新霜一首

敗簷疏戶秋寒早老人脚冷先知曉濃霜滿地作微雪落蘖投空似飛鳥新春未覺凜庚空宿逋暗奪衾

調少早田首種水言入敢信來年真食麨

戲作家釀二首

方暑儲麴蘖及秋春秫稻井泉汲桐栢火候問隣媼
唧唧鳴甕盎嗷匕化梨棗一撥欣已熟急篘嫶不早
病色變澀丹龐軀驚醉倒予云多交遊好事時相造
嗣宗尚求仕兵厨可常到嗟我老杜門柰此牛平好未
出禁酒國趾為甕間盜一醉汁滓空入腹誰復告俗彥有入腹無臓之語

又

我吹半合耳晨興不可無千錢買一斗衆口分須史

月俸本有助法許吏未俞慭慭坐相眎饞涎落盤盂
頳潩鵂乏水粳糯貴如珠今年利陂塌碓聲喧里閭
典衣易鍾釜入甕坐醍醐歡欣走童孺左右陳肴蔬
細酌奉翁媪餘潤霑庖厨詰朝日南至相戒留全壺
一家有喜色經冬可無沽莫恠杜拾遺斗水寬憂虞

冬至雪一首

旱久憠不死連陰未成雪徵陽凡地來顛風三日發
父老竊相語號令風爲節講武罷冬夫饑甸休保甲
繫囚出死地冗官去煩雜手詔可人心吾君信明哲
風頻雪猶吝來歲恐無麥天公聽一言惟幸早誅魃

歲莫二首

嶺南萬里歸來客頹上六年多病身未死誰言猶有命長閑豈復更尤人眼看世事知難了手注遺編近一新點檢平生無派恨濁醪初熟正逢春

又

文章習氣消未盡般若初心老漸明粗有春秋傳雋學終憑止觀定無生維摩晚亦諧生事彌勒初猶重世名鬢髮來年應更白莫畱辟滓涵澄清

春後望雪一首

秋雨僅熟禾冬雪不拚塊溫風搜麥根天意欲爲害

老濃強推測，妄謂春當改。三陽已換節，六出尚茫昧。朝春扶桑暾，夜聽土囊噫。倉場久空竭，榆棗方伐賣。丁夫病風熱，孺子作瘡疥。無知此何幸，得罪彼有在。造物伊誰憯，亦後自無柰。慎勿翻雪海，凍餒無疆界。

除夜一首

年更六十七，旬滿三百六。俛仰定何爲，萬事如轉轂。禪心澹不起，非人自歌哭。芸芸初莫禦，勢盡行將復。學道可成無，心心每足。守歲聽兒曹，自笑未免俗。

喜雨一首

歷時書不雨，此法存春秋。請誅旱魃天，公信聞不魃去出未門油雲累嵩亡濛濛三日雨入上如膏流二麥返生意百草萌牙抽農夫但相賀漫不知其由蝗來有巢冗遺卵遍九州一埽不能盡餘孽未遽休安得風雨師速遣雷霆搜衆蝗誅已去秋成儻無憂

甲子日雨一首

一冬無雪麥方病細雨逆春歲有望愁見積陰連申子復令父老念耕桑瘦田未足終年計濁酒誰供清旦嘗賴有真人不飢渴閉門却埽但焚香

新火一首

百口共一竈終年事烹煎力耕飼飢饞竈爨火亦煩

昨日一百五老稱俱食寒呼童戛枯竹㸌然吐青煙
適從何方來熒熒百家傳性火出眞空應量曾無邊
老病何所求否餅煑寒泉飲爲一夫用無心固當然

次韻和人詠酴醾一首

蜀中酴醾生如積開落春風山寂寂巳憐正發香晻
曖猶愛未開光的皪半垂弱水弱如墜直上長松勇
無敵風中娜娜應數丈月下煌煌眞一色故園聞道
開愈繁老人自恨歸無日百花巳過春欲莫無坐繩
床空歎息朔來㨪把得幽香按頭亂插銅餅濕一番
花蘂轉頭空誰能徙問天台拾

閑居五詠

杜門

可憐杜門久，不覺杜門非。牀鋭日日銷，髀肉年年肥。眼暗書罷讀，肺病酒亦稀。經年客不至，不冠仍不衣。

坐忘

眎聽了不昧，色聲久已微。終然渾爲一，誰言我無歸。少年嘗病肺，納息肺自欽。靈液洗昏煩，百藥無此驗。爾來觀坐忘，一語頓非漸。道妙有至力，當能破諸暗。

讀書

咖趺百無營，純白乃受染。至人不妄言，此説豈吾僭。

習氣不易除書魔閒即至圖史紛滿前花卷飄忘睡
古今浩無垠得失同一轍前人已不悟今人復如此
愍然嫠婦憂嗟哉肉食鄙掩卷勿重陳慟哭傷人氣

買宅

我老未有宅諸子以爲言東家欲遷去餘積尚可捐
一費豈不病百口儻獲安田家伐榆棗賦役輸緡錢
長大可雙棟瑣細堪尺椽生理付兒曹老乖食耳眠

移竹一首

前年買南園本爲一畝竹稍去千百竿欲實西南屋
本心初不爾百口居未足區區斤斧餘慙愧琅玕綠

東園有餘地補種何年復凛凛歲寒姿餘水非此簇

城中牡丹推髙皇廟園遲适聯騎往觀歸報未開戲作一首

漢廟名園甲潁昌洛川珍品重姚黄雨餘往看初疑晚春盡方開自不忙爭占一時人意速養成千葉化工長老人終歲關門坐花落花開已兩忘

外孫文驥與可學士之孫也予親教之學作詩俊發猶有家風喜其不墜作詩贈之一首

已矣石室老奄然三十年遺孫生不識妙理定誰傳孔伋仍聞道賈嘉終象賢文章猶細事風節記髙堅

春深三首

郊原紅緑變青陰，閉户不知春已深。稍喜荒畦添野薺，坐看新竹補疎林。簾中飛絮縈殘夢，窓外啼鶯伴獨吟。欲聽楞嚴終懶出，道人知我粗無心。（僧維寬時講楞嚴）

小園松竹有清陰，懶病從茲日益深。醉客滿堂慙北海，野僧同社憶東林。逢人問道空長嘯，久客思歸尚越吟。三十年前誦圓覺，年來雖老解安心。

又

偶有茅簷潩水陰（潩水自西湖聽水亭下派流，自城北而東，吾廬適在其南），近依城市淺非深。幽居每自比陳寔，古學何人貴社林。隣

父時來陪小飲兒曹頗解續微吟前年僅了春秋傳後有仁人知我心

次運韻示朏天倪秀才姪孫元老王溥一首

茅簷有住客蕭蕭清風與吾孫成均來左右皆良朋為鄰眾兒第將冠未有稱條枝失燋悴中林壯新蕊老夫人夕苦貧不辦酒如泥夏田已失麥種豆喜多蝗令人就分贈之祥爲豆向以待君子簞瓢答一升君來豈非誤門庭冷如水

再次前韻示元老一首

豪棼參自悟不待文王興四方有飢歸十室豈無朋

我老不知時早歲誰誤稱歸來理茅屋對客食黎蒸遇渴即飲水何嘗問淄澠冠裳強包裹毀譽如飛蠅植根久已爾茗顇日自升忘我亦忘法無冰知消水

築室示三子一首

宅舍元依畢竟空小要慣住草庵中一生滯念餘妻子百口僑居怯雨風松竹已栽猶稍稍棟梁未具勿忽忽三道院吾真足餘問兒曹莫問翁

開窓一首

綠竹琅玕色紅葵旌節花開窓風細細窺戶月斜斜活計無多子文章自一家一牀方病卧隨意上三車

避住泉城獲麥一首

少年食稻不食粟老居穎川稻不足人言小麥勝西川雪花落磨煮成玉冷淘槐葉冰上齒湯餅羊羹火入腹五年隨俗粗得飽晨朝稻米纔供粥兒曹知我老且饞觸熱泉城正三伏田家有信呼郎來亭午驅牛汗如浴吾兒生來讀書史不慣田間爭斗斛今年久旱麥粒細及半罷休饒老宿歸來爛熳煞蒼耳來歲未知還爾熟百口且留終歲儲貧交強半倉無穀

送元老西歸

晝錦西歸及早秋十年太學爲親留讀詩俛就常年

説答鍊甘從下第收莫嫌簿領妨爲學從此文章始
自由家有吏師遺躅在當今耆舊識風流伯父士宦四十年當時號爲吏師

蜀人舊食決明花耳潁川夏秋少菜崇寧老僧教人幷食其葉有鄉人西歸使父爲老言之戲作一首

飲蔬舊埰決明花三嗅馨香每嘆嗟西寺衲僧幷食葉因君説與故人家

諸子將築室以畫圖相示三首

還家卜築初無地隨分經營似有時多斫脩篁終未

恐略存古栢更無疑畫圖且作百間計入室猶應三
歲期得到安居真老矣一生歌哭任於斯
舊廬近已借諸子新宅分耳臨老時萬里松楸終獨
往四方兄弟亦何疑竹間疎户幽人到林上長松野
鶴期已覺高軒慙衞賜可怜黄犬哭秦斯
積因得果通三世臨老長閑自一時父爾觀心終未
悟偶然見道了無疑南遷比返吾何病片瓦尺椽天
與期自斷此生今已矣世間何物更如斯

題韓駒秀才詩卷一絶

唐朝文士例能詩李杜高深獨到希我讀君詩笑無

語恍然重見儲光羲

秋社分題

天公閔貧病雨止得豐穰南畝傷功作東家社酒香分均思孺子歸遺笑東方肯勤拾遺住休嫌父老狂

釀重陽酒

風前隔年麴甕釀重陽酒適從臺無餽飲啜不濡口秋嘗口已迫收拾煩主婦仰空露成霜搴庭菊將秀金微火酒壯未可多覆瓿唧唧候鳴聲涓涓報初溜輕巾漉糟腳寒泉養甖缶誰來供嘉節但約鄰人父生理正艱難一醉陶衰朽它年或豐餘此味恐無有

中秋無月同諸子二首

風雨來無定泥塗日向深直埋今夜月眞失衆人心

雲外天衢淨人間濁霧侵幽人久不寐起坐夜愔愔

卷衣換斗酒欲飲月明中坐看浮雲合遥憐四海同旧說中秋陰晴四海同之清光知未泯來歲尚無窮旦盡樽中

淥高眠聽風雨

予昔在京師畫工韓若拙爲予寫真今十三年

矣容貌日衰展卷茫然葉縣楊生畫不減韓復

命作之以記其變偶作一首

白髮蒼顏日日新丹青猶是舊來身百年迅速何曾

住方寸空虚老更真一幅蕭條寄衰朽異時髮鬅見
精神近存八十一章注從道老聃門下人

九日獨酌三首

府縣嫌吾儻黨人鄉鄰畏我昔黄門終年閉户已三
歲九日無人共一樽白酒近令沽野店黄花旋遣折
籬根老妻也説無生話獨酌油然對子孫
故國忘歸懶問人新居斫竹旋開門菊生牆下不知
節酒滴床頭初滿樽漲水驟來真有浪浄雲卷自去
無根凡心漫作頻濵傳留與它年好事孫
平昔交遊今幾人後生誰復款吾門茅簷適性輕華

屋黍酒忘形敵上尊東圃旋移花百本西軒恨斫竹千根舍南頼有淩雲栢父老經過説二孫（古栢孫何孫僅所種）

泉城田舍一首

泉城欲治麥禾囷五畝鄰家肯見分莫問三吳朱處士似勝吾鄉楊子雲陰晴卒歲關憂喜豐約終身看逸勤家世本來耕且養諸孫不用耻鉏耘

欒城後集卷第四

欒城後集卷第五

雜文一十二首

和子瞻沉香山子賦一首

仲春中休子由於是始生東坡老人居於海南以沉水香山遺之示之以賦曰以爲子壽乃和而復之其詞曰

我生斯晨閱歲六十天鑿六竇俾以出入有神居之漠然靜一六爲之媒聘以六物紛然馳走不守其宅光寵所眩憂患所迮少壯一往齒搖髮脫失足隕墜南海之北苦極而悟彈指太息萬法盡空何有得失

色聲横鶩香味並集我初不受將爾誰賊收聦内觀
燕坐終日維海彼岸香木爰植山高谷深百圍千尺
風雨摧斃塗潦齧蝕膚革爛壞存者骨骼巉然孫峯
秀出巖穴如石斯重如蠟斯澤焚之一銖香蓋通國
王公所售不顧金帛我方躬耕日耦沮溺鼻不求養
蘭茝棄擲越人髡裸章甫奚適東坡調我寧下我息
久而自笑吾得道迹聲聞在定雷鼓皆隔豈不自保
而佛是斥妄眞雖二本實同出得眞而喜操妄而㨾
叩門爾耳未入其室妄中有眞非二非一無明所壓
則眞如窟古之至人衣草飯豕人天來供金玉山積

我初無心不求不索虛心而已何廢實腹弱志而已何廢強骨毋令東坡聞我而咄奉持香山稽首仙釋求與東坡俱證道術

和子瞻歸去來詞一首

昔予謫居海康子瞻自海南以和淵明歸去來之篇要予同作時予方再遷龍川未暇也辛巳歲予既還潁川子瞻渡海浮江至淮南而病遂沒於晉陵是歲十月理家中舊書復得此篇乃泣而和之蓋淵明之放與子瞻之辯予皆莫及也示不逆其遺意焉耳

歸去來兮歸自南荒又安歸鴻乘時而往來曾奚喜
而奚悲憂所惡之莫逃今雖黴其足追蹈天運之自
然意造物而良非蓋有口之必食亦無形而莫衣苟
所賴之無幾則雖喪其亦微吾駕非良吾行弗奔心
游無垠足不及門視之若窮挹焉則存俯仰衡茅亦
有一樽既飯稻與食肉撫簞瓢而愧顏感烏鵲之夜
飛樹三遶而未安有父兄之遺書命却掃而閉關知
物化之如幻蓋捨物而内觀氣有習而未忘痛斯人
之不還將築室乎西壥堂已具而無桓歸去來兮世
無斯人誰與游龜自閉於床下息聊縣乎無求閱歲

月而不移或有爲予深憂解刀劍以買牛拔蕭艾以爲疇蓬累而行捐車捨舟獨棲棲於圖史或以佞而疑丘散衆訛之糾紛忽水潰而川流曰吾與予二人取已多其能休已矣乎斯人不巧惟知時時不我知誰爲晋歲云徂矣今何之天地不吾欺形影尚可期捐冬廪之億秭知春壟之耘耔聊白首之章敘信稚子之書詩若妍醜之已然豈復臨鏡而自疑

潁州擇勝亭詩一首

予瞻爲汝陰守以幄爲亭欲往即設不常其處名之曰擇勝爲作四言一章轍愛其文故繼之云

我嗟世人，誰實與謀。生伏其廬，死安于丘。旣成不化，
奢若縶囚。我行四方，所見或不。江海之民，生記于舟。
前炊釜鬵，後鑿匽溲。晝設豆觴，夕張衽裯。出入濤瀾，
歸宿汀洲。與風皆行，與水皆浮。坐食網罟，以魚夫畱。
居無四鄰，行無朋儔。胡貊之民，駕車以游。外繹毳常，
內輯貂鼬。羨水薦草，驅馬縱牛。逐射兎鹿，聚爬薪櫝。
食肉飲水，雨雪相咻。草盡水乾，風捲雲收。所至成韋，
不懷一阪。今我奈何，橫自綢繆。翼爲華堂，湧爲層樓。
繚以修垣，貫以通溝。勢窮物變，何異一漚。棄之不忍，
徙去莫由。矧茲士夫，況焉周流。如鷺巢春，知不期秋。

脩椂高揀徙與民仇一日安居百年怨尤我兄和仲
寔剛立柔視民如傷有急斯𠢐視身如傳衎完不求
山磐水嬉君氣未瘳豈以吾好而俾民憂頼尾甚清
湖冊孔幽風有琴惺雨有赤油匪舟匪車亦可相攸
民曰公來庶幾無愁

和子瞻次韻陶淵明停雲詩一首

丁丑十月海道風雨儋雷郵傳不通于瞻兄和陶
淵明停雲四章以致相思之意轍亦次韻以報

雲跨南溟南北一雨瞻望豈遥陷穽斯阻夢往從之
引手相撫笑言未半捨我不佇晚稻欲登白露宵豪

人飲嘉平潑酒如江雷人以十月臘祭凡三日飲酒作樂我獨何爲觀成于忽此心了然來無所從欣然而笑是無枯榮手足相依所鍾則情情忘意消神凝不征可以安身可以長生跋扈飛揚誰匪南柯連歷相尋憂喜雜和我游其外所享則多削迹拔木其如予何

和子瞻次韻陶淵明勸農詩一首

子瞻和淵明勸農詩六章哀儋耳之不耕子居海康農亦甚惰其耕者多閩人也然其民甘於魚鰍蟹鰕故蔬果不毓冬溫不雪衣被吉貝故藝麻而不績生蠶而不織羅紈布帛仰于四方之負販工

君於圖杜故用器不作醫奪於巫鬼故方術不治
手居之半年凡羇旅之所急求皆不獲故亦和此
篇以苦其窮蹙或有勸焉

我遷海康實編于民少而躬耕老復其真乘流得坎
不問所因願以所知施及斯人我行四方稻麥黍稷
果蔬蒲椅百種咸植糞溉耘耔乃後有穡爾獨何爲
開口而食掇拾于州樓捕于陸俯鞠婦于仰薦昭穆
閩乘其媮載來逐逐計無百年謀止信宿我歸無時
視汝長久孰爲沮溺風雨相耦築室東皐取足南畝
后稷爲烈夫豈一手斷木陶土器則不匱績麻繅璽

衣則可葺藥餌共前病安得至坐而告窮相視徒愧
莫爲之先冥不謂鄙一夫前行百夫具屨以爲不信
出視同軌期爾十年風變而美

沐老圖贊一首

老聃新沐晞髮于庭其心逌然若遺其形夫子與回
見之而驚入而問之強使自名曰豈有它哉夫人皆
然惟役於人而喪其天其人苟亡其天則全四支百
骸孰爲吾纏死生終始孰爲吾遷彼赫赫者將爲吾溫
肅肅者將爲吾寒一溫一寒交而萬物生焉物皆賴
之而況吾身乎溫爲吾和寒爲吾堅忽乎不知而更

千萬年襟光志之夫非養生之根乎

香城順長老真賛一首

長老順公昔居圓爾從先子游數日耳頃予謫高安特以先契訪予再三予嘗問道於公以擂鼻爲荅予即以偈謝之曰擂鼻徑參真面目掉頭不受別鉡鎚公頷之紹聖元年予再謫高安而公化去已愈年矣其門人以遺像示予焚香稽首而賛之曰

與訥皆行與璉皆處於南得法爲南長子成就緇白可名爲老慈悲黑闇可名爲姥我初不識以先子故

訪我高安示搐鼻語再來不見作佛纔素向也無來今亦奚去

自寫真賛一首

心是道士身是農夫悞入廊廟還居里閭秋稼登場社酒盈壺頽然一醉終日如愚

六祖卓錫泉銘一首

六祖初住曹溪卓錫泉湧清涼滑甘贍足大衆逮今數百年矣或時小竭則衆汲于山下今長老辯公住山四歲泉日湧溢衆嗟異之聞之作銘曰

祖師無心心外無學有來叩者雲湧泉落問何從來

初無所從若有從處來則有窮初住南華衆集須水水性融會豈有無理引錫措石寒泉自列衆渴得飲如我說法云何至今有溢有祜泉無溢枯盡其人乎辯來四年泉水洋洋烹煮濯溉飲及牛羊羊不病没有不病負鉋勺荷盂莫知其故我不求水水則詐我訊于祖師其亦可哉

代李樵卧帳頌一首

予贈在黄日以卧帳遺李樵以頌問曰問李儼老何心居此愛護鐵牛障闌佛子樵不能荅紹聖二年九月訪予高安戲代荅之

鐵牛正卧佛子正渴奪我與爾是天人業爲我害爾
是地獄業安卧此間我爾休歇兹大寶帳爲降魔設

夢齋頌一首

曇秀上人遊行無定予兄子瞻作夢齋二字名其
所至告室爲作頌曰

法身充滿處處皆一幻身虚妄所至非實我觀世人
生非實中以寐爲正以寐爲夢忽寐所遇執寤所遭
積執成堅如丘山高若見法身寤寐皆非知其皆非
寤寐無非遨遊四方齋則不遷南北東西法身本然

抱一頌一首

道士朱元經舊居光州彭城曹九章演甫少年過光元經謁之演甫曰聞君未嘗求人今求我何故元經曰君後自當知之後若干年演甫知光州復見元經元經知黃白術演甫每問之元經不答曰有抱一法君不問我問此何用演甫在光而元經歿去演甫爲治後事此元經昔見演甫之意也崇寧甲申歲予閑居頴川演甫之子㷀爲我道此因采道書中語作抱一頌此非獨道家事乃瞿曇正法也

真人告我晝夜念一行一坐一眠一食一予若念一

一亦念子子不念一一則去子子若得一萬事皆畢飢而念一一與子糧渴而念一一與子漿寒而念一一與子裳病而念一一與子方鬬而念一一與子兵念一之至至於忘一忘一之至與一爲一與一爲一人火不然入水不溺是謂念一

欒城後集卷第五

欒城後集卷第六

孟子解二十四章 少作此解，後失其本，近得之，故録於此。

梁惠王問利國於孟子，孟子對曰：「王何必曰利，亦有仁義而已矣。」先王之所以爲其國，未有非利也，孟子則有爲言之耳。曰：是不然。聖人躬行仁義而利存，非爲利也。惟不爲利，故利存。小人以爲不求則弗獲也，故求利而民争，民争則反以失之。孫卿子曰：「君子兩得之者也，小人兩失之者也。」此之謂也。

齊宣王問曰：「文王之囿方七十里，有諸？」孟子對曰：「於傳有之。」周鎬大國，未有以七十里爲囿而不害於民

者也意者山林藪澤與民共之而以圍名焉是以芻
蕘雉兔者無不獲往不然七十里之圍文王之所不
爲也
孟子曰以大事小者樂天者也以小事大者畏天者
也樂天者保天下畏天者保其國小大之相刑貴賤
之相臨其命無不出於天者畏天者知其不可違不
得已而從之樂天者非有所畏非不得已中心誠樂
而爲之也堯禪舜舜禪禹湯事葛文王事昆夷皆樂
天者也
齊景公作君臣相說之樂其詩曰畜君何尤孟子曰

畜君者好君也君有逸德而能止之是謂畜君以臣畜君君之所尤也然其心則無罪非好其君不能也故曰責難於君謂之恭陳善閉邪謂之敬吾君不能謂之賊

孟子學於子思子思言聖人之道出於天下之所能行而孟子言天下之人皆可以行聖人之道子思言至誠無敵於天下而孟子言不動心與浩然之氣凡孟子之說皆所以貫通於子思而已故不動心與浩然之氣誠之異名也誠之爲言心之所謂誠然也心以爲誠然則其行之也安是故心不動而其氣浩然

無屈於天下此子思孟子之所以爲師弟子也子思舉其端而言之故曰誠孟子從其終而言之故謂之浩然之氣一章而三說具焉其一論養心以致浩然之氣其次論心之所以不動其三論君子之所以達於義達於義所以不動心也不動心所以致浩然之氣也三者相須而不可廢孟子曰我善養吾浩然之氣其爲氣也至大至剛以直養而無害則塞于天地之間是何氣也天下之人莫不有氣氣者心之發而已行道之人一朝之忿而鬬焉以忘其身是亦氣也方其鬬也不知其身之爲小也不知天地之大禍福

之可畏也然而是氣之不養者也不養之氣横行於中則無所不爲而不自知於是有進而爲勇有退而爲怯其進而爲勇也非吾欲勇也不養之氣盛而莫禁也其退而爲怯也非吾欲怯也不養之氣衰而不敢也孔子曰人之少也氣血未定戒之在色及其壯也血氣方剛戒之在鬬及其老也血氣既衰戒之在得一人之身而氣三變之故孟子曰志一則動氣七一則動志夫志意既修志盛奪氣則氣無能爲而惟志之從志意不修氣盛奪志則志無能爲而惟氣之聽故氣易致也而難在於養心孟子曰我四十不動

心而告子先我不動心告子曰不得於言勿求於心不得於心勿求於氣不得於心勿求於氣可不得於言勿求於心不可何謂也告子以爲有人於此不得之於其言勿復求其有此心不得之於其心勿復求其有此氣夫言之不然而心則然者有矣未有心不然而氣則然者也故曰不得於心勿求於氣可不得於言勿求於心不可由是言之氣者心之使也心所欲爲則其氣勃然而應之心所不欲而強爲之則其氣索然而不應人必先有是心也而後有是氣故君子養其義心以致其氣使氣與心相御而不相離然

後臨事而其氣不屈故曰志至焉氣次焉志之所至而氣從之之謂也昔之君子以其耿然之身而歸天下言未發而衆先喻功未見而至先信力不及而勢與之者以有是氣而已故曰志氣之帥也氣體之充也養志以致氣盛以充體體充而物莫敢逆然後其氣塞于天地翛然心之所以不動者何也博學而識之强力而行之卒然而遇之有自失焉故心必有所守而後能不動心之所守不可不多也多學而無守之事至而有不應也是以落其枝葉損之又損以全於不可損也而後能應故孔子謂子貢曰賜也汝以

予爲多學而識之者歟曰然非歟曰非也予一以貫之北宮黝之養勇也曰吾無辱於兩也孟施舍之養勇也曰吾無懼於爾也無辱勇矣而未見所以必勇也無懼而後能必勇故曰北宮黝之守氣不如孟施舍之守約北宮黝似子夏孟施舍似曾子曾子之所以自守者曰自反而不縮雖褐寬博吾不惴焉自反而縮雖千萬人吾往矣夫縮入也入受也自反而心受之以爲可爲者無憾於吾心也則吾心囂然爲之而吾氣勃然應之矣孟子曰其爲氣也配義與道無是餒也行有不慊於心則餒矣夫餒不充之謂也有

行於此而義不受則心不慊心不慊則氣不能充體氣不能充體之謂餒矣故心不能不動也而有待於義君子之所由達於義者何也勉強而行之則勞苦而失其真放而不之求則終身而不獲孟子曰必有事焉而勿正心勿忘勿助長也夫君子之於道朝夕從事於其間待其自直而勿強正也中心勿忘待其自生而勿助長也而後獲其真強之而求其正助之而望其長是非誠正而誠長也迫於外也子夏曰百工居肆以成其事君子學以致其道待其自至而不強是學道之要也

孟子曰我知言詖辭知其所蔽淫辭知其所陷邪辭知其所離遁辭知其所窮何謂也曰是諸子之病也孟子之於諸子非辯過之知其病而已病於寒者得火而喜以爲萬物莫火若也病於熱者得水而喜以爲萬物莫水若也一惑於水火以爲不可失矣誠得其病未有不覺而自泣也彼其爲是險詖之辭者必有以蔽之而不能自達也爲是淫放之辭者必有以陷之而不能自出也爲是邪辟之辭者必有以附之而不能自解也苟能知之發其蔽平其陷解其離未有不服者也不服則遁遁必有所窮要之於所窮而

執之此孟子之所以服諸子也
孟子曰仁者如射射者正已而後發發而不中反求諸已夫射之中否在的而所以中否在我善射者治其在我正立而審操之的雖在左右上下無不中者矣顏淵問仁孔子曰克已復禮爲仁一日克已復禮天下歸仁焉請問其目曰非禮勿視非禮勿聽非禮勿言非禮勿動夫居於人上而一爲非禮則害之及於物者衆矣誠必由禮雖不爲仁而仁不可勝用矣此仁者如射之謂也
龍子曰貢者較數歲之中以爲常樂歲粒米狼戾多

取之而不爲虐則寡取之凶年糞其田而不足則必取盈焉故曰治地莫善於助莫不善於貢貢者夏后氏之法也而其不善如此何也曰何特貢也作法者必始於粗終於精篆之不若隸也簡策之不若紙也車之不若騎也席之不若牀也俎豆之不若盤盂也諸候之不若郡縣也肉刑之不若徒流杖笞也古之不爲此非不智也勢未及也寢於泥塗者眞之於陸而安失目陸而後有藁秸自藁秸而後有莞簟捨其不安而獲其所安足矣方其未有貢也以貢爲善矣及其旣貢而後知貢之未善也法非聖人之所爲世

之所安也聖人者善因世而已今世之所安聖人何易焉此夏之所以貢也

陳仲子處於於陵齊人以爲廉孟子曰仲子所居之室伯夷之所築歟抑亦盜跖之所築歟所食之粟伯夷之所種歟抑亦盜跖之所種歟人安能待伯夷而後居而後食若是則孟子之責人也已難曰否居於於陵而食其食非孟子之所謂不可而仲子之所爲不可也仲子以兄之祿爲不義之祿而不食也以兄之室爲不義之室而不居也天下無伯夷仲子之義爲不居且不食也天下不可待伯夷而後居而後食

然則非其居於於陵食於辟纑之果汚也而不食於毋避兄之室之不可繼也故曰以毋則不食以妻則食之以兄之室則不居以於陵則居之是尚爲能充其類也乎君子之行爲可克也爲可繼也然後行有類若仲子將何以繼之故曰禦人于國門之外而餽以道則不受以不義取之於民而餽以道則受於孔子以不義取之於民者猶禦也其受於孔子何也曰以其非禦也非禦而謂之禦充類至義之盡也君子克其類而極其義則仲子之兄猶盗也仲子之兄猶盗也則天下之人皆猶盗也以天下之人皆猶盗而

無所荅則誰與立乎天下故君子不受於盜而猶盜者有所不問而後可以立於世若仲子者蚓而後充其操也孔子曰鳥獸不可與同羣吾非斯人之徒與而誰與蓋謂是也

學者皆學聖人學聖人者不如學道聖人之所是而吾是之其所非而吾非之是以貌從聖人也以貌從聖人名近而實非有不察焉故不如學道之必信孟子曰君子深造之以道欲其自得之也自得之則居之安居之安則資之深資之深則取之左右逢其原是以君子欲其自得之也

孟子曰天下之言性者則故而已矣所謂天下之言性者不知性者也不知性而言性是以言其故而已故非性也無所待之謂性有所因之謂故物起於外而性作以應之此豈所謂性哉性之所有事也性之所有事之謂故方其無事也無可而無不可及其有事未有不就利而避害者也知就利而避害則性滅而故盛矣故曰故者以利爲本大人之方無事也物未有以入之有性而無物故可以謂之人之性及其有事則物入之矣或利而誘之或害而止之而人失其性矣譬如水方其無事也物未有以參之有水而

無物故可以謂之水之性及其有事則物之所參也或傾而下之或激而升之而水失其性矣故曰所惡於智者爲其鑿也如智者若禹之行水則無惡於智矣禹之行水也行其所無事也如智者亦行其所無事則智亦大矣水行於無事則平性行於無事則靜方其靜也非天下之至明無以窺之及其既動而見於外則天下之人能知之矣天之高也星辰之遠也吾將何以推之惟其有事於運行是以千歲之日可坐而致也此性故深淺之辨也

孟子嘗知性矣曰天下之言性者則故而已矣故者

以利爲本知故之非性則孟子嘗知性矣然猶以故爲性何也孟子道性善曰無惻隱之心非人也無羞惡之心非人也無辭讓之心非人也無是非之心非人也惻隱之心仁之端也羞惡之心義之端也辭讓之心禮之端也是非之心智之端也人信有是四端矣然而有惻隱之心而已乎蓋亦有忍人之心矣有羞惡之心而已乎蓋亦有無恥之心矣有辭讓之心而已乎蓋亦有爭奪之心矣有是非之心而已乎蓋亦有蔽惑之心矣忍人之心不仁之端也無恥之心不義之端也爭奪之心不禮之端也蔽惑之心不智

故也天下之水未有不可飲者也然而或以爲清冷之淵或以爲塗泥今將指塗泥而告人曰雖是亦有可飲之實信矣今將指塗泥而告人曰吾將飲之可乎此上智下愚之不可移也非性也故也

孟子曰伯夷聖之清者也伊尹聖之任者也柳下惠聖之和者也孔子聖之時者也孔子之謂集大成集大成也者金聲而玉振之者也金聲也者始條理也玉振之也者終條理也始條理者智之事也終條理者聖之事也智譬則巧也聖譬則力也以巧諭智以力諭聖何也巧之所能有或不能力之所嘗至無不

至也伯夷伊尹柳下惠之行人之一方也而以終身焉故有不可得而充至於孔子可以速而速可以久而久可以仕而仕可以處而處然後終身行之而不匱故曰由射於百步之外其至爾力也是可常也其中非尔力也是巧也是不可常也巧亦能爲一中矣然而時亦不中是不如力之必至也

語曰齊人饋女樂季桓子受之三日不朝孔子行孟子曰孔子從而祭膰肉不至不税冕而行二者非相反也孔子之去魯爲女樂之故也去於膰肉之不至爲君也於其君之有大惡也孔子有不忍行焉於其

君之罪也是八者未知其孰爲主也均出性而已非性也性之所有事也今孟子則别之曰此四者性也彼四者非性也以告於人而欲其信之難矣夫性之於人也可得而知之不可得而言也遇物而後形應物而後動方其無物也性也及其有物則物之報也惟其與物相遇而物不能奪則行其所安而廢其所不安則謂之善與物相遇而物奪之則置其所可而從其所不可則謂之惡皆非性也性之所有事也譬如水火能下者水也能上者亦水也能熟物者火也能焚物者亦火也天下之人好其能下而惡其能上

利其能熟而害其能焚也而以能下能熟者謂之水火能上能焚者爲非水火也可乎夫是兩者非水火也水火之所有事也奈何或以爲是或以爲非哉孔子曰性相近也習相遠也夫雖堯桀而均有是性是謂相近及其與物相遇而堯以爲善桀以爲惡是謂相遠習者性之所有事也自是而後相遠則善惡果非性也

孔子曰上智與下愚不移故有性善有性不善以堯爲父而有丹朱以瞽瞍爲父而有舜以紂爲君而有微子啓王子比干女在其爲性相近也曰此非性也

君之無罪也孔子有不安行焉曰上以求免吾君下以免我是以去於膰肉之不至曰是可以辭於天下也故曰乃孔子則欲以微罪行不欲爲苟去君子之所爲衆人固不識也孟子曰君子不亮惡乎執必信之謂亮孔子曰君子貞而不亮要止於正而不必信而後無所執否則執一而廢百矣

孟子曰存其心養其性所以事天也夭壽不貳修身以竢之所以立命也天者莫之使而自然者也命者莫之致而自至者也天畀我以是心而不能存付我以是性而不能養是天之所以受我者有所不事也

壽則爲之天則癈之夭壽非人所爲也而寘力焉是命有所未立也修身於此知夭壽之無可爲也而命立於彼矣

孟子曰莫非命者順受其正何謂也天之所以受我者盡於是矣君子修其在我以全其在天人與天不相害焉而得之是故謂之正忠信孝弟所以爲順也人道盡矣而有不幸以至於大故而後得爲命巖牆之下是必壓之道也桎梏之中是必困之道也必壓必困而我蹈之以受其禍是豈命哉吾所處者然也

人之爲不善也皆有愧耻不安之心小人惟奮而行之君子惟從而已之孟子曰無爲其所不爲無欲其所不欲如斯而已矣

孟子曰舜爲天子皋陶爲士瞽叟殺人皋陶則執之舜則竊負而逃於海濱吾以爲此野人之言非君子之論也舜之親事烝烝乂不格姦何至於殺人而負之以逃哉且天子之親有罪議之孰謂天子之父殺人而不免於死乎

孟子曰形色天性也惟聖人然後踐形形色者所強於外也中雖無有而猶知強之孟子以是爲天性也

有人於此其進之鋭也則天下以爲不速退矣是不然勉強而力行之則其進也必鋭不勝而怠厭之則其退也必速曷不取而覆觀之於其不可已而已者無所不已於其所厚者薄無不薄也故曰仲子不義與之齊國而不受人皆信之是舍簞食豆羮之義也人莫大焉亡親戚君臣上下以其小者信其大者烏可哉亡親戚君臣上下而可是所謂不可已而已者也能居於於陵食於碎纑而不顧而不能以不義不受齊國是所謂進鋭而退速者也

孟子曰不仁而得國者有之矣不仁而得天下者未

之有也孟子之爲是言也則未見司馬懿楊堅也不仁而得天下也何損於仁仁而不得天下也何益於不仁得國之與得天下也何以爲異君子之所恃以勝不仁者上不愧乎天下不愧乎人而得失非吾之所知也

孟子曰人能充其無欲害人之心而仁不可勝用也人能充無穿窬之心而義不可勝用也無欲害人之心與無穿窬之心人皆有之然苟將充之則未可以言而言可以言而不言猶未免乎穿窬也此所謂造端乎夫婦而其至也察乎天地也歟

欒城後集卷第六

欒城後集卷第七

歷代論一 并引

予少而力學先君子師也亡兄子瞻子師友也父兄之學皆以古今成敗得失爲議論之要以爲士生於世治氣養心無惡於身推是以施之人不爲苟生也不幸不用猶當以其所知著之翰墨使人有聞焉予既壯而仕仕宦之餘未嘗廢書爲詩春秋集傳因古之遺文而得聖賢處身臨事之微意喟然太息知先儒昔有所未悟也其後復作古史所論益廣以爲略備矣元符庚辰蒙恩歸自嶺南卜居潁川身世相忘

俛仰六年洗然無所用心復自放圖史之間偶有所感時復論著然已老矣目眩於觀書手戰於執筆心煩於慮事其於平昔之文益以踈矣然心之所嗜不能自已輙存之於紙凡四十有五篇分五卷

堯舜第一

堯之世洚水爲害以意言之堯之爲國當日夜不忘水耳今考之於書觀其爲政先後命羲和正四時務農事其所先也末乃命鯀以治水鯀九年無成功乃命四岳舉賢以遜位四岳稱舜之德曰舜父頑母嚚象傲克諧以孝烝烝又不格姦堯以爲然而用之君

臣皆無一言及於水者舜既攝事黜鯀而用禹浲水以平天下以安堯舜之治其緩急先後於此可見矣使五教不明父子不親兄弟相賊雖無水患求一日之安不可得也使五教既修父子相安兄弟相友水雖未除要必有能治之者昔孔子論政曰足食足兵民信之矣子貢曰必不得已而去於斯三者何先曰去兵曰必不得已而去於斯二者何先曰去食自古皆有死民無信不立古之聖人其憂深慮遠如此世之君子凡有志於治皆曰富國而強兵患國之不富而侵奪細民患兵之不強而陵虐隣國富強之利終

不可得而謂堯舜孔子爲不切事情於乎殆哉

三宗第二

黃帝堯舜壽皆百年享國皆數十年周公作無逸言
商中宗享國七十五年高宗五十九年祖甲三十三
年文王受命中身享國五十年自漢以來賢君在位
之久皆不及此西漢文帝二十三年景帝十六年昭
帝十三年東漢明帝十八年章帝十三年和帝十二
年唐太宗二十三年此皆近世之明主然與無逸所
謂不知稼穡之艱難不聞小人之勞惟耽樂之從或
十年或七八年或五六年或四三年者無以大相過

也至其享國長久如秦始皇帝漢武帝梁武帝隋文
帝唐玄宗皆以臨御久遠循致大亂或以失國或僅
能免其身其故何也人君之富其倍於人者千萬也
膳服之厚聲色之靡所以賊其躬者多矣朝夕於其
間而無以御之至於夭死者勢也幸而壽考用物多
而害民久矜己自聖輕蔑臣下至於失國宜矣古之
賢君必志於學達性命之本而知道德之貴其視子
女玉帛與糞土無異其所以自養乃與山林學道者
比是以久於其位而無害也傳說之詔高宗曰王人
求多聞時惟建事學于古訓乃有獲事不師古以克

永世匪說攸聞惟學遜志務時敏厥修乃來允懷于
茲道積于厥躬惟斅學半念終始典于學厥德修罔
覺監于先王成憲其永無愆嗚呼傳說其知此矣

周公第三

言周公之所以治周者莫詳於周禮然以吾觀之秦
漢諸儒以意損益之者衆矣非周公之完書也何以
言之周之西都今之關中也其東都今之洛陽也二
都居北山之陽南山之陰其地東西長南北短短長
相補不過千里古今一也而周禮王畿之大四方相
距千里如畫棊局近郊遠郊甸地稍地大都小都相

距皆百里千里於地實無所容之故其畿內遠近諸法類皆空言耳此周禮之不可信者一也書稱武王克商而反商政列爵惟五分土惟三故孟子曰天子之制地方千里公侯百里伯七十里子男五十里不能五十里不達於天子附於諸侯曰附庸鄭子產亦云古之言封建者蓋若是而周禮諸公地方五百里諸侯四百里諸伯三百里諸子二百里諸男百里與古說異鄭氏知其不可而爲之說曰商爵三等武王增以子男其地猶因商之故周公斥大九州始皆益之如周官之法於是千乘之賦自一成十里而出車

一乘千乘而千成非公侯之國無以受之吾竊笑之武王封之周公大之其勢必有所弁有所弁必有所徒一公之封而子男之國爲之徙者十有六封數大國而天下盡擾此書生之論而有國者不爲也傳有之曰方里而井十井爲乘故十里之邑而百乘百里之國而千乘千里之國而萬乘古之道也不然百乘之家爲方百里萬乘之國爲方數圻矣古無是也語曰千乘之國攝乎大國之間千乘雖古之大國而於衰周爲小然孔子猶曰安見方六七十如五六十而非邦也者然則雖衰周列國之強家猶有不及五十

里者矣韓氏羊舌氏晉大夫也其家賦九縣長轂九百其餘四十縣遺守四千謂一縣而百乘則可謂一縣而百里則不可此周禮之不可信者二也王畿之內公邑爲井田鄉遂爲溝洫此二者一夫而受田百畝五口而一夫爲役百畝而稅之十一舉無異也然而井田自一井而上至於一同而方百里其所以通水之利者溝洫澮三溝洫之制至於萬夫方三十二里有半其所以通水之利者遂溝洫澮川五利害同而法制異爲地少而用力博此亦有國者之所不爲也楚蔿掩爲司馬町原防井衍沃蓋平川廣澤可以

爲井者井之原阜堤防之間狹不可井則町之爲小頃町仕頃以町皆因地以制廣狹多少之異井田溝洫蓋亦然耳非公邑必爲井田而鄉遂必爲溝洫此周禮之不可信者三也三者既不可信則凡周禮之說異遠於人情者皆不足信也古之聖人因事立法以便人者有矣未有立法以强人者也立法以强人此遷儒之所以亂天下也

五伯第四

五伯桓文爲盛然觀其用兵皆出於不得已桓公帥諸侯以伐楚次於陘而不進以待楚人之變楚使屈

完如師桓公陳諸侯之師與之乘而觀之屈完見齊之盛懼而求盟諸侯之師成列而未試也桓公退舍召陵與之盟而去之夫豈不能一戰哉知戰之不必勝而戰勝之利不過服楚全師之功大於克敵故以不戰服楚而不吝也晉文公以諸侯遇楚於城濮楚人請戰文公思楚人之惠退而避之三舍軍吏皆諫咎犯曰我退而楚還我將何求若其不還君退臣犯曲在彼矣師退而楚不止遂以破楚而殺子玉使文公退而子玉止則文公之服楚亦與齊桓等無戰勝之功矣故桓文之兵非不得已不戰比其所以全師

保國無敵於諸侯者也至宋襄公國小德薄而求諸侯凌虐邾鄫之君爭鄭以怒楚兵敗身死之不暇雖竊伯者之名而實非也其後秦穆公東平晉亂西伐諸戎楚莊王克陳入鄭得而不取皆有伯者之風矣然穆公聽杞子之計違蹇叔而用孟明千里襲鄭覆師於殽雖悔過自誓列於周書而不能東征諸夏以終成伯業莊王使申舟聘齊命無假道於宋丹知必死而王不聽宋人殺之王聞其死投袂而起以兵伐宋圍之九月與之盟而去之雖號能服宋然君子以爲此不假道之師也齊靈公楚靈王之所爲王亦爲

之而尚何以爲伯乎於乎此一君者皆賢君也兵一不義而幾至於狼狽不能與桓文齒而況其下者哉

管仲第五

先君嘗言管仲九合諸侯一匡天下以桓公伯孔子稱其仁而不能止五公子之亂使桓公死不得葬曰管仲蓋有以致此也哉管仲身有三歸桓公內嬖如夫人者六人而不以爲非此固適庶爭奪之禍所從起也然桓公之老也管仲與桓公爲身後之計知諸子之必爭乃屬世子於宋襄公夫父子之間至使它人與焉智者蓋至此乎於乎三歸六嬖之害溺於淫

欲而不能自克無已則人乎詩曰無競維人四方其
訓之四方且猶順之而况於家人乎傳曰管仲病且
死桓公問誰可使相者管仲曰知臣莫若君公曰易
牙何如對曰殺子以適君非人情不可公曰開方何
如曰倍親以適君非人情難近公曰豎刁何如曰自
宫以適君非人情難親管仲死桓公不用其言卒近
三子二年而禍作夫世未嘗無小人也有君子以閑
之則小人不能奮其智語曰舜有天下選於衆舉皋
陶不仁者遠矣湯有天下選於衆舉伊尹不仁者遠
矣豈必人人而誅之管仲知小人之不可用而無以

欒之何益於事内既不能治身外復不能用人舉易世之憂而屬之宋襄公使禍既已成而後宋人以干戈正之於乎殆哉昔先君之論云爾

知罃趙武第六

齊桓公存三亡國以屬諸侯其義多於晉文然相公没而齊亂其後不能復伯文公子孫世爲盟主二百餘年與春秋相終始其故何也雖襄公悼公之賢齊所無有然其所以保伯業而不失者則有在也伯者之盛非能用兵以服諸侯之難而能不用兵以服諸侯之爲難耳文分之後前有知罃後有趙武皆能不

用兵以服諸侯此晉之所以不失伯也悼公與楚爭鄭三合諸侯之師其勢足以舉鄭而卻楚晉之羣臣中行偃欒黶之徒欲一戰以服楚者衆失惟知罃爲中軍將知用兵之難勝負之不可必三與楚遇皆遷延稽故不與之戰卒以敝楚而服鄭此則知罃不用兵之功也悼公死平公立平公非悼公比也然能屬任趙武武嘗與楚屈建合諸侯之大夫于宋以求弭兵趙武於此有仁人之心二焉方其未盟也屈建衷甲將以襲武〻與叔向謀之叔向曰以信召人而以僭濟之人誰與之安能害我武從其言卒事而楚不

敢動將盟晉楚爭先叔向又曰諸侯歸晉之德只非歸其尸盟也子務德無爭先武亦從而先之此二者非仁人不能何也人將衷甲以襲我我亦衷甲以待之此勢之所必至也不幸不勝無可言者雖幸而勝晉楚之禍必自是始晉爲盟主常先諸侯矣晉未失諸侯而楚求先之苦與之爭楚必不聽晉楚之禍亦必自是始然此二者皆人情之所不能忍之忍也近於弱不忍近於強而武能忍之晉楚不爭而諸侯賴之故吾以爲武有仁人之心二焉凡晉之所以不失諸侯而趙氏之所以卒興於晉者由此故也春秋書

宋之盟實先晉而後楚孔子亦許之歟

漢高帝第七

高帝之入秦一戰於武關兵不血刃而至咸陽此天也非人也秦之亡也諸侯並起爭先入關秦遣章邯出兵擊之秦雖無道而其兵方强諸侯雖銳而皆烏合之衆其不敵秦明矣然諸侯皆起於羣盜不習兵勢陵藉郡縣狃於亟勝不知秦之未可攻也於是章邯一出而殺周章破陳涉降魏咎斃田儋兵鋒所至如獵狐兔皆不勞而定後乃與項梁遇苦戰再三然後破之梁雖死而秦之銳鋒亦略盡矣然邯以爲楚

地諸將不足復慮乃渡河北擊趙邯既北而秦國內空至是秦始可擊而高帝乘之此正兵法所謂避實而擊虛者蓋天命非人謀也項梁之死也楚懷王遣宋義項羽救趙羽願與沛公西入關懷王諸老將皆曰項羽爲人慓悍禍賊嘗攻襄城襄城無噍類所過無不殘滅且楚數進取前陳王項梁皆敗不如更遣長者扶義而西告諭秦父兄秦父兄苦其主久矣誠得長者往無侵暴宜可下卒不許項羽而遣沛公沛公方入關而項羽已至河北與章邯相持邯雖欲還兵救秦勢不得矣懷王之遣沛公固當然非邯羽相

持於河北沛公亦不能成功故曰此天命非人謀也

漢文帝第八

老子曰柔勝剛弱勝強漢文帝以柔御天下剛強者皆秉風而靡尉佗稱號南越帝復其墳墓召貴其兄弟佗去帝號俯伏稱臣匈奴桀敖陵駕中國帝屈體遺書厚以繒絮雖未能調伏然兵革之禍比武帝世十一二耳吳王濞包藏禍心稱病不朝帝賜之几杖濞無所發怒亂以不作使文帝尚在不出十年濞亦已老死則東南之亂無由起矣至景帝不能忍用鼂錯之計削諸侯地濞因之號召七國西向入關漢遣

三十六將軍竭天下之力僅乃破之錯言諸侯強大削之亦反不削亦反削之反疾而禍小不削反遲而禍大世皆以其言爲信吾以爲不然誠如文帝忍而不削濞必未反遷延數歲之後變故不一徐因其變而爲之備所以制之者固多術矣猛虎在山日食牛羊人不能堪荷戈而往刺之幸則虎斃不幸則人死其爲害亟矣鼂錯之計何以異此若能高其垣牆深其陷穽時伺而謹防之虎安能必爲害此則文帝之所以備吳也於乎爲天下慮患而使好名貪利小丈夫制之其不爲鼂錯者鮮矣

漢景帝第九

漢之賢君皆曰文景文帝寬仁大度有高帝之風景帝忌克少恩無人君之量其實非文帝比也帝之爲太子也吳王濞世子來朝與帝博而爭道帝怒以博局提殺之濞之叛逆勢激於此張釋之文帝之名臣也以劾奏之恨斥死淮南鄧通文帝之倖臣也以允雍之怨困迫至死鼂錯始與帝謀削諸侯遺衆用之及七國反袁盎一說譎而斬之東市曾不之卹周亞夫爲大將折吳楚之鋭鋒不數月而平大難及其爲相守正不阿惡其悻悻不屈遂以無罪殺之梁王武

毋第也驕而從之幾致其死臨江王榮太子也以毋失愛至使酷吏殺之其於君臣父子凡弟之際皆理而傷道者一至於此原其所以能全身保國與文帝俱稱賢君者惟不改其恭儉故耳春秋之法弑君稱君君無道也稱臣臣之罪也然陳侯平國蔡侯般皆以無道弑而弑皆稱臣以爲罪不及民故也如景帝之失道非一也而猶稱賢君豈非躬行恭儉罪不及民故耶此可以爲不恭儉者戒也

欒城後集卷第七

欒城後集卷第八

歷代論二

漢武帝第十

天下利害不難知也士大夫心平而氣定高不爲名所眩下不爲利所怵者類能知之人主生於深宫其聞天下事至鮮矣知其一不達其二見其利不覩其害而好名貪利之臣探其情而逢其惡則利害之實亂矣漢武帝即位三年年未二十閩越舉兵圍東甌東甌告急帝問太尉田蚡蚡曰越人相攻其常事耳又數反覆不足煩中國往救帝使嚴助難蚡曰特患

力不能救德不能覆誠能何故棄之小國以窮困來
告急天子不救尚何所愬帝詘蚡議而使助持節發
會稽兵救之自是征南越伐朝鮮討西南夷兵革之
禍加於四夷矣後二年匈奴請和親大行王恢請擊
之御史大夫韓安國請許其和帝從安國議矣明年
馬邑豪聶壹因恢言匈奴初和親親信邊可誘以利
致之伏兵襲擊必破之道也帝使公卿議之安國恢
往反議甚苦帝從恢議使聶壹賣馬邑城以誘單于
單于覺之而去兵出無功自是匈奴犯邊終武帝無
寧歲天下幾至大亂此二者田蚡韓安國皆知其非

而迫於利口不能自伸武帝志求功名不究利害之實而遽從之及其晚歲禍災並起外則黔首耗散內則骨肉相賊殺雖悔過自咎而事已不救矣然嚴助以交通淮南張湯論殺之王恢以不擊匈奴亦坐棄市二人皆罪不至死而不免大戮豈非首禍致罪天之所不赦故耶

漢昭帝第十一

周成王以管蔡之言疑周公及遭風雷之變發金縢之書而後釋然知其非也漢昭帝聞燕王之譖霍光懼不敢入帝召見光謂之曰燕王言將軍都郎道上

稱蹕又擅調益幕府校尉二事屬爾燕王何自知之
且將軍欲爲非不待校尉左右聞者皆伏其明光由
是獲安而燕王與上官皆敗故議者以爲昭帝之賢
過於成王然成王享國四十餘年治致刑措及其將
崩命召公畢公相康王臨死生之變其言琅然不亂
昭帝享國十三年年甫及冠功未見於天下其不及
成王者亦遠矣夭壽雖出於天然人事常參焉故吾
以爲成王之壽考周公之功也昭帝之短折霍光之
過也昔晉平公有蠱疾醫和視之曰是謂近女非鬼
非食惑以喪志良臣將死天命不宥國之大臣受其

寵禄而任其大節有菑禍興而無改焉必受其咎以此譏趙孟趙孟受之不辭而霍光何逃焉成王之幼也周公爲師召公爲保左右前後皆賢臣也雖以中人之資而起居飲食日與之接逮其壯且老也志氣定矣其能安富貴易生死蓋無足怪者今昭帝所親信惟一霍光光雖忠信篤實而不學無術其所與共國事者惟一張安世所與斷幾事者惟一田延年士之通經術識義理老光不識也其後雖聞久陰不雨之言而實夏侯勝感蒯聵之事而賢雋不疑然終亦不任也使昭帝居深宫近嬖倖雖天資明斷而無以

養之朝夕害之者衆矣而安能及遠乎人主不幸未嘗更事而履大位當得篤學深識之士日與之居示之以邪正曉之以是非觀之以治亂使之久而安之知類通達強立而不反然後聽其自用而無害此大臣之職也不然小人先之悅之以聲色犬馬縱之以馳騁田獵侈之以宫室器服志氣已亂然後入之以讒說變亂是非移易白黑紛然無所不至小足以害其身而大足以亂天下大臣誰欲有言不可及矣語曰君子學道則愛人小人學道則易使故人心知道而後知愛身知愛身而後知愛人知愛人而後知保

天下故吾論三宗享國長久皆學道之力至漢昭帝惜其有過人之明而莫能導之以學故重論之以爲此霍光之過也

漢哀帝第十二

漢哀帝自諸侯爲天子方其在國好禮節儉知成帝優容舅家權奪於王氏及即位收攬威柄朝廷竦然庶幾於治既而傳太后侵侮王后僭竊名號始失天下心帝復寵任倖臣董賢位至三公富擬帝室雖欲貶損王氏而身既失德朝無名臣所以資之者多矣詩曰無競維人四方其訓之有覺德行四國順之二

者帝皆失之其若王氏何方帝之崩也王太后召大司馬賢引見東廂問以喪事調度賢内憂不能對免冠謝太后曰新都侯莽前以大司馬奉送先帝大行曉習故事吾令莽助君賢頓首幸甚莽既至使尚書劾免賢〻即日自殺王氏代漢之禍實成於此昔高帝寢疾有呂氏之憂呂后問以後事帝曰陳平智有餘然難獨任王陵少戇可以助之周勃厚重少文然安劉氏必勃也可令爲太尉及產祿之變王陵爭之於前平勃定之於後皆如高帝所慮文帝末年有亡國之憂成太子曰即有緩急周亞夫可任將兵及吴

楚之變亞夫爲大將破之數月之間亦如文帝所慮今王氏之亂與呂氏士國等耳而哀帝無其人漢遂以亡非特天命蓋人謀也

漢光武上第十三

人主之德在於知人其病在於多才知人而善用之若已至焉雖至於堯舜可也多才而自用雖有賢有無所復施則亦僅自立耳漢高帝謀事不如張良用兵不如韓信治國不如蕭何知此三人而用之不疑西破強秦東伏項羽曾莫與抗者及天下既平政事一出於何法令講若畫一民安其生天下遂以無事

又繼之以曹參終之以平勃至文景之際中外晏然凡此皆高帝知人之餘功也東漢光武才備文武破尋邑取趙魏鞭笞羣盜筭無遺策計其武功若優於高帝然使當高帝之世與項羽爲敵必有不能辨者及既纂大位懲王莽篡奪之禍雖置三公而不付以事專任尚書以督文書繩姦詐爲實政事察察下不能欺一時稱治然而異己者斥非讖者棄專以一身任天下其智之所不見力之所不舉者多矣至於明帝任察愈甚故東漢之治寬厚樂易之風遠不及西漢賢士大夫立於其朝志不獲伸雖號稱治安皆其

父子才志之所止君子不尚者也

漢光武下第十四

高帝舉天下後世之重屬之大臣大臣亦盡其心力以報之故呂氏之亂平勃得實刀焉誅産禄立文帝若反覆手之易當是時大臣權任之盛風流相接至申屠嘉猶召辱鄧通議斬鼂錯而文景不以爲牾則高帝之用人其重如此景武之後此風衰矣大臣用舍僅如僕隷武帝之老也將立少主知非大臣不可乃委任霍光霍光之權在諸臣右故能翊昭建宣大下莫敢異議至於宣帝雖明察有餘而性本忌刻非

張安世之謹畏陳萬年之順從鮮有能容者惡楊惲蓋寬饒害趙廣漢韓延壽悍然無惻怛之意高才之士側足而履其朝陵遲至於元成朝無重臣養成王氏之禍故莽以斗筲之才濟之以欺罔而仕無一人敢指其非者光武之興雖文武之畧足以鼓舞一世而不知用人之長以濟其所不足章而子孫皆賢權在人主故其害不見及和帝幼少竇后擅朝竇憲兄弟恣横殺都鄉侯暢於朝事發請擊匈奴以自贖及其成功又欲立北單于以樹恩固位袁安任隗皆以三公守義力爭而不能勝章而憲以逆謀敗蓋光武

不任大臣之積其弊乃見於此其後漢日以衰及其誅閻顯立順帝功出于宦官黜清河王殺李固事成於外戚大臣皆無所與及其末流梁冀之害重天下不能容復假宦官以去之宦官之害極天下不能堪至召外兵以除之外兵既入而東漢之祚盡矣葢光武不任大臣之禍勢極於此夫人君不能皆賢君有不能而屬之大臣朝廷之正也事出於正則其成多其敗少歷觀古今大臣任事而禍至於不測者必有故也今畏忌大臣而使他人得乘其隙不在外戚必在宦官外戚宦官更相屠滅至以外兵繼之嗚呼殆

哉

隗囂第十五

智者爲國知所去就大義旣定雖有得失不爲害也隗囂初據隴坻譙恭下士豪傑歸之形政修舉兵甲富盛一時竊據之中有賢將之風矣然聖公乘王莽之敗擁衆入關君臣貪暴不改盜賊之舊敗亡之勢匹夫匹婦皆知之矣而囂舉大衆束手稱臣遠方望之言陷諸父於死地僅以身免及光武自河北入洛政修民附賢士滿朝羣盜十去六七而囂臣旣併之禍方擁兵自固爲六國之計謀臣去之義士笑之而

囂與王元王捷一二人以死守之始從聖公而不吝終背光武而不悔去就之計無一得者至於殺身亡國蓋不足恠也劉表專制荆州土廣民衆勢重於天下曹公與袁紹相拒於官渡二人皆求助於表表方晏然自守一無所與韓嵩說表曰兩雄相持天下之重在於將軍果欲有爲起乘其弊可也如其不然則將擇所宜從豈可擁甲十萬坐觀成敗求援而不能救見賢而不肯歸此兩怨必集於將軍恐不得中立矣表猶豫不能用卒爲曹公所并隗囂劉表雍容風議皆得長者之譽然其敗也皆以去就不明失之不

如張魯之庸敗亡之餘知所歸往猶能保其後嗣兵法有之知彼知已百戰不殆知彼而不知已一勝一負不知彼不知已每戰輒殆夫惟知彼知已而後知所去就哉

鄧禹第十六

鄧禹初以兵入關乘勝獨克關輔響震是時赤眉方入長安將諸豪桀皆勸禹徑乘其亂禹曰吾衆雖多能戰者少前無可仰之積後無轉饋之資赤眉新拔長安財富兵鋭未易當也盜賊羣居無終日之計財穀雖多變故萬端非能堅守者也上郡北地安定三

郡土廣人稀饒穀多畜吾且休兵北道就糧養士以觀其變乃可圖也於是引兵北屯栒邑光武聞之敕禹以時進討禹國執前意盤桓不進明年赤眉西走扶風禹方入長安謁祠高廟收十一帝神主然卒不能定關中無功而歸蓋赤眉之亂光武欲急攻之禹欲緩取之議者見禹之敗因以禹為失計吾以為不然赤眉方強急之實難緩之為得逮其自敗西走扶風而禹乘之猶能還兵敗禹而況其未走也哉如光武之計蓋不知赤眉方強而禹兵力不足若審知此聽禹堅守北道時出撓之而使別將挾持其東東西

歷之磨以歲月而赤眉成擒矣禹之敗而西歸也與
馮異相遇要異共攻赤眉異曰異與賊相遇且數十
日雖屢獲雄將餘衆尚多可稍以恩信傾誘難卒用
兵破也上令使諸將屯澠池要其東而異擊其西一
舉取之此萬全計也禹又不從而敗由此觀之禹本
計不失而帝不能用禹亦迫於君命不能自固耳

李固第十七

孔子謂顏子用之則行舍之則藏惟我與爾有是夫
用而不行則何以利人舍而不藏則何以保身聖人
之於天下理極於是而已陳靈公與其大夫孔寧儀

行父宣淫於朝洩冶强諫以死春秋書之曰陳殺其大夫洩冶君雖無道而洩冶亦名以爲無益於事而害其身君子不爲也李固立於順桓之間內無愧於其心外無負於其人東漢名臣如固一二人耳然事有可恨者沖帝之亡也固欲立清河王蒜梁冀不從而立質帝質帝之亡也固復以清河爲請與胡廣趙戒同謀廣戒懼而中變固獨與杜喬爭之冀積怒憤發策免固而立桓帝其後歲餘劉文劉鮪謀立清河冀遂誣固與文鮪通謀殺之吾竊怪固爲三公再欲立蒜而不克冀如豺狼疾之如仇讎獨一梁太后知

其貧欲宥之而不能固雖貪立賢君存漢社稷勢必無成矣一舉不中奉身而去得免於禍斯已幸矣再更大變固守前議遲遲不去以陷於大戮則固之死僅自取也不然如固之賢吾何間然哉

陳蕃第十八

易曰君不密則失臣臣不密則失身幾事不密則害成是故鷙鳥將擊必匿其形非以智御物而事不得不爾謀未發而使人知之未有不殆者也陳蕃將與竇武共誅宦官蕃自謂外從人望內有德於竇后事無不克乃先事露章曰臣聞言不直而行不正則爲

欺乎天而負乎人危言極意則羣凶側目禍不旋踵均此二者臣寧得禍不忍欺天今道路訩訩皆言侯覧曹節公乘昕王甫鄭颯等與趙夫人諸女尚書並亂天下若不急誅必生變亂傾覆社稷願出臣章宣示左右令諸姦知臣疾之太后不從聞者莫不震恐謀未及發曹節等矯詔殺之時蕃七十餘矣聞難將官屬諸生八十餘人拔刃入承明門攘臂大呼適遇王甫甫収殺之嗚呼天之將亡漢邪蕃一朝老臣名重天下而倡征寡慮乃與未嘗更事者比幾乎暴虎馮河死而無悔者斯豈孔子所謂賢哉

欒城後集卷第八

欒城後集卷第九

歷代論三

荀彧第十九

荀文若之於曹公則漢高帝之子房也董昭建九錫之議文若不欲曹公心不能平以致其死君子惜之或以爲文若先識之未究或以爲文若欲終致節於漢氏二者皆非文若之心也文若始從曹公於東郡致其筭略以摧滅羣雄固以帝王之業許之矣豈其晚節復疑而不予哉方是時中原略定中外之望屬於曹公矣雖不加九錫天下不歸曹氏而將安往文

若之意以爲刼而取之則我有力争之嫌人懐不忍之志徐而俟之我則無嫌而人亦無憾要之必得而免爭奪之累此文若之本心也惜乎曹公志於速得不忍數年之頃以致文若之死九錫雖至而禪代之事至子乃遂此則曹公之陋而非文若之過也

賈詡上第二十

曹公入荆州降劉琮欲順江東下以取孫氏賈詡言於公曰公昔破袁氏今收漢南威名遠聞兵勢盛矣若因舊楚之饒以饗吏士撫安百姓江東可以不勞衆而定也公不用其計以兵入吳境遂敗於赤壁夫

詡之所以說曹公則李左車之所以說淮陰侯使来破趙之勢傳檄以下燕者也方是時孫氏之據江東已三世矣國險而民附賢才爲用諸葛孔明以爲可與爲援而不可圖而曹公以劉琮待之欲一舉而下之難哉使公誠用詡言端坐荊州使辯士持尺書結好於吳吳知公無并吞之心雖未即降而其不以干戈相向者可必也方是時劉玄德方以窮客借兵於吳吳既修好於公其勢必不助劉而玄德因可蹙矣惜乎謀之不善荊州既不能守而孫劉皆奮孰謂曹公之智而不如淮陰侯哉其後公既降張魯下漢中

劉曄勸公乘勝取蜀曰劉備人傑也有度而遲得蜀日淺蜀人未恃也今舉漢中蜀人震駭因其傾而壓之無不克也若少緩之諸葛亮善治國而爲相關羽張飛勇冠三軍而爲將蜀人既定憑險守要不可犯也公不從而反天下皆惜曄計之不用夫玄德之賢過於仲謀賈詡欲以文告懷仲謀而曄欲以虛聲下玄德其愚智蓋已遠矣彼曹公不用曄計豈非以詡言爲戒也哉春秋之際楚子重伐鄭晉欒武子救之遇於繞角楚師還晉師遂侵蔡楚人以申息之師救蔡晉羣帥皆欲戰智莊子范文子韓獻子謂武子曰

吾來救鄭楚師不戰吾遂至於此既遂殘矣戮而不已又怒楚師戰必不克雖克不令若不能克爲辱已甚不如還也遂全師而歸夫兵久於外狃於一勝而輕與敵遇我怠彼奮敗常十九古之習於兵者蓋知之矣

賈詡下第二十一

用兵之難蓋有怵於外而動者矣力之所及而義不可君子不爲也義之所可而力不及君子不強也魏文帝始受漢禪欲用兵吴蜀以問賈詡七曰吴蜀雖蕞爾小國依阻山水劉備有雄才諸葛亮善治國孫

權識虛實陸遜見兵勢據嶮守要汎舟江湖皆難卒謀也用兵之道先勝後戰量敵論將故舉無遺策臣竊料羣臣無權備對雖以天威臨之未見萬全之勢也帝不能用遂興陵江之役士卒多死是時帝始受禪欲以武功夸示四方貪得幸勝未暇慮兵敗勢屈之辱也魏多謀臣蓋必有知之者矣然皆莫取言謝能言之可謂不怵於外矣晉末符堅擁百萬之衆趾吳會之未服欲一舉下之而不欲晉之無釁謝安乘符堅之敗知中原之蕩析而不知江南之微弱勢必不能成大功故符堅至於失國而謝安至於喪師二

人者皆耻不若休於外之患也

劉玄德第二十二

事固有嘗作而不可作者智者論其公私權其輕重而可否可决也蜀先主之於關羽名雖君臣而義則父子也先主入蜀而羽攻曹仁張於荆州吳乘其敝羽以敗死先主欲爲羽報讎義不可已也然吳蜀之於魏國小而兵弱本以季漢君臣之分締友相親與魏爲敵則報讎之義其公且重者在魏也釋魏而事羽之怨則爲失所先後矣先主文在白帝也吳之君臣懼而乞和若以讎魏之重俛而從之義無不可也

先主念羽之厚拒而不許君臣之義則至矣至於奮不慮害兵敗而繼之以死忘兩國之大計而徇一夫之遺忿則未爲得矣諸葛孔明有言法孝直若在必能止君此行雖行亦必不至於敗然則孔明亦自以伐吳爲失計矣哉

孫仲謀第二十三

任人莫難於託國漢武帝因文景富庶之後虐用其民厚自奉養征伐四夷幾喪天下逮其晚歲託國於霍光光知用兵之害能均輸榷酤與民休息而天下復安凡武帝之所以得稱賢君者惟用霍光故蜀也

先主知嗣子之暗弱舉國而付之諸葛孔明孔明又廢李嚴楊儀援將琬費禕而授之雖後主之不明而守國三十餘年君臣相安蜀人免於塗炭之患過於魏具遠甚吳大帝方其蜀任賢將抗衡中原曹公憚之及其老也賢臣死亡略盡喜諸葛恪之勁悍越衆而付以後事恪乘其用兵勞民之後繼起大役兵折於外既歸而不能自克將復肆志於僚友恪既以喪其軀而孫氏因之三世絶統吳越之民陷於炮烙之地國隨以亡彼以進取之資用進取之臣以徼一時之功可耳至於託六尺之孤寄千里之命而亦屬之

斯人其勢必至是哉

晉宣帝第二十四

世之說者曰司馬仲達之於魏則曹孟德之於漢也是不然二人智勇權略則同而所處則異漢自董卓之後內潰外畔獻帝奔走困踣之不暇帝王之勢盡矣獨其名在耳曹公假其名號以服天下攜而植之許昌建鄴邑征畔逆皆曹公也雖使終身奉獻帝率天下而朝之天下不歸漢而歸魏者十室而九矣曹公誠能安而俟之使天命自至雖文王三分天下有其二以事紂何以加之惜其為義不終使獻帝不安

於上義士憤怨於下雖荀文若猶不得其死此則曹公之過矣如司馬仲達則不然明帝之末曹氏之業固矣雖明帝以淫虐失衆曹爽以驕縱得罪而顛覆之形未見天下未畔魏也仲達因其隙而乘之拊其背而奪其成業事與曹公異矣漢武帝之老也託昭帝於霍光昭帝尚幼燕王蓋主有篡取之心上官桀桑羊助之此其禍急於曹爽霍光內難燕蓋外誅桀羊擁護昭帝訖無驕君之色及昭帝早喪國空無主迎立昌邑昌邑不令又援立宣帝柄在其手者屢矣然退就臣位不以自疑中外悉其本心亦無一人有

異議者以仲達疑光孰爲得之邪然光猶不足道蜀
先主將亡召諸葛孔明而告之曰嗣子可輔輔之如
其不才君可自取復語後主汝與丞相從事事之如
父後主之暗弱孔明之賢智蜀人知之矣使孔明有
異志一搖手而定矣然外平徼外蠻夷內廢李平廖
立旁禦魏吳功成業定又付之蔣琬費禕奉一昏主
三十餘年而無纖芥之隙此又霍光之所不能望也
故人患不誠苟誠忠孝舜之於父母伊尹之於太甲
終無間然者自仲達之後人臣受六尺之寄因而取
之者多矣皆以地勢迫切置而不取則身必爲國必

亂至自比騎虎不可復下此亦自欺而已哉

晋武帝第二十九

立嫡以長不以賢立子以貴不以長古今之正義也然堯廢丹朱用舜而天下安帝乙廢微子立紂而商以亡古之人蓋有不得已而行之者矣得已而不已不得已而已之二者皆亂也子非朱紂而廢天下之正義君子不忍也子如朱紂而守天下之正義君子不為也漢高帝始謂惠帝仁弱欲廢之而立如意既而知人心歸太子也則寢廢立之議而用平勃平勃皆賢而權任均故惠帝雖沒產祿雖横而援立文帝漢

室不病也武帝旣老知燕王旦廣陵王胥之不可用也廢之而立少子任霍光金日磾上官桀桑羊以後事當是時昭帝之賢否未可知而四人枉直相半也幸而昭帝明哲霍光忠良桀羊雖欲爲亂而不遂其後復廢昌邑立宣帝而朝廷晏然無事蓋人君不幸而立幼主當如二帝屬任賢臣乃免於亂此必然之勢也魏明帝疾篤而無子棄遠宗子而立齊王始欲輔以曹宇曹宇而僻臣劉放孫資不便宇肇之正亂帝易以司馬仲達曹爽齊王旣非天下之望而爽又以庸才與仲達姦雄爲對數年之間遂成篡弑之禍

晋武帝親見此敗矣惠帝之不肖羣臣舉知之而牽
制不忍忌齊王攸之賢而旹憖懷之小惠以爲可以
消未然之憂獨有一汝南王亮而不早用舉社稷齊
重而付之楊駿至於一敗塗地無足怪也帝之出齊
王也王渾言於帝曰攸之於晋有姬旦之親若預聞
朝政則腹心不貳之臣也國家之事若用后妃外親
則有吕氏王氏之虞付之同姓至親又有吳楚七國
之慮事任輕重所在未有不爲害者也惟當後正道
求忠良不可事事曲設疑防慮方來之患也若以智
猜物雖親見疑至於疏遠亦安能自保乎人懷危懼

非爲安之理此最國家之深患也渾之言天下之至言也帝不能用而用王佑之計使太子母弟秦趙都督關中楚王瑋淮南王允並鎮守要害以強帝室然晉室之亂實成於八王吾嘗籌之如攸之親賢奪嫡之禍非其志也不幸至此天下所宗宗社之計猶有賴也如佑之計使子弟擁兵以捍外患如梁孝王之禦吳楚尚可若變從中起而使人人握兵以救內難此與何進袁紹召丁原董卓以除宦官何異古人有言擇福莫若重擇禍莫若輕如武帝之擇禍福可謂不審矣

羊祜第二十六

善爲國者必度其君可與共患難可與同安樂而後有爲故功成而無後憂晉厲公與楚共王爭鄭晉人知楚有可乘之隙欒武子爲政欲出兵擊之日不可以當吾世而失諸侯范文子不欲請釋楚以爲外懼武子不能用大文子非苟自安者也厲公侈而多變寵諸大夫富而陵上國有大功則君臣不相安亂之所自生也旣謀之不從出而遇楚猶欲避楚而歸旣勝反國曰亂將作矣吾不可以俟使其祝宗祈死逾年而厲公殺三郤立胥童欒書殺胥童弑厲公文子

雖死而免於大難子孫與晉國相終始范蠡事越王句踐反自會稽撫人民厲甲兵七年而殺吳王夫差歸未及國知越王之難與同安樂也扁舟去之卒免文種之戮若二子者可謂有先見之明矣范文子至於自殺范蠡至於逃亡而不顧何則所全者大也晉武帝既受魏禪中原富強群臣用命吳孫皓以淫虐失衆有亡國之釁晉人習於長江之嶮以爲未可取也羊祜爲襄陽守知其不能久陳可取之計武帝納之祜歿王濬杜預以成滅吳之功後世皆稱其賢吾嘗論祜巧於策吳而拙於謀晉何以言之武帝之爲

人好善而不擇人苟安而無遠慮雖賢人滿朝而實充荀朂之流以爲腹心使吳尚在相持而不敢肆雖爲賢君可也吳亡之後荒於女色蔽於庸子踈賢臣近小人去武備崇藩國所以兆亡國之禍者不可勝數此則滅吳之所從致也孟子曰入則無法家拂士出則無敵國外患者國常亡故人常生於憂患而死於安樂祐不慮此而銳於滅吳其不若范文子遠矣或曰吳滅而晉亂此天命非人事也而羊祜何罪焉吾應之曰爲國當論人事使祐不爲滅吳之計孫皓窮凶而死吳更立君則長江未成越也吳計不亡則

晉之君臣厲精不懈是吳不滅而晉不亂也不猶愈
於吳滅而晉亂乎祜之將死也武帝欲使祜護諸將
祜曰滅吳不須臣自行但平吳之後當勞聖慮耳推
祜此言蓋亦憂在乎吳矣憂在乎吳而勇於滅吳其
不若范文子遠矣

王衍第二十七

聖人之所以御物者三道一也禮二也形三也易曰
形而上者謂之道形而下者謂之器禮與形皆器也
孔子生於周末內與門弟子言外與諸侯大夫言言
及於道者蓋寡也非不能言謂道之不可以輕授人

也蓋嘗言之矣曰參乎吾道一以貫之夫道以無爲
體而入於羣有在仁而非仁在義而非義在禮而非
禮在智而非智惟其非形器也故目不可以視而見
耳不可以聽而知惟君子得之於心以之御物應變
無方而不失其正則所謂時中也小人不知而竊其
名與物相遇輒捐理而徇欲則所謂無忌憚也故孔
子不以道語人其所以語人者必以禮禮者器也而
孔子必以教人非吝之也蓋曰君子上達小人下達
君子由禮以達其道而小人由禮以達其器由禮以
達道則自得而不眩由禮以達器則有守而弗此孔

子之所以寡言道而言禮也若其下者覩之以禮而不格然後待之以刑辟三者具而聖人之所以御物者盡矣三代以遠漢之儒者雖不聞道而猶能守禮故在朝廷則危言在鄉黨則危行皆不失其正至魏武始號法術而天下貴名刑魏文始慕通遠而天下賤守節相乘不已而虛無放蕩之論盈於朝野何晏鄧颺導其源阮籍父子汲其流而王衍兄弟卒以亂天下要其終皆以濟邪佞成淫欲惡理法之成其姦也故蔑弃禮法而以道自命天下之小人便之君臣奢縱於上男女淫泆於不風俗大壞至於中原爲墟

而不悟王導謝安江東之賢臣也王導無禮於成帝
而不知懼謝安作樂於喪期而不受教則廢禮慕道
之俗然矣東晉以來天下學者分亦爲南北南方簡
約得其精華北方深蕪窮其枝葉至唐始以義疏通
南北之異雖未聞聖人之大道而刑器之說備矣上
自郊廟朝廷之儀下至冠昏喪祭之法何所不取於
此然以其不言道也故學者小之於是捨之而求道
冥冥而不可得也則至於禮樂度數之間字書形聲
之際無不指以爲道之極然反而察其所以施於世
者內則纔諛以求進外則聚斂以求售廢端良聚苟

合杜忠言之門闢邪説之路而皆以詩書文飾其僞要之與王衍無異嗚呼世無孔孟使揚墨塞路而莫之闢吾則罪人爾矣

欒城後集卷第九

欒城後集卷第十

歷代論四

王導第二十八

西晉之士借通達以濟淫欲風俗旣敗夷狄乘之遂喪中國相隨渡江而此風不改賢者知厭之矣而不勝其衆俗亂於下政弊於上而莫能正也東晉之不競由此故耳是時王導爲相違於爲國之體性本寬厚容衆衆人安之然生於衍澄之間不能免習俗之累喜通而疾介能彌縫一時之闕而無百年長久之計也更二大變幾至亡國元帝之世王敦擁兵上流

繩君之心劉隗刁協剛介徇淺見信於帝專以法
公卿而深疾王氏恣横敦遂起兵以誅君側爲詞兵
再犯闕華而敦死元明既没成帝幼弱庾亮輔政任
法以裁物復失人心蘇峻擅兵歷陽多納亡命專用
威刑亮知峻必爲亂以大司農召之衆人皆知不可
而亮不聽遂與祖約連兵内向塗炭凉邑此二豐者
皆導之所不欲而隗亮不忍以速其變以隗亮爲是
耶敦峻之禍發不旋踵以導爲是耶使人主終身含
垢何以爲國魯自宣公政在季氏更三世至昭公不
能忍將攻之子家羈曰捨民數世求以克事不可必

也公不從而出隗亮之敗則昭公之舉也齊景公以貪暴失民田氏以寛惠得衆公問於晏嬰求所以救之嬰曰惟禮可以已之在禮家施不及國民不遷農不移工賈不變士不濫官不諂大夫不收公利公歎曰善哉吾今而後知禮之可以為國嬰曰禮之可以為國也久矣與天地並晏子知之而景公不能用田氏遂伐呂氏蓋大家世族為患於其國常若心腹之疾必與人命相持為一攻之以毒藥㓻之以鍼石病若不去命輒隨盡非良醫賢臣未易處也子産為鄭國小而福族大多寵子産患之有事伯石賂以其邑

子太叔曰國皆其國也何獨賂焉子產曰無欲實難皆得其欲以從其事而要其成非我有成其在人乎邑將焉往子太叔曰若四國何子產曰非相違也而相從也四國何尤焉鄭書有之曰安定國家必大焉先姑先安大以待所歸既伯石懼而歸邑卒以予之又使爲卿以次已位鄭乃少安及其久而政成矣人之忠儉者從而予之泰侈者因而斃之遂豐卷戮子皙鄭乃大治如導所爲知賂伯石以全其始矣未知予忠儉斃泰侈以成其終也以爲賢於隗亮則可以論晏子子產則遠矣

祖逖第二十九

敵國相圖必審於彼已將強敵弱則利於進取將弱敵強則利於自守遠此二者而求成功難矣東晉渡江以江淮爲境中原雖屢有變而南兵不出匕亦無功皆夷狄自相屠滅而已石勒之死也庾亮爲北伐之計石虎之老也庾翼爲徙鎮之役皆無成而死及符堅之敗謝安父子乘戰勝之威有席卷之意終以兵將犇潰無尺寸之得其後宋文自謂富強以兵挑元魏梁武志於幷吞失信於高氏陳宣乘高氏之衰攘取淮南皆繼之以敗云何者東南地薄兵脆將非

命世之雄其勢固如此也方石虎之斃中原大亂晉
人皆謂北方不足復平而蔡謨獨以爲憂或問其故
謨曰夫能順天奉時濟六合於草昧若非上哲必由
英豪度今諸人皆不辨此必將經營分表疲人以逞
才不副意徒使財單力竭終將何所至哉吾見韓盧
東郭俱斃而已矣至哉此言實當時好事者之病也自
江南建國惟桓溫東討慕容西征苻健兵鋒所及敵人
震動及宋武破廣固陷長安所至蕩定有弔伐之風此
三人者誠非常將也然桓溫終以敗衂不能成大功宋
武志在禪代未能定秦狼狽而返而況其下者乎惟晉

元帝初定江南未遑北伐祖逖言於帝曰晉室之亂非上無道而下怨叛也由藩王爭權自相誅滅遂使戎狄乘釁毒流中原耳今遺黎既被殘酷人有奮擊之志誠能奮威將命使若逖等爲之統主郡國豪桀必有應者沉弱之士喜於來蘇庶幾國耻可雪也帝以逖爲豫州刺史使進屯淮陰逖兵力甚弱乃鑄造兵器招合離散稍誅鉏叛涣復進據譙然未嘗爲入深計也石勒遣兵攻逖逖輒就破其衆每於兵間勤身節用禮下賢後懷撫初附專以恩信接人不尚詐力故人爭爲之用自黄河以南盡爲晉土雖石勒之強

不敢以兵窺其境遂屏葬成臯勒使人修其墓復遣使通好且求互市遂不荅其使而許其市通南北之貨多獲其利方將經略河北而帝使戴若思擁節直據其上遂快快不得志死蓋敵強將弱能知自守之爲利者惟遂一人夫惟知自守之爲進取而後可以言進取也哉

符堅第三十

符堅王猛君臣相得以成伯功雖齊桓管仲不能過也猛之將死也堅問以後事猛曰晉雖僻處吳越然正朔相承親仁善鄰國之寶也臣沒之後願勿以晉

爲圖鮮卑羌虜我之仇讎終爲人患宜漸除之以寧社稷言終而死堅不能用卒大舉伐晉敗於淝上歸未及國而慕容垂叛之既反國而姚萇叛之地分身死終斃於二人之手故後世皆多猛之賢而咎堅之不明吾嘗論之堅雖有伯者之略而懷無厭之心以天下不一爲深耻雖滅燕定蜀幷秦凉下西域而其貪未已兵革歲克而不知懼也晉雖微弱謝安桓沖爲之將相君臣相安民未患晉而欲以力稽之稽之天道論之人情雖内無垂萇之釁而堅之堅必不免矣然堅以夷狄之餘而有帝王之度其滅慕容姚萇

也收二姓之子弟錄其才能而官使之布滿中外凡其舊臣而不疑者若以世俗言之則以漸除之如猛之計得矣若以帝王之事言之則堅之意未必過也大雅之稱文王曰殷之子孫其麗不億上帝既命侯于周服侯服于周天命靡常殷士膚敏祼將于京厥作祼將常服黼冔文王用人其廣如此而堅何尤焉德雖不若文王而竊慕焉顧其所以處之何如耳文武既沒周公成王之際殷之遺孽猶與管蔡間周之隙曰予復反鄙我周邦故周公既克殷改封微子于宋而遷其頑民于洛邑保釐東郊作多士而撫寧之

所以慮其變者至矣至君陳畢公皆迭居成周而董師之故康王之命畢公曰周公毖殷頑民遷于洛邑密邇王室式化厥訓既歷三紀世變風移四方無虞予一人以寧然猶曰邦之安危惟兹殷士由此觀之文王之用殷人豈苟然而已哉今堅畜養豺虎于其復心而貪功務勝不顧其後宜其斃於埀茇也哉使堅信猛之策南結鄰好戢兵保境與民休息雖有埀茇百人安能動之文王雖未可覬然亦非王猛之所及矣

宋武帝第三十一

東漢之衰曹公始踐五伯之迹挾天子以令諸侯其志本欲盡掃羣雄而後取漢耳既滅二袁吕布劉表欲遂取江東而不克既破馬超韓遂欲并舉邑蜀而不果再屈於吴蜀而公亦老矣於是董昭進九錫之議㬋然聽之而桓文之業至此盡矣然方是時公在河朔而漢都許昌雖使主盟者夏而不廢舊君上可以爲周文王下亦不失爲桓文公不能忍而片心王莽九錫之事此荀文若之所以爲恨也至司馬仲達父子其勢蓋與公異矣擁兵天子之側固已不順既殺王淩害諸葛誕非人臣矣又降劉禪服曹氏之所

不能服非貪其土地而利其民人也志亦在九錫耳雖欲復爲桓文尚可得乎宋武既誅桓氏收遺晋而封植之又克譙縱執慕容超逐盧循擒姚泓立四大功天下莫能抗然其志不在桓文而在九錫亦已畢矣方帝之克長安也中原震恐元魏雖姚氏之昏姻而不敢救羌氏雖關中之唇齒而不敢争此其智力有餘足以有爲之時也若能因其兵勢據秦隴之形勝引吴越之饒富以經略中夏成曹公河朔之勢則王伯之功可冀顧所以用之何如耳然其兵未入秦而使傅亮南走建業發九錫之議劉穆之死南方無

復可託雖已入秦而無留秦之意舉千里之地付一孺子而去赫連勃勃乘之兵將死者過半狼狽而及僅乃得脱以帝之明非不知諸將之不足以保秦而志有所在不暇它慮矣悲夫以有前之利而棄百世之功有曹公蕭平之業而俯從司馬父子攘竊之陋此君子之所追恨也孔子曰知及之仁不能守之雖得之必失之知及之仁能守之不莊以涖之則民不敬知及之仁能守之莊以涖之動之不以禮未善也古之爲國必具此四者而後能成大功如武帝之用兵無敵於天下可以言智矣至其棄秦而歸以求九

錫之淫名尚可以爲仁乎惟其仁智不具故其功業止於是也

宋文帝第三十二

晉獻公殺其世子申生而立奚齊國人不順其大夫里克殺奚齊卓子而納惠公春秋皆以弑君書之矣惠公既立而殺里克以弑君之罪罪之春秋書曰晉殺其大夫里克稱人以殺匕有罪也稱國以殺殺無罪也里克弑君而以無罪書此春秋之微意也奚齊卓子之立以淫破義雖已爲君而晉人不君也既已爲君則君臣之名正故里克爲弑君而國人之所不

君則勢必不免里克因國人之所欲廢而廢之因國人之所欲立而立之則里克之罪與宋華督齊崔杼異矣雖使上有明天子下有賢方伯里克之罪猶可議也惠公以弒得立而歸罪於克以自悅於諸侯其義有不可矣然惠公殺克而背內外之賂國人惡之敵人怨之兵敗於秦身死而子弒至其謀臣呂甥郤稱冀芮皆以兵死蓋背理而傷義非獨人之所不予而天亦不予也宋武帝之亡也託國於徐羨之傅亮謝晦少帝失德三人議將廢之而其弟義眞亦以輕動不任社稷乃先廢義眞而後廢帝兄弟皆不得其

死乃迎立文帝文帝既立三人疑懼羨之亮内秉朝政晦出據上流爲自安之計自謂廢任亂以安社稷不以賊遺君父無負於國矣然文帝藩國舊人王華孔寧子王曇首皆陵上好進之人也惡羨之亮據其還路每以弑逆之禍激怒文帝帝遂决意誅之三人既死君臣自謂不世之功也是時寧子已死華與曇首皆受不次封賞文帝在位三十年其治江左稱首然元嘉三年始誅三人是歲皇子劭生劭既壯而爲商臣之亂華寧子之子孫無聞於世而曇首之子僧綽以才能任事亦并死於劭於乎天之報人不遠如

此不然晉惠公宋文帝禍發者合符契何哉謝晦將之荆州自疑不免以問蔡廓廓曰卿受先帝顧命任以社稷廢昏立明義無不可但殺人二昆而以北面挾震主之威據上流之重以古推今自免爲難耳善夫蔡廓之言不學春秋而意與之合太史公有言爲國者不可以不知春秋前有讒而不見後有賊而不知守經事而不知其宜遭變事而不知其權爲人君父而不通春秋之義者必蒙首惡之名爲人臣子而不通春秋之義者必蹈篡弑之誅其意皆以善爲之而不知其義是以被之空言而不敢辭宋之君臣誠

略通春秋則文帝必無惠公之禍徐傳謝三人必不
受里克之誅悲夫

梁武帝第三十三

易曰形而上者謂之道形而下者謂之器自五帝三
王以形器治天下導之以禮樂齊之以政形道行於
其間而民莫知也文武之後雖召公畢公之賢君子
不以爲知道者至春秋之際管仲晏子子産叔向之
徒以仁義忠信成功於天下然其於道則已遠矣孔
子出於周末收文武之遺而得堯舜之極其稱曰君
子上達小人下達嘗自謂我下學而上達者於其門

人惟顏子曾子庶幾以道許之一時賢者若老子之明道其所以尊之者至矣史稱孔子既見老子退謂弟子曰鳥吾知其能飛魚吾知其能游獸吾知其能走走者可以爲網游者可以爲綸飛者可以爲矰至於龍吾不能知其乘雲氣而上天吾今日見老子其猶龍邪老子體道而不嬰於物孔子至以龍比之然卒不與其斯世也捨禮樂政刑而欲行道於世孔子固知其難哉東漢以來佛法始入中國其道與老子相出入皆易所謂形而上者而漢世士大夫不能明也魏晉以後略知之矣好之篤者則欲施之於世疾

之深者則欲絶之於世二者皆非也老佛之道與吾道同而欲絶之老佛之教與吾教異而欲行之皆失之矣秦姚興區區一隅招延緇素譯經談妙至者凡數千人而姚氏之亡曾不旋踵梁武繼之江南佛事前世所未嘗見至捨身爲奴隸郊廟之祭不薦毛血父子皆陷於侯景而國隨以亡議者觀秦梁之敗則以佛法爲不足賴矣後魏太武深信崔浩浩不信佛法勸帝斥去僧徒毀經壞寺既滅佛法而浩亦以非罪赤族唐武宗欲求長生徇道士之私夷佛滅僧不期年而以弑崩議者觀魏唐之禍則以佛法爲不可

悟矣二者皆見其一偏耳老佛之道非一人之私說也自有天地而有是道矣古之君子以之治氣養心其高不可嬰其絜不可溷天地神人皆將望而敬之聖人之所以不疾而速不行而至者一用此道也老子曰天得一以清地得一以寧神得一以靈谷得一以盈萬物得一以生侯王得一以爲天下貞天無以清將恐裂地無以寧將恐發神無以靈將恐歇谷無以盈將恐竭萬物無以生將恐絕侯王無以爲正而貴高將恐蹶道之於物無所不在而尚可非乎雖然蔑君臣棄父子而以行道於世其弊必有不可勝言

者誠以形器治天下導之以禮樂齊之以政刑道行於其間而民不知萬物並育而不相害道並行而不相悖泯然不見其際而天下化不亦周孔之遺意也哉

唐高祖第三十四

唐高祖起太原其謀發於太宗諸子不與也及克長安誅鋤羣盜天下爲一其功亦出於太宗蓋天心之所付予人心之所歸向其在太宗者審矣至立太子高祖以長立建成建成當之不辭於是兄弟疑問卒至大亂夫建成不足言也其咎在高祖其後武氏之

亂廢中宗立睿宗以睿宗長子憲爲太子矣及中宗之復睿宗父子皆以王就第韋氏之亂臨淄以兵入討睿宗踐祚而唐室復安又將以長立憲憲辭曰時平先長敵國亂先有功不如此必且有難敢以死請睿宗從之而後臨淄之位定以太宗之賢而不免於爭奪玄宗之賢不逮太宗而晏然受命則憲之讓賢於人遠矣吾嘗論之高祖睿宗皆中主也其欲立長非專其私也以爲立嫡以長古今之正義也謂之正義而不敢違胡不考之前世乎太王捨太伯仲雍而立季歷文王捨伯邑考而立武王而周以之興誠天

命之所在而吾無心焉亂何自生雖然太伯奔吾以避王季亦畏亂故爾廢長而立少雖聖賢猶難之憲與玄宗兄弟相安終身無間言焉蓋古今一人而已

唐太宗第三十五

唐太宗之賢自西漢以來一人而已任賢使能將相莫非其人恭儉節用天下幾至刑措自三代以來未見其比也然傳子至孫遭武氏之亂子孫爲戮不絶如綫後世推原其故而不得以吾觀之惜乎其未聞大道也哉昔楚昭王有疾卜之曰河爲崇大夫請祭諸郊王曰三代命祀祭不越望江漢雎漳楚之望也

禍福之至不是過也不穀雖不德河非所獲罪也遂弗祭及將死有雲如衆赤烏夾日以飛三日王使問周史史曰其當王身乎若禜之可移於令尹司馬王曰除腹心之疾而寘諸股肱何益不穀不有大過天其夭諸有罪受罰又焉移之亦弗禜孔子聞之曰楚昭王知大道矣其不失國也宜哉吾觀太宗所爲其不知道若衆矣其能免乎貞觀之間天下既平征伐四夷滅突厥夷高昌殘吐谷渾兵出四克務勝而不知止最後親征高麗大臣力爭不從僅而克之其賢於隋氏者幸一勝耳而帝安爲之原其意亦欲誇當

時高後世耳太子承乾既立十餘年復寵魏王泰使
兄弟相傾承乾既廢晉王嫡子也欲立泰而使異日
傳位晉王疑不能决至引佩刀自刺大臣救之而止
父子之間以愛故輕予奪至於如此帝嘗得祕讖言
唐後必中微有女武代王以問李淳風欲求而殺之
淳風曰其兆既已成在宫中矣天之所命不可去也
徒使疑似之戮淫及無辜且自今已往四十年其人
已老老則仁雖受終易姓必不能絶李氏若殺之復
生壯者多殺而逞則子孫無遺類矣帝用其言而止
然猶以疑似殺李君羡夫天命之不可易惟修德或

能已之而帝欲以殺人弭之難哉帝之老也將擇大
臣以輔少主李勣起於布衣忠力勁果有節俠之氣
嘗事李密友單雄信密敗不忍以其地求利密死不
廢舊君之禮雄信將戮以股肉啗之使與俱死帝以
是爲可用疾革謂高帝爾於勣無恩今以事出之我
死即授以僕射高帝從之及廢王后立武昭儀召勣
與長孫無忌褚遂良計之勣稱疾不至帝曰皇后無
子罪莫大於絶嗣將廢之遂良等不可它日勣見帝
曰將立昭儀而顧命大臣皆以爲不可今止矣勣曰
此陛下家事不須問外人由此廢立之議遂定勣匹

夫之俠也以死徇人不以爲難至於禮義之重社稷所由安危動不知也而帝以爲可以屬幼孤寄天下過矣且使勣信賢託國於父竭忠力以報其子可矣何至父逐之子復之而後可哉挾數以待臣下於義既已薄矣凡此皆不知道之過也苟不知道則凡所施於世必有逆天理失人心而不自知者故楚昭王惟知大道雖失國而必復太宗惟不知道雖天下既安且治而幾至於絶滅孔子之所以觀國者如此

狄仁傑第三十六

母后臨朝據人君之地而私其親有志之士將欲正

之常患不克漢呂后欲王諸呂王陵以高帝舊約爭之曰非劉氏而王天下共擊之背之不可言雖直不見省陵卒而不死亦廢不用唐武后廢廬陵王立豫王豫王雖在位未嘗省天下事徐敬業爲之起兵於外裴炎爭之於內皆不旋踵爲戮何者位尊權重臣下所無柰何勢必至此也惠帝之亡也陳平聽張辟彊計封王諸呂呂后安之故平與周勃得執將相之柄以伺其間後復聽陸賈交歡周勃將相之權不分故周勃得入北軍左袒一呼而呂氏以亡豫王既立武后革命稱帝追尊祖考封王子弟戕殺天下豪俊

志得氣滿以爲武氏有太山之安矣狄仁傑雖爲宰相而未嘗一言及后欲以三思爲太子訪之大臣仁傑乃曰臣觀天人未厭唐德頃匈奴犯邊陛下使三思募士逾月不及千人及使廬陵王不旬浹得五萬人今欲立嗣非廬陵不可后怒罷議久之復召問曰朕數夢雙陸不勝何也對曰雙陸不勝無子也意者天以此儆陛下耶文皇帝身蹈鋒刃百戰以有天下傳之子孫大帝寢疾詔陛下監國陛下掩神器而取之十餘年矣又欲以三思爲後且母子與姑姪孰親陛下立廬陵王則千秋萬歲血食於太廟三思立宫

廟無祔姑之禮后感悟即日遣徐彦伯迎廬陵於房州而立之蓋王陵裴炎迎禍亂之鋒欲以一言折之故不廢則死陳平狄仁傑待其已衰而徐正之故身與國俱全惟呂后無子親止於姪故沒身而後變武后有子母子之愛人情之所同故老而自復由此觀之陳狄之所以成功者皆以緩得之也然廬陵既立而張易之昌宗未去仁傑循置之不問復授之張柬之俟其惡稔而後取豈以禍乱之根生於母子之間不如是必至於毀傷故耶老氏有言將欲歙之必固張之將欲弱之必固強之將欲廢之必固興之將欲

奪之必固與之是謂微明柔勝剛弱勝強魚不可以脫於淵國之利器不可以示人二公得之矣

欒城後集卷第十

欒城後集卷第十一

歷代論五

唐玄宗憲宗第三十七

唐玄宗憲宗皆中興之主也玄宗繼中睿之亂政紊於內而外無藩鎮分裂之患約已任賢而貞觀之治可復也憲宗承代德之弊政僨於朝而畿甸之外皆爲畔國將以求治則其勢尤難羅然二君皆善其始而不善其終所以失之者一道也齊桓公用管仲隰朋九合諸侯一斥天下爲五伯首及管仲死用豎刁易牙身死不得葬五公子爭立伯業隨毀蓋中人可

以上下此三君者皆中主耳方其起於憂患厄困之中知賢人之可任以排難則勉强而從之然非其所安也及其禍難既平國家無事則其心之所安者佚樂所悅者諛佞也故禍發皆不旋踵若令狩節昔太宗既平天下始任房玄齡杜如晦魏徵終用長孫無忌岑文本褚遂良帝亦恭儉節用去冗官節浮費內無宮掖侈靡之奉旁無近幸賜予之失貞觀之治斯已過半矣侍書御史權萬紀嘗言宣饒部中鑿山治銀歲可取數百萬緡以佐國用帝怒罵曰吾所乏忠言嘉謨有益於民者耳汝爲御史不能進賢退不肖

而訹吾以利豈謂我漢栢靈耶斥去不用於是上莫敢以利言者故房杜諸人得効其中力以致貞觀之盛及玄宗初用姚崇宋璟盧懷慎蘇頲後用張說源乾曜張九齡憲宗初用杜黄裳李吉甫裴洎裴度李絳後用常貫之崔群雖未足以方駕房杜然皆一時名臣也故開元元和之初其治庶幾於貞觀然玄宗方用宋璟而宇文融以括田幸遂至宰相後雖以公議罷去而思之不已謂宰相曰公等暴融惡朕已罪之矣然國用不足將奈何裴光庭等不能答融既死而言利者爭進韋堅楊慎矜王鉷目以益甚至楊國

忠而聚歛極矣故天寶之亂海内分裂不可復合憲
宗方平淮蔡裴度未及還朝而程异皇甫鎛皆以利
進度三上書極論不可帝以天下略平欲崇臺池宫
觀以自娱樂异鎛揣知其意數貢羨財以順所欲故
度卒逐去而异鎛皆相不三年而禍發於宦官蓋玄
宗在位歲久聚歛之害遍於天下故天下遂分憲宗
之世其害未究故禍止於其身然方鎮之强宦官之
横遂與唐相終始可不哀哉嗚呼太宗之恭儉所忍
無幾耳而福至於不可勝盡玄憲之淫佚所獲無幾
耳而禍至於不可勝言而世主終莫之悟覆車相尋

不絶於世蓋末之思歟

姚崇第三十八

唐史官稱姚崇善應變以成天下之務宋璟善守文以持天下之正斯言固二人之所長也然應變者要不失正而後可孟子有言所惡於智者爲其鑿也如智者若禹之行水則無惡於智矣禹之行水也行其所無事也如智者亦行其所無事則智亦大矣唐玄宗豪俊之君也而崇復以豪俊事之方其君臣遇合天下事迎刃而解若無足爲者雖然以水濟水後將有不可食者開元四年天下大蝗民祭且拜之坐視

食苗而不敢捕崇奏遣御史爲捕蝗使分道殺蝗群
臣多不以爲然帝亦疑之而崇行之愈力蝗亦爲息
捕蝗雖古之遺法然遇災而懼修德以答天變古之
正道也崇置之不言而專以捕爲事已可疑矣旣而
崇所親吏趙誨以財死崇懼還政時帝將幸東都而
太廟屋壞宰相宋璟蘇頲皆言三年喪未終不可巡
幸壞壓之變天戒也請罷東巡修德以答至譴帝以
問崇崇曰苻堅故殿也山有朽壞而崩木蠹而折理
無足怪但壞與行會非緣行而壞也今關中無年餽
餉勞弊出幸東都所以爲人非爲巳也百司巳戒供

擬已具請車駕即東而遷神主太極殿更作新廟此大孝也帝用其言崇由此復相開元末帝在東都欲還長安裴耀卿等皆言農人場圃未畢須冬可還李林甫獨曰二都本東西宫耳車駕往來何用待時假令妨農獨赦所過租賦可也帝大悦即駕而西崇建東幸之計林甫獻西還之議其意同耳孰謂崇獨賢乎從崇之議使人君上不畏天戒中不敬宗廟下不卹人言三者皆忠臣之所諱而崇居之不疑何哉其後崇璟既没玄宗愈老愈輕蔑群臣方任張九齡而廢太子瑛用牛仙客則聽李林甫方變楊國忠而縱

安祿山則用輔璆琳專以適已爲悅類崇有以啓之也故吾謂開元之治雖出於崇而天寶之亂亦崇之所自致此人臣之至戒也

宇文融第三十九

開元之初天下始脫中睿之亂玄宗厲精政事姚崇宋璟彌縫其闕而損其過庶幾貞觀之治矣在易天下雷行物與無妄開元之初無妄之世也無妄之爲言不一正之謂也君子之處此也全其大正而略其小不正而已蓋詳其小必廢其大古語有之銖銖而稱之至石必差寸寸而量之至丈必過石稱丈量徑而寡失

故無妄之曰不耕穫不菑畬則利有攸往謂曰無妄之災或繫之牛行人之得邑人之災其五曰無妄之疾勿藥有喜夫必耕而後穫必菑而後畬小人之所謂無妄也而君子不然於義可穫不必耕其耕也於道可畬不必其所菑也然後無所不行今有失牛於此得之首行人也而責得於邑人其意亦以求無妄也而邑人罹其橫故無妄之疾雖勿藥可也藥之其損或有甚於病者開元之初雖號富庶而戶口未嘗升降監察御史宇文融得其隙而之請治籍外羨曰逃戶命攝御史分行括實玄宗毒之朝臣莫敢言其非者惟陽翟尉皇

甫憬戶部侍郎楊瑒以爲籍外取稅百姓困弊得不償失而二人皆坐左遷諸道所括几得客戶八十餘萬田亦稱是然州縣希旨多張虛數以正田爲羨編戶爲客歲終籍錢數百萬緡其名似是而實失民心淺言之則失在求詳深言之則失在貪利時帝方以耳目之奉責得於人行之不疑於是羣臣爭爲聚飲以迎侈心天寶之亂實始於比吾觀近世士大夫多此病賢者不忍天下情不平而欲平之小人僥倖其利以爲進取之階天下每每多弊宰相李沆近世之賢相也嘗言吾在朝廷十有餘年無功可紀推方四之

言利者未嘗有一施行持此聊以報國古今善言醫者患醫之難以爲有病不服藥常得中醫蓋良醫不可必得而愚醫舉目皆是愚醫類能殺人而不服藥者未必死李公之言蓋類此也

陸贄第四十

昔吾先君博觀古今議論而以陸贄爲賢吾幼而讀其書其賢比蕢賈誼而詳練過之贄始以從官事唐德宗老而爲宰相從之出奔而與之反國彌縫其闕而濟其危亡比其老也功業定矣而卒斃於裴延齡之手其故何也孔子曰南人有言曰人而無常不可

以作巫醫善人不常其德或承之羞贊以有常之德而事德宗之無常以巫醫之明而治無常之疾是以承其羞耳帝即以之初好名而貪功河朔二叛父子相襲三十年矣帝將以天下之力勝之田悅驚疑而起朱滔王武俊和之帝使馬燧李抱真李芃三將往迎其鋒勝負之勢未决也帝急於成功復使李晟出禁衛之兵李懷光舉朔方之衆五將萃於魏郊而淮西李希烈乘間而起兵連禍結常賦所不能贍於是爲之抽貫筭間架貸商賈空内以事外關中已亂而帝不知也贊曰今兩河淮西爲禍亂之首者獨四五

凶人而已臣料其間必有旁遭詿誤内畜危疑而計
不能止者未必皆處心積慮果於僭逆也而况脅從
之黨乎陛下若能招懷以禮悔禍以誠使來者必安
安者必久人知獲免則誰願復爲惡老縱有野心難
馴臣知從化者必過半矣帝猶意西師可以必克忽
其言不用未幾而涇原畔卒之變起倉皇避寇半年
而歸帝亦老而厭兵矣於是行一切之政專以姑息
涵養藩鎮凡節度使死將佐之得上心者皆就命留
後雖以篡奪請命者亦如之宣武劉氏寧以暴慢失
衆其將李萬榮因其出畋閉門逐之帝將命以其位

贊曰如士寧之惡萬榮棄而遣之可也討而逐之可也惟何隙而篡取其位則不可何者方鎮之臣事多專制欲加之罪誰無詞者若使傾奪之徒輙得其處則曰方諸將無復安者矣且萬榮搆亂之日諸郡守將固非其同謀也一城士衆亦未必皆其黨也方成敗逆順之勢交戰於中其肯捐軀與之同惡乎今若選命賢將降詔軍中奬萬榮撫定之功別加寵仕褒將士輯睦之義例賜恩賞使衆知保安則誰肯復助其亂萬榮縱欲跋扈勢亦無所至矣帝方荷安無事竟亦不許由此觀之帝常持無常之心故前勇而後

怯贊常持有常之心故勇怯各得其當然其君臣之間異同至此雖欲上下相保不可得矣會昌中盧龍諸將連害帥臣最後張絳殺陳行泰宰相李德裕以爲河朔請帥皆報下太速故軍得以安若稍緩之必且有變既而回鶻烏介可汗擾天德塞軍使張仲武請以本軍擊之德裕聞知仲武可用言之武宗舉以可帥張絳既爲其下所殺而仲武遂以功名終德裕之謀則贊之故智也然帝之出也以陳京趙贊而贊之逐也以程异裴延齡其禍皆出於聚斂之臣而贊賢非不知也帝歸自興元贊因事言曰齊桓公自莒

入齊伯業既成而管仲以不忘在莒爲戒衛獻公自齊還衛諸大夫逆諸境者其執手而與之言逆於門者頷之而已戒心之易忘而驕心之易生齊衛之君陛下之蓍龜也贄言雖切而帝終不改吾以爲使贄反國而爲鴟夷子皮浮舟而去則其君臣之間超然無後患然可以言智矣哉

牛李四十一

唐自憲宗以來士大夫黨附牛李好惡不本於義而從人以喜愠雖一時公卿將相未有傑然自立者也牛黨出於僧孺李黨出於德裕二人雖黨人之首然

其實則當世之偉人也蓋僧孺以德量高而德裕以才氣勝德與才不同雖古人鮮能兼之者使二人各任其所長而不爲黨則唐末之賢相也僧孺相文宗幽州楊志誠逐其將李載義帝召問計策僧孺曰是不足爲朝廷憂也范陽自安史後不復係國家休戚前日劉總納土朝廷糜費且百萬終不能得斗粟尺布以實天府俄復失之今志誠猶向載義也第付以節使捍奚契丹彼且自力不足以逆順治也帝曰吾初不計此公言是也因遣使慰撫之及武宗世陳行泰殺史元忠張絳復殺行泰以求帥德裕以爲河朔

命帥失在太速使姦臣得計遷廷乂之擢用張仲武而絳自艶僧孺以無事爲安而德裕以制勝爲得此固二人之所以異較之德裕則憂矣德裕節度劍南西川吐蕃將悉怛謀以維州降維州西南要地也是時方與吐蕃和親僧孺不可曰吐蕃綿地萬里失一維州不害其强今方議和好而自違之中國禦戎守信爲上應變次之彼若來責失信贊普牧馬蔚茹川東襲汧隴不三日至咸陽雖得百維州何益帝從之使德裕反降者吐蕃族誅之德裕深以爲恨雖議者亦不直僧孺然吐蕃自是不爲邊患幾終唐僧世則

孺之言非爲私也帝方用李訓鄭注欲求奇功一日延英謂宰相公等亦有意於太平乎何道致之僧孺曰臣待罪宰相不能康濟天下然太平亦無象今四夷不内侵百姓安生業私室無强家上不壅蔽下不怨讟雖未及全盛亦足爲治矣而更求太平非臣所及也退謂諸宰相上責成如此吾可久處此耶旣罷未久李訓爲甘露之事幾至亡國帝初欲以訓爲諫官德裕固爭言訓小人哲惡已著決不可用德裕亦以此罷去二人所趣不同及其臨訓注事所守若出於一人吾以是如其皆偉人也然德裕代僧孺於

南訴其乾没府錢四十萬緡貧之非實及在朱崖作窮愁志論周秦行紀言僧孺有僭逆意倖然小文去之心老而不衰也始僧孺南遷於循老而獲歸二子蔚蘩後皆爲名卿德裕没於朱崖子孫無聞後世深悲其窮豈德不足而才有餘固天之所不予耶

郭崇韜第四十二

國無釁而後可以伐人冒釁以伐人敵無釁則已受其災敵有釁則我與敵皆斃楚靈王殘民以逞衆思亂之民以伐吴吴不可動而棄疾攻之若升虚邑靈

王遂死於外齊湣王貪而好勝知桀宋之可攻而忘齊國之既病燕師乘之遂以失國自古冒釁以攻人其禍如此矣唐莊宗勇而善戰與梁人夾河相攻卜戰九勝涉河取鄆不十日而克梁威震諸國五代用兵未有神速若此者也然其克敵之後幸一日之安沉湎聲色之虞寘官伶人交亂其政府庫之積罄於耳目之奉民怨兵怒國有上崩之勢而不知也一時功臣皆武夫倔起未有識安危之幾者惟樞密使郭崇韜智勇廉人知其不可力言而不見聽求去而不見許中外佞倖視之反目崇韜欲立大功爲自安之

計議以魏王繼岌爲元帥而已爲之副將兵六萬以出兵不逾時而克成都降王衍料敵制勝之功可謂盛矣然崇韜知蜀之易與而不知唐之已亂挈其良將勁兵西行數千里雖立大功而不免讒死于蜀征蜀之兵未還而趙在禮爲亂河朔明宗北征遂與在禮皆反師兵南向克汴入洛遂無一人能禦之者向使西師不出蜀雖未下而京師有重兵崇韜不死河朔叛臣心有所畏不敢妄動則莊宗不亡崇韜不死禍福未可知也嗟乎崇韜冒疊以伐人蹈齊湣之禍而以爲安借其有智而未始學也

馮道第四十三

馮道以宰相事四姓九君議者譏其反君事讎無士君子之操大義既虧雖有善不錄也吾覽其行事而竊悲之求之古人猶有可得言者齊桓公殺公子糾召忽死之管仲不死又從而相桓之子貢以爲不仁問之孔子曰管仲相桓公霸諸侯一匡天下民到于今受其賜微管仲吾其被髮左衽矣豈若匹夫匹婦之爲諒也自經於溝瀆而莫之知也管仲之相桓公孔子既許之矣道之所以不得附於管子者無其功耳晏嬰與崔杼俱事齊莊公杼弑公而立景公晏子立

於崔氏之門外其人曰死乎曰獨吾君也乎哉吾死也曰行乎曰吾罪也乎吾亡也曰歸乎曰君死安歸君民者豈以陵民社稷是主臣君者豈爲其口實社稷是養故君爲社稷死則死之爲社稷亡則亡之若爲已死而爲已亡非其私暱誰敢任之且人有君而弒之吾焉得死之而焉得死之而爲何亡之將庸何歸門啓而入枕尸股而哭興三踊而出卒事景公雖無管子之功而從容風議有補於齊君子以名臣許之使道自附於晏子庶幾無甚愧也蓋道事唐明宗始爲宰相其後歷事八君方其廢興之際或在內或在

外雖爲宰相而權不在已禍變之發皆非其過也明
宗雖出於夷狄而性本寬厚道每以恭儉勸之在位
十年民以少安契丹滅晉耶律德光見道問曰天下
百姓如何救得道顧夷狄不可曉以莊語乃曰今時
雖使佛出亦救不得惟皇帝救得德光喜乃罷殺戮
中國之人賴焉周太祖以兵犯京師隱帝已没太祖
謂漢大臣必相推戴及見道道待之如平日太祖常
拜道是日亦拜道受之不辭太祖意沮知漢未可代
乃立湘陰公爲漢嗣而使道逆之於徐道曰是事信
否吾平生不妄語公毋使我爲妄語人太祖爲誓甚

苦道行未返而周代漢篡奪之際雖賁育無所致其勇而道以拜跪談笑却之非盛德何以致此而議者無之曾不少借甚矣士生於五代立於暴君驕將之間日與虎兕爲伍棄之而去食薇蕨友麋鹿易耳而與自經於溝瀆何異不幸而仕於朝如馮道猶無以自免議者誠少恕哉

兵民第四十四

事固有出於不得已而爲後世之利者分兵民一也割燕蘇二也何謂分兵民之利人生而天界之才界之才則付之禄隨其精粗適其高下使食其技而資

其身是未有知其所由然者也故士大夫讀詩書執射御習書計高可以治人不可以爲役而祿從之矣農工商賈服田疇通貨賄運機巧上可以雄里閭下可以養親戚而利從之矣有人於此才力過人操行凡鄙上不能爲吏下不能爲民天畀之才而無以資之嬰之以勞苦迫之以饑饉不羣起爲盜則無以求濟其欲此勢之所必至自秦漢以來天下未嘗無是患也唐衰而府衛之兵廢朝廷有禁兵藩鎮有衙兵兵民之分蓋漸於此及五代之際而黠涅之兵分布內外於是兵民判矣使民出其賦以養兵兵盡其力

以衛民民有耕耨之勤而兵有征戍之勞更相爲用而不以相德此固分兵民之本意也至於山林之材武田里之凶悍放蕩無著之人一隸於伍符尺籍食其粟衣其帛俛首受笞而不敢肆居則學弓劒出則效首級積歲月以取祿位有其才必得其養氣傾相從凡凶人勇夫皆萃於軍中然後人人各得其歸故雖凶旱水溢天下小小不寧而盜賊不起較之漢唐之間十不三四天下陰享其利而不知其故也然儒者方且攘臂而言民兵之便民力既盡於養兵而又較版圖數丁口使之執干戈習戰陣奪其農時而齎

之以鞭扑民有怨心而責其效死以報國求信其私說而不卹後害嗚呼其亦未之思歟

燕薊第四十五

何謂割燕薊之利石晉始以燕薊之地賂契丹高祖思援兵之惠屈體以奉之雖號爲創業而日不遑給出帝不勝其詬未有以待之而輕犯其怒遂以亡國是時割地之害深矣至於本朝乃見其利眞宗皇帝親御六師勝虜於澶淵知其有厭兵之心稍以金帛啗之虜欣然聽命歲遣使介修鄰國之好逮今百數十年而北邊之民不識干戈此漢唐之盛所未有也

古者戎狄迭盛迭衰常有一族爲中國之敵漢文帝待之以和親而匈奴日驕武帝御之以征伐而中原日病謂之天之驕子非一日也今朝之所以原之者不過於漢文帝而虜弭耳馴服則石氏之割燕薊利見於此夫熊虎之搏人得牛而止契丹據有全燕擅桑麻棗栗之饒兼玉帛子女之富重歛其人利盡北海而又益之以朝廷給予之厚賈生所謂三表五餌兼用之矣被氊飲乳之裕而身服錦繡之華口甘麴糵之美至於茗藥橘柚無一不享犬羊之心醺然而足俛首奉約君爲禮義吾無割地之耻而獨享其利

此則天意非人事也昔唐天寶之亂朔方河隴之兵起而東征吐蕃乘虛襲據郡縣唐内苦藩鎮背叛置而不問百年之間獸心倡狂無復顧忌理極而變部族内潰而唐玉遺黎解辮内嚮中原未嘗血刃而壤王自復今吾不忍塗炭生民而以皮弊犬馬結異類之驩推之天理儻亦有唐季吐蕃之變乎

欒城後集卷第十一

欒城後集第十二

潁濱遺老傳上

潁濱遺老姓蘇氏名轍字子由父曰眉山先生隱居不出老而以文名天下天下所謂老蘇者也歐陽文忠公以文章獨步當世見先生而嘆曰予閲文士多矣獨喜尹師魯石守道然意常有所未足今見君之文予意足矣先生既不用於世有子軾轍以所學授之曰是庶幾能明吾學者母成國大夫人程氏亦好讀書明識過人志節凛然每語其家人二子必不負吾志轍年十九舉進士釋褐二十三舉直言仁宗親

策之於廷時上春秋高始倦於勤轍因所問極言得失曰陛下即位三十年餘矣平居靜慮亦嘗有憂於此乎無憂於此乎臣伏讀制策陛下既有憂懼之言矣然臣愚不敏竊意陛下有其言矣未有其實也往者寶元慶曆之間西羌作難陛下晝不安坐夜不安席天下皆謂陛下憂懼小心如周文王然自西方解兵陛下棄置憂懼之心二十年矣古之聖人無事則深憂有事則不懼夫無事而深憂者所以爲有事之不懼也今陛下無事則不憂有事則大懼臣以爲憂樂之節易矣臣疏遠小臣聞之道路不知信否近歲

以來宮中貴姬至以十數歌舞飲酒倢笑無度坐朝不聞咨謨便殿無所顧問三代之衰漢唐之季女寵之害陛下亦知之矣久而不止百蠱將由之而出内則蠱惑之所汙以傷和伐性外則私謁之所亂以敗政害事陛下無謂好色於内不害外事也今海内窮困生民愁苦而宮中好賜不爲限極所欲則給不問有無司會不敢争大臣不敢諫執契持敕迅若兵火國家内有養士養兵之費外有北狄西戎之奉陛下又自爲一侏以耗其遺餘臣恐陛下以此得謗而民心不歸也策入轍自謂必見黜然考官司馬君實第

以三等范景仁難之蔡君謨曰吾三司使也司會之
言吾愧之而不敢怨惟胡武平以爲不遜力請黜之
上不許曰以直言召人而以直弃之天下謂我何宰
相不得已寘之下第除商州軍事推官知制誥王介
甫意其右宰相專攻人主比之谷永不肯撰詞宰相
韓魏公哂曰此人策語謂宰相不足用欲得婁師德
郝處俊而用之尚以谷永疑之乎知制誥沈文通亦
考官也知其不然故文通當制有愛君之言諫官楊
樂道見上曰蘇轍臣所薦也陛下赦其狂直而收之
盛德之事也乞宣付史館上悅從之是時先君被命

修禮書而兄子瞻出簽書鳳翔判官傍無侍子轍乃奏乞養親三年子瞻解還轍始求為大名推官踰年先君捐館舍及除喪神宗嗣位既三年矣求治甚急轍以書言事即日召對延和殿時王介甫新得幸以執政領三司條例上以轍為之屬不敢辭介甫急於財利而不知本呂惠卿為之謀主轍議事多牾一日介甫出一卷書曰此青苗法也諸君熟議之有不便以告勿疑它日轍告之曰以錢貸民使出息二分本以救民之困非為利也然出納之際吏緣為姦雖有法不能禁錢入民手雖良民不免非理費用及其納

錢富民一不免遣限如此則鞭箠必用州縣事不勝煩
矣唐劉晏掌國計未嘗有所假貸有尤之者晏曰使
民僥倖得錢非國之福使吏倚法督責非民之便吾
雖未嘗假貸而四方豐凶貴賤知之未嘗逾時有賤
必糴有貴必糶以此四方無甚貴甚賤之病安用貸
爲晏之所言則漢常平法耳今此法見在而患不修
公誠有意於民舉而行之劉晏之功可立竢也介甫
曰君言有理當徐議行之後有異論幸勿相外也自
此逾月不言青苗會河北轉運判官王廣廉召議事
廣廉嘗奏乞度僧牒數千道爲本錢行陝西漕司私

行青苗法春散秋斂與介甫意合即請而施之河北自此青苗法遂行於四方初陳陽叔以樞密副使與介甫共事二人操術不同介甫所唱陽叔不深和也既召謝卿材侯叔獻陳知儉王廣廉王子韶程顥盧秉王汝翼等八人欲遣之四方搜訪遺利中外傳笑知所遣必生事迎合然莫敢言者輒求見陽叔陽叔逆問君獨來見何也對曰有疑欲問公耳近日召八人者欲遣往諸路不審公既知利害所在事有名件而使往槩實之耶其亦未知其實漫遣出外綱捕諸事也陽叔曰君意謂如何對曰昔嘉祐末遣使寬卹

諸路事無所指行者各務生事旣還奏例多難行爲天下笑今何以異此陽叔曰吾昔奉敕省祥寬卹等事如范堯夫輩所請多中理對曰今所遣如堯夫者有幾陽叔曰所遣果賢將不肯行君無爲憂對曰公誠知遣使之不便而恃遣者之不行何如陽叔曰君姑退得徐思之後數日陽叔召屬官於密院言曰上卽位之初命天下監司具本路利害以聞至今未上今當遣使宜得此以議可草一劄子乞催之惠卿覺非其黨中意不樂漫具草無益也輙知力不能救以書抵介甫陽叔指陳其決不可者且請補外介甫大

怒將見加以罪陽叔止之奏除河南推官會張文定知淮陽以學官見辟從之三年授齊州掌書記復三年改著作佐郎復從文定簽書南京判官居二年子瞻以詩得罪轍從坐謫監筠州鹽酒稅五年不得調平生好讀詩春秋病先儒多失其旨欲更爲之傳老子書與佛法大類而世不知亦欲爲之注司馬遷作史記記五帝三代不務推本詩書春秋而以世俗雜說亂之記戰國事多斷缺不完欲更爲古史功未及究移知歙績溪始至而奉神宗遺制居半年除秘書省校書郎明年至京師除右司諫宣仁後臨朝用司

馬君實呂晦叔等欲并弊事舊相蔡確韓縝樞密使
章惇皆在位窺伺得失中外憂之轍言曰先帝臨御
僅二十年厲精政事變更法度將以力致太平追復
三代是以擢任臣庶多自小臣致位公相用人之速
近世無與比者究觀聖意本欲求賢自助以利安生
民爲社稷長久之計豈欲使左右大臣媮合苟容出
入唯唯危而不得顛而不扶竊取利禄以養妻子而
已哉然自法行以來民力凋弊海内愁怨先帝晚年
寝疾彌留照知前事之失親發德音將洗心自新以
合天意而此志不遂奄棄萬國天下聞之知前日弊

事皆先帝之所欲改思慕德聖繼之以立是以皇帝
踐祚聖母臨政奉承遺旨罷導洛廢市易損青苗止
助役寬保甲免買馬放修城池之役復茶鹽鐵之舊
黜吳居厚呂孝廉宋用臣賈青王子京張誠一呂嘉
問蹇周輔等命令所至細民鼓舞相賀臣愚不知朝
廷以爲凡此誰之罪也上則大臣蔽塞聰明逢君之
惡下則小臣貪冒榮利奔競無恥二者均皆有罪則
大臣以任重責重小臣以任輕責輕雖三尺童子所
共知也今朝廷既已罷黜小臣至於大臣則因而任
之將復使燮和陰陽陶治民物臣竊惑矣竊惟朝廷

之意將以體貌大臣待其愧耻自去以全國體今確
等自山陵以後循偃然在職不肯引咎辭位以謝天
下謹案確等受恩最深任事最久據位最尊得罪最
重而有醜面目曾不知愧確等誠以昔之所行爲是
耶則今日安得不爭以昔之所行爲非耶則昔日安
得不言窮究其心所以安而不去者蓋以爲是皆先
帝所爲而非吾過也夫爲大臣忘君徇己不以身任
罪矣而歸咎先帝不忠不孝寧有過此臣竊不忍千
載之後書此簡策大臣既自處無過之地則先帝獨
被惡名此臣所以痛心疾首當食不飽至於涕泗之

橫流也陛下何不正其罪名上以爲先帝分謗下以慰臣子之意今獨以法繩治小臣而置確等大則無以顯揚聖考之遺意小則無以安反側之心故臣竊謂大臣誠退則小臣非建議造事之人可一切不治使得革而從君竭力自効以洗前惡伏乞出臣此章宣示確等使自處進退之分臣雖萬死不恨他三人竟皆遂去然卒不以其前後反覆歸咎先帝罪之世以爲恨呂惠卿始諂事介甫倡行虐政以害天下其後勢鈞力敵則傾陷介甫甚於仇讎世尤惡之時惠卿自知罪大乞宫觀自便不預貶竄轍具疏其姦請

加深譴乃以散官安置建州天下韙之司馬君實既以清德雅望專任朝政然其為人不達吏事知雇役之害欲復行差役不知差雇之弊其實相半講之未詳而欲一旦復之民始聞而喜徐而疑懼君實不信也王介甫以其私説為詩書新義以考試天下士學者病之君實改為新格而勢亦難行方議未定轍言自罷差役至今僅二十年吏民皆未習慣況役法關涉衆事根牙盤錯行之徐緩乃得審詳若不窮究首尾忽遽便行恐既行之後别生諸弊今州縣役錢例有積年寬剩大約足支數年若且依舊顧役盡今年

而止催督有司審議差役趁今冬成法來年役事鄉
户但使既行之後無復人言則進退皆便又言進士
來年秋試日月無幾而議不時决傳聞四方不免惶
惑詩賦緣號小技而比次聲律用功不淺至於治經
誦讀講解尤不可輕易要之來年皆未可施行欲乞
先降指揮來年科場一切如舊惟經義兼取注疏及
諸家議論或出已見不專用王氏學仍罷律義令天
下舉人知有定論一意爲學以待選試然後徐議元
祐五年以後科舉格式未爲晚也衆皆以爲便而君
實始不悅矣是歲上將親饗明堂輙言白三代常祀

一歲九祭天再祭地皆天子親之故於其祭也或祭昊天或祭五天或獨祭一天或祭皇地祇或祭州神地祇要於一歲而親祀必徧降及近世歲之常祀皆有司攝事三歲而後一親祀親祀之疏數古今之變相遠如此然則其禮之不同蓋亦其勢然也謹按國朝舊典冬至圜丘必蒸饗天地從祀百神若其有故不祀圜丘別行他禮或大雩於南郊或大饗於明堂或恭謝於大慶皆用圜丘禮樂神位其意以爲皇帝不可以三年而不親祀天地百神故也臣竊見皇祐明堂遵用此法最爲得禮自皇祐以後凡祀明堂或

用鄭氏説獨祀五天帝或用王氏説獨祀昊天上帝
雖於古學各有援據而考之國朝之舊則爲失當蓋
儒者泥古而不知今以天子每歲遍祀之儀而議皇
帝二年親祀之禮是以若此其疏也今者皇帝陛下
對越天命逾年即位將以九月有事於明堂義當並
見天地遍禮百神躬薦誠心以格靈貺臣恐有司不
達禮意以古非今執王鄭偏説以亂本朝大典夫禮
沿人情人情所安天意必順今皇帝陛下始親祠事
而天地百神無不咸秩豈不俯合人情仰符天意臣
愚欲乞明詔禮官今秋明堂用皇祐明堂典禮庶幾

精誠陟降溥及上下時大臣多牽於舊學不達時變奏入不報然輙以爲周禮一歲徧祭天地皆人主親行故郊丘有南北禮樂有同異自漢唐以來禮文日盛費用日廣事與古異故一歲徧祀不可復行唐明皇天寶初始定三歲一親郊於致齋之日先享太清宫次享大廟然後合祭天地從祀百神所以然者蓋謂三年一次大禮若又不徧則於人情有所不安至於徧祭之禮已自差官攝事未嘗少廢此近世變禮非復三代之舊而議者欲以三代遺文參亂其間失之遠矣至七年上將親郊輙備位政府乃與諸公共

伸前議合祭天地識者以爲當初神宗以夏國内亂用兵攻討於熙河路增置蘭州於延安路增置安疆米脂等五寨至此夏國雖屢遣使而未脩職貢二年夏始來賀登極使還未出境又遣使入界朝廷知其有請地之意然大臣議弃守未决轍言曰頃者西人雖至而疆埸之事初不自言度其狡心蓋知朝廷厭兵確然不請欲使此議發自朝廷得以爲重朝廷深覺其意忍而不予情得勢窮始來請命今若又不許使其來使徒手而歸一失此機必爲後悔彼若點集兵馬屯聚境上許之則畏兵而予不復爲恩不予則

邊釁一開禍難無已間不容髮正在此時不可失也
今議者不深究利害妄立堅守之議苟避棄地之名
不度民力不爲國計其意止欲私己自便并社稷之
計也臣又聞議者或謂弃守皆不免用兵棄則用兵
必遲守則用兵必速遲速之間利害不遠若遂以地
予之恐非得計臣聞聖人應變之機正在遲速之際
但使事變稍緩則吾得筭已多昔漢文景之世吳王
濞內懷不軌稱病不朝積財養兵謀亂天下文帝專
務含養置而不問加賜几杖恩禮日隆濞雖包藏禍
心而仁澤浸漬終不能發及景帝用晁錯之謀欲因

其有罪削其郡縣以爲削之亦反不削亦反削之則反疾而禍小不削則反遲而禍大削書一下七國盡反至使景帝發天下兵遣三十六將僅而破之議者若不計利害之淺深較禍福之輕重則文帝隱忍不決近於柔仁景帝則斷必行近於強毅然而如文帝之計禍發既遲可以徐爲備禦稍經歲月變故自生以漸制之勢無不可如景帝之計禍發既速未及旋踵已至交兵鋒刃既接勝負難保社稷之命決於一日雖食晁錯之肉何益於事今者欲弃之策與文帝同而欲守之計與景帝類乞宣諭執政欲弃者理直

而禍緩欲守者理曲而禍速曲直遲速孰爲利害況
今日之事主上妙年母后聽斷將帥吏士恩情未接
兵交之日誰使效命若其羽書沓至勝負紛然臨機
決斷誰任其責惟乞聖心以此反覆思慮早賜裁斷
無使西戎别致倡狂弃守之議皆不得其便於是朝
廷許還五寨夏人遂服輙尋還起居郎爲中書舍人
時朝廷起文潞公於既老以太師平章軍國重事初
元豐中河決大吴先帝知故道不可復還因導之北
流水性已順惟河道未深隄防未立歲有決溢之患
本非深害也至此諸公皆未究悉河事而潞公欲以

河爲重事中書侍郎吕微仲樞密副使安厚卿從而
和之始謂河西北流入泊淀久必淤淺異日或從北
界入海則河朔無以禦狄故三人力主回河之計諸
公莫能奪吕晦叔時爲中書相轍間見問曰公自視
智勇孰與先帝勢力隆重能鼓舞天下孰與先帝晦
叔驚曰君何言歟對曰河決而北自先帝不能回而
諸公欲回之是自謂智勇勢力過先帝也且河決自
元豐導之北流亦自元豐是非得失今日無所預諸
公不因其舊而修其未完乃欲取而回之其爲力也
難而其爲責也重矣晦叔唯唯曰當與諸公籌之既

而回河之議紛紛而起晦叔亦以病没轍遷户部侍
郎嘗因轉對言曰財賦之原出於四方而委於中都
故善爲國者藏之於民其次藏之州郡州郡有餘則
轉運司常足轉運司既足則户部不困唐制天下賦
稅其一上供其一送使其一留州比之於今上供之
數可謂少矣然每有緩急王命一出舟車相銜大事
以濟祖宗以來法制雖殊而諸道蓄藏之計猶極豐
厚是以斂散及時縱捨由己利柄所在所爲必成自
熙寧以來言利之臣不知本末之術欲求富國而先
困轉運司轉運司既困則上供不繼上供不繼而户

部亦憊矣兩司既困故內帑別藏雖積如丘山而委爲朽壤無益於筭故臣願舉近歲朝廷無名封樁之物歸之轉運司蓋禁軍闕額與差出衣糧清汴水脚與外江綱船之類一經擘畫例皆封樁夫闕額禁軍尋當以例物招置而出軍衣糧罷此給彼初無封樁之理至於清汴水脚雖減於舊而洛口費用實倍於前外江綱船雖不打造而顧船運糧其費特甚重復刻剥何以能堪故臣謂諸如此比當一切罷去况祖宗故事未嘗有此但有司固執近事不肯除去惟陛下斷而與之則轉運司利柄稍復而户部亦有賴矣

朝廷重遠近制卒不能改尋又言臣謹以祖宗故事考今日本部所行體例不同利害相遠恐合隨事措置以塞弊原謹昧死具三弊以聞其一曰分河渠案以爲都水監其二曰分胄案以爲軍器監其三曰分修造案以爲將作監三監皆隸工部則本部所專其餘無幾出納損益制在它司頃者司馬光秉政知其爲害嘗使本部收攬諸司利權當時所收不得其要至今三案猶爲它司所擅深可惜也祖宗參酌古今之宜建立三司所領天下事幾至大半權任之重非他司比推原其意非以私三司也事權分則財利散

雖欲求富其道無由蓋國之有財猶人之有飲食飲食之道當使口司出納而腹制多寡然後分布氣血以養百骸耳目賴之以爲明手足賴之以爲力若不專任口腹而使手足耳目得分治之則雖欲求一飽不可得矣而况於安且壽乎今戸部之在朝廷猶口腹也而使它司分治其事何以異此自數十年以來群臣不明祖宗之意每因一事不舉輙以三司舊職分建它司利權一分用財無藝它司以辦集爲效則不卹財之有無戸部以給財爲功則不問事之當否彼此各營一職其勢不復相知雖使戸部得才智之

臣終亦無益能否同病府庫卒空今不早救後患必甚昔嘉祐中京師頻歲大水大臣始取河渠案置都水監置監以來比之舊案所補何事而大不便者河北有外監丞侵奪轉運司職事轉運司之領河事也郡之諸埽埽之吏兵儲蓄無事則分有事則合水之所向諸埽趨之吏兵得以併功儲蓄得以併用故事作之日無暴斂傷財之患事定之後徐補其闕兩無所妨自有監丞據法責成緩急之際諸埽不相爲用而轉運司不勝其弊矣此工部都水監爲户部之害一也先帝一新官制並建六曹隨曹付事故三司故

事多隸工曹名雖近正而實非利吾胃案所掌今內爲軍器監而上隸工部外爲都作院而上隸提刑司欲有興作戶部不得與議訪聞河北道近歲爲羊渾脫動以千計渾脫之用必軍行乏水過渡無船然後須之而其爲物稍經歲月必至蠧敗朝廷無出兵之計而有司營職不顧利害至使公私應副虧財害物若專在轉運司必不至此此工部都作院爲戶部之害二也昔修造案掌百工之事事有緩急物有利害皆得專之今工部以辨職爲事則緩急利害誰當議之朝廷近以箔場竹箔積久損爛創令出賣上下皆

以爲當指揮采幾復以諸處營造歲有料制遂令般
運堆積以破出賣之計臣不知將作見工幾何一歲
所用幾何取此積彼未用之間有無損敗而遂爲此
計本部雖知不便而以工部之事不敢復言此工部
將作監爲戶部之害三也凡事之類此者多矣臣不
能遍舉也故願明詔有司罷外水監丞舉河北河事
及諸路都作院皆歸轉運司至於都水軍器將作監
皆兼隸戶部使定其事之可否裁其費之多少而工
部任其功之良苦程其作之遲速苟可否多少在戶
部則傷財害民戶部無所逃其責矣苟良苦遲速在

工部則敗事乏用工部無所辭其譴矣利出于一而後天下貧富可責之户部矣朝廷以爲然從之惟都水監仍舊轍自爲中書舍人與范子功劉貢父同詳定六曹條例子功領吏部元豐所定吏額主者苟悦群吏比舊額幾數倍朝廷患之命量事裁減已再上再却矣子功奉使轍兼領其事吏有白中孚者進曰吏額不難定也昔之流内銓今侍郎左選也事之煩劇莫過此矣昔銓吏止十數而今左選吏至數十事不加舊而用吏至數倍何也昔無重法重禄吏通賕賂則不欲人多以分所得今行重法給重禄賕賂比

舊爲少則不忌人多而寧於少事此吏額多少之大
情也舊法日生事以難易分七等重者至一分輕者
至一釐以下積若干分而爲一人令若取逐司兩月
事定其分數則吏額多少之限無所逃矣轍以其言
遍問屬官皆莫應獨李之儀對曰是誠可爲也即與
之儀議之曰此群吏身計所係也若以分數爲人數
必大有所損將大致紛訴雖朝廷亦將不能守乃具
以白宰執請據實立額俟吏之年滿轉出或事故死
亡者勿補及額而止不過十年羨額當盡功雖稍緩
而見吏知非身患不復怨矣諸公以爲然遂申尚書

省取諸司兩月生事諸司吏皆疑懼莫肯供再申乞榜諸司使知所立額俟它日見闕不補非法行之日即有減損也榜出文字即具至是成書以申三省左僕射呂微仲大喜欲攘以爲己功以問三省吏皆莫曉有諸司吏任永壽者頗知其意微仲悅之於尚書省創吏額房使永壽與三省吏數人與之小人無遠慮而急於功利即背前約以立額日裁損吏員復以好惡改易諸吏局次（以近下吏人惡爲上名所堅者即爲攙入上名於它司闕俗以司分隸入要地者及自寺監從入省曹之類是也）凡奏上行下皆微仲專之不復經三省法出中外洶洶微仲既爲御史所攻永壽

亦以恣横贓汙以徒罪刺配之微仲知衆不伏乃使左右司再詳定略依本議行下時子瞻自翰林學士出知餘杭朝廷即命轍代爲學士尋又兼權吏部尚書未幾奈使契丹虜以其侍讀學士王師儒館伴師儒稍讀書能道先君及子瞻所爲文曰恨未見公全集然亦能誦服茯苓賦等虜中類相愛敬者

欒城後集卷第十二

欒城後集卷第十三

潁濱遺老傳下

還朝爲御史中丞命由中出宰相以下多不悦所薦御史率以近格不用自元祐初革新疪政至是五年矣一時人心已定惟元豐舊黨分布中外多起邪說以搖撼在位吕微仲與中書侍郎劉莘老二人尤畏之皆持兩端爲自全計遂建言欲引用其黨以平舊怨謂之調亭宣仁后疑不决轍於延和面論其非退復再以劄子論之其一曰臣近面論君子小人不可並處朝廷竊觀聖意似不以臣言爲非者然天威咫

凡言詞迫遽有所不盡退伏思念若使邪正並進皆得預聞國事此治亂之幾而朝廷所以安危者也臣誤蒙聖恩典司邦憲臣而不言誰當救其失者謹復稽之古今考之聖賢之格言莫不謂親近君子斥遠小人則人主尊榮國家安樂疏外君子進任小人則人主憂辱國家危殆此理有必然非一人之私言也其於周易所論尤詳皆以君子在內小人在外爲天地之常理小人在內君子在外爲陰陽之逆節故一陽在下其卦爲復二陽在下其卦爲臨陽雖未盛而居中得地聖人知其有可進之道一陰在下其卦爲

姤二陰在下其卦爲遯陰雖未壯而聖人知其有可畏之漸若夫居天地之正德陰陽之和者惟泰而已泰之爲象三陽在內三陰在外君子既得其位可以有爲小人莫居於外安而無怨故聖人名之曰泰泰之言安也言惟此可以久安也方泰之時若君子能保其位外安小人使無失其所則天下之安未有艾也惟恐君子得位因勢陵暴小人使之在外而不安則勢將必至於反覆故泰之九三曰無平不陂無往不復竊惟聖人之戒深切詳盡所以誨人者至矣竊未聞以小人在外憂其不悦而引之於內以自遺患

者也故臣前所上劄子亦以謂小人雖決不可任以腹心至於牧守四方奔走庶務各隨所長無所偏廢寵祿恩賜彼此如一無一可指如此而已若遂引而寘之於内是猶畏盗賊之欲得財而導之於寢室知虎豹之欲食肉而開之以坰牧天下無此理也且君子小人勢同氷炭同處必争一争之後小人必勝君子必敗何者小人貪利忍耻擊之難去君子絜身重義知道之不行必先引退故古語曰一薫一猶十年尚猶有臭蓋謂此矣先帝以聰明聖智之資疾頽靡之俗將以綱紀四方追迹三代今觀其設意本非漢

唐之君所能髣髴也而一時臣佐不能將順聖德造作諸法率皆民所不悅及二聖臨御因民所願取而更之上下忻慰當此之際先朝用事之臣皆布列於朝自知上逆天意下失民心徬徨踧踖若無所措朝廷雖不加斥逐其勢亦自不能復留矣尚賴二聖慈仁不加譴責而宥之於外盖已厚矣今者政令已孚事勢大定而議者惑於浮說乃欲招而納之與之共事欲以此調停其黨臣謂此人若返豈肯徒然而已哉必將戕害正人漸復舊事以快私忿人臣被禍盖不足言臣所惜者祖宗朝廷也盖自熙寧以來小人

執柄二十年矣建立黨與布滿中外一旦失勢睎覬者多是以創造語言動搖貴近脅之以禍誘之以利何所不至臣雖未聞其言而緊可料矣聞者若又不加審察遽以爲然豈不過甚矣哉臣聞管仲治齊奪伯氏駢邑三百飯蔬食沒齒無怨言諸葛亮治蜀廢廖立李嚴爲民徙之遐遠久而不召及亮死二人皆垂泣思亮夫駢立嚴三人者皆齊蜀之貴臣也管葛之所以能戮其貴臣而使之無怨者非有它也賞罰必公舉措必當國人皆知所與之非私而所奪之非怨故雖仇讎莫不歸心耳今日竊覩朝廷國舍施設

之間其不合人心者尚不爲少彼旣中懷不悅則其不服固宜今乃直欲招而納之以平其隙臣未見其可也詩曰無競維人四方其訓之陛下誠以異同反覆爲憂惟當久任才性忠良誠慮明審之士但得四五人常在要地雖未及臯陶伊尹而不仁之人知自遠矣惟陛下斷自聖心不爲流言所惑毋使小人一進後有噬臍之悔則天下幸甚臣旣待罪執法若見用人之失理無不言言之不從理不徒止如此則異同之迹益後著明不若陛下早發英斷使彼此泯然迹可見之爲善也奏入宣仁后命宰執於簾前讀之

仍諭之曰蘇轍疑吾君臣遂兼用邪正其言極中理諸公相從和之自此參用邪正之說衰矣轍復奏曰聖人之德莫如至誠至誠之功存於不息有能推至誠之心而加之以不息之久則天地可動金石可移況於斯人誰則不服臣伏見太皇太后陛下皇帝陛下隨時弛張改革弊事因民所惡屛去小人天下本無異心群黨自作浮議近者德音一發衆心渙然正直有依人知所嚮惟二聖不移此意則天下誰敢不然衛多君子而亂不生漢用汲黯而叛者寢苟存至誠不息之意自是太平可久之功此實社稷之福天

下之幸也然臣以謂昔所柄任其徒實繁布列中外
豈免窺伺若朝廷施設必當則此輩覬望自消昔田
蚡爲相所爲貪鄙則竇嬰灌夫睥睨宫禁諸葛亮治
蜀行法廉平則廖立李嚴雖流徙邊郡終身無怨此
則保國寧人之要術自古聖賢之所共由者也臣竊
見方今天下雖未大治而祖宗綱紀具在州郡民物
粗安若大臣正己平心無生事要功之意因弊修法
爲安民靖國之術則人心自定雖有異黨誰不歸心
向者異同反覆之心蓋亦不足慮矣但患朝廷舉事
類不審詳曩者黄河北流正得水性而水官穿鑿欲

不復抑有衙前之許及元祐之初務於復舊一例復
常有破產之患以後出賣坊場以顧衙前民間
無主事役功之費者也昔嘉祐以前鄉差衙前民間
體關陝豈復安居如此二事則臣所謂正己平心
已先形朝廷雖知其非終不明白處置若遂養成邊
釁以侵其膏腴議納醉忠以奪其節鉞功未可測爭
臣順朝廷招來之厚惟恐失之而黜河將吏創築二
尚存遂使河朔生靈財力俱困今者西夏青唐外皆
知不可為猶或固執不從經今累歲回河雖罷減水
導之使東移下就直汩五行之理及陛下遣官按視

差官收坊場之錢民出衙前之費四方驚顧衆議沸騰尋知不可旋又復顧顧法有所未盡但當隨事修完而去年之秋復行差法雖存顧法先許得差州縣官吏利在起動人户以差爲便差法一行即時差足顧法雖在誰復肯行臣頃奉使契丹河北官吏皆爲臣言豈朝廷欲將賣坊場錢別作支費耶不然何故惜此錢而不用竭民力以供官此聲四馳爲損非細又熙寧顧役之法三等人户並出役錢上户以家産高強出錢無藝下户昔不充役亦遣出錢故此二等人户不免怨怨至於中等昔既已自差役今又出錢

不多顧法之行最爲其便及元祐罷行顧法上下二等忻躍可知唯是中等則反爲害臣請且借畿內爲比則其餘可知矣畿縣中等之家例出役錢三貫若經十年爲錢三十貫而已今差法既行諸縣手力最爲輕役農民在官日使百錢最爲輕費然一歲之用已爲三十六貫二年役滿爲費七十餘貫罷役而歸寬鄉得閑三年狹鄉不及一歲以此較之則差役五年之費倍於顧役十年賦役所出多在中等如此安得民間不以今法爲害而熙寧爲利乎然朝廷之法官戶等六色役錢皆得支顧役人不及三年處州役

而不及縣役寬剩役錢只得通融鄰路鄰州而不及鄰縣人戶願出錢顧人充役者只得自雇而官不爲雇如此之類條目不便者非一故天下皆思雇役而厭差役今五年矣如此二事則臣所謂宜因弊修法爲安民靖國之術者也臣以聞見淺狹不能盡知當今得失然四事不去如臣等輩猶知其非而見於心懷異同志在反覆幸國之失有以藉口者乎臣恐如此四事彼已黙識於心多造謗議待時發以搖撼衆聽矣伏乞宣諭宰執事有失當改之勿疑法或未完修之無倦苟民心既得則異議自消陛下端拱以享

承平大臣逡巡以安富貴海內蒙福上下所同豈不休哉然大臣佔權恥過終莫肯改比轍爲執政三省又奏除李清臣爲吏部尚書給事中范祖禹封還詔書進呈不允祖禹執奏如初左正言姚勔亦言不當三省復除蒲宗孟兵部尚書轍謂諸公且候邦直命下然後議此如何皆不應及簾前微仲奏諸部久闕尚書見在人皆資淺未可用又不可闕官須至用前執政上有黽俛從之之意轍奏前日除李清臣給諫紛然爭之未定今又用宗孟恐不便宜仁后曰奈闕官何轍曰尚書闕官已數年何嘗闕事今日用此工

人正與去年用鄧溫伯無異此三人者非有大惡但
昔與王珪蔡確輩並進意思與今日聖政不合見今
尚書共闕四人若並用似此四人使互進黨類氣勢
一合非獨臣等耐何不得亦恐朝廷難耐何矣且朝
廷只貴安靜如此用人臺諫安得不言臣恐自此鬧
矣宣仁后曰信然不如且靜諸公遂卷除目持下轍
又奏臣去年初作中丞首論此事聖意似以臣言爲
然今未及一年備位於此若遂不言實恐陛下怪臣
前後界同上曰然乃退六年春詔除尚書右丞轍上
言臣幼與兄軾同受業先臣薄祐早孤凡臣之宦學

皆兄所成就今臣蒙恩與聞國政而兄適亦召還本除吏部尚書復以臣故改翰林承旨臣之私意尤不遑安況兄軾文學政事皆出臣上臣不敢遠慕古人舉不避親只乞寢臣新命得與兄同備從官竭力圖報亦未必無補也不聽時呂微仲與劉莘老爲左右相微仲直而闇莘老曲意事之大事皆決於微仲惟進退士大夫莘老陰竊其柄微仲不悟也轍居其間迹危甚莘老昔爲中司臺中舊僚多爲之用前後非意見攻宜仁后覺之莘老既以罪去微仲知轍無它有相安之意然其爲人則如故天下事卒不能大有

所正至今愧之蓋是時所爭議大者有二其一西邊事其二黃河事初夏人來賀登極相繼求和且議地界朝廷許之本約地界已定然後付以歲賜久之議不决明年人多保忠以兵襲涇原殺掠弓箭手數千人而去朝廷隱忍不問即遣使往賜策命夏人受禮倨慢以地界爲詞不復入謝且再犯涇原四年乃復來賀坤成且議地界朝廷急於招約疆議未定先以歲賜予之尋覺不便乃於疆事多方侵求不守定約而熈河將佐范育种誼等又背約侵築質孤勝如二堡夏人隨即平蕩育等又欲以兵納趙醇忠又擅招

蕃部千餘人朝廷却而不受西邊騷然轍力言其非
乞罷育詛更擇老將以守熙河宣仁后深以爲是面
大臣主之轍面奏此輩皆大臣親舊不忍壞其資任
雖其同列亦不敢異議陛下獨不見黄河事乎當時
德音宣諭至深至切然非大臣意至今不了人皆與
人臣事體不同人臣雖明見是非而力所不嘉須至
且止人主於事不知則已知而不得行則事權去矣
臣今言此蓋欲陛下收攬威柄以正君臣之分而已
若專聽其所爲不以漸制之及其太甚必嘉之罪只
如韓維專恣太甚范純仁阿私太甚皆不免逐去事

至如此豈朝廷美事故臣之意盖欲保全大臣非欲害之也宣仁后極以爲然而不能用六年六月熙河奏夏人十萬騎壓通遠軍境上挑掘所争崖巉殺人三日而退乞因其退軍未能復出急移近裏堡寨於界上修築乘利而往不須復守誠信諸公會議都堂轍謂微仲今欲議此事當先定議欲用兵耶不用兵耶微仲曰如合用兵亦不得不用轍曰凡欲用兵先論理之曲直我若不直則兵決不當用朝廷頃與夏人商量地界欲用慶曆舊例以漢蕃見今住坐處當中爲界此理最爲簡直夏人不從朝廷遂不固執盖

朝廷臨事常患先易後難此所謂先易者也既而許於非所賜城寨依綏州例以二十里為界十里為堡鋪十里為草地非所賜城寨指謂延州塞門義合石州吳堡蘭州諸城寨通遠軍定西城要約纔定朝廷又要於兩寨界首相望侵係蕃地一抹取直夏人黽俛見從要約未定朝廷又要蕃界更留草地十里通前三十里夏人亦又見許凡此所謂後難者也今者又欲於定西城與隴諾堡相望一抹取直所侵蕃地凡百數十里隴諾祖宗舊疆豈所謂非所賜城寨耶此則不直致寇之大者也今須欲不顧曲直一面用兵不知二聖謂何莘老曰持不用兵

之說雖美然事有須用兵者亦不可固執轍曰相公必欲用兵須道理十全敵人橫來相嘉勢不得已然後可耳今若不直如此兵起之後兵連禍結三五年不得休將奈何諸公乃許不侵熙河之計明日面奏之轍曰夏人引兵十萬直壓熙河境上不於它處作過專於所爭處殺人掘崖巉此意可見此非西人之罪皆朝廷不直之故微仲曰朝廷指揮亦不至大段不直轍曰熙河帥臣輒敢生事奏乞不守誠信乘夏人抽兵之際移築堡寨臣以爲方今堡寨雖或可築至秋深馬肥夏人能復引大兵來爭此否諸人皆言

今已不許之矣轍曰臣欲詰責帥臣耳若不嘉詰責或再有陳乞諸人皆曰竢其再乞詰責未晚宣仁后曰邊防忌生事早與約束諸人乃聽已而蘭州又以遠探爲名深入西界殺十餘人轍曰邊臣貪功生事不足以示威徒足以敗壞疆議理須戒敕不聽既又以防護打草爲名殺六人生擒九人徽仲知不便欲送還生口因奏其事轍曰邊臣貪冒小勝下顧大計極害事今送還九人甚善可遂戒敕邊臣徽仲不欲曰近日延安將副李儀等深入陷没已責降一行人足以爲戒轍曰李儀深入以敗事被責蘭州深入得

功若不戒敕將謂朝廷責其敗事而喜其得功也宣仁后曰然乃嘉戒敕然七年夏人竟大入河東朝廷乃議絶歲賜禁私市使沿邊諸路爲淺攻計命熙河進築定遠城夏人不能爭未幾復大入環慶復議使熙河進築汝遮中書侍郎范子功獨不可轍受其意昔延安帥臣趙卨范氏姻家也方議地界以綏州二十里爲例議出於卨熙河斥其不可議久不決而卨死故子功持之轍謂之曰綏州舊例施於延安可耳熙河遠者或至七八十里其不從宜矣方請國事親觀得失不宜置胷中也衆皆稱善而子功悻然不服

會西人乞和議遂不成未幾右相蘇子容以事去位子功以同省待罪因遂其請實以汝遮故也轍自爲諫官論黃河東流之害及爲執法最後論三事其一存東岸清豐口其二存西岸披灘水口其三除去西岸激水鋸牙朝廷以付河北監司惟以鋸牙爲不可去轄於殿廬中與微仲論之微仲曰無鋸牙則水不東水不東則北流必有患轍曰然北京百萬生靈歲有決溺之憂何以救之且分水東入故道見今淤合者多矣分水之利亦自不復能久若歲漲水已過盡力修完北流隄防使足勝漲水之暴然後徹去鋸牙

免北京危急此實利也莘老曰河北監司不知此言奈何轍曰公豈不知外官多所觀望耶微仲曰河事至大難以臆斷轍曰彼此皆非目見當以公議參之耳及至上前二相皆以分水為便轍具奏前語且曰必欲重慎候漲水過故道增淤即併力修完北隄然後轍去鋸牙庶幾可也近至都堂二相遽批聖語曰依都水監所定轍語堂吏適所奏不然莘老失措微仲知不可乃曰明日別議卒改批不得添展乃已入年正月都水吳安持乞於北流作軟堰定河流以北淤填時微仲在告轍奏曰先帝因河決大吳導之北

流已得水性惟隄防未完每歲不免決溢此本黃河常事耳是時北京之南黃河西岸有閻村樊村等三斗門遇河水泛溢即開此三門分水北行於無人之地至北京北合入大河故北京生聚無大危急自數年來大臣創議回河水官王孝先吳安持等即塞此二門貼築西隄又作鋸牙馬頭約水向東直過北京之上故北京連年告急然約水既久東流遂多於往歲蓋分流有利有害秋水泛漲分入兩流蹔時且免決溢此分水之利也河水重濁緩則生淤既分為二不得不緩故今日北流淤塞此分水之害也然將來

北添進五七埽緄臣知安持意欲因此多進埽緄約令北流入東即令轉運司同監視不得過所乞緄數安持姦意復露第三次即乞罾河門百五十步臣知安持意在回河改進馬頭之名爲罾河門即不許安持計窮第四次即乞作軟堰凡安持四次擘畫皆回河意耳臣昨已令中書工房問水監兩事其一勘會此流元祐二年河門元闊幾里逐年開排直至去年只闊三百二十步有何緣故其二勘會東流河門見闊幾步每年漲水東出水面南北闊幾里南面有無隄岸北京順水隄不没者幾尺將來北流若果淤斷

漲水東行係合併北流多少分數有無包容不定今
兩閘猶未答便即施行實大章草后嗟歎久之深以
所言為然二十四日與微仲同進呈微仲曰蘇轍所
議河事今軟堰已不可作無可施行轍曰軟堰本自
不可作然臣本論安持百之閒四次妄造事端
動搖朝聽若令依舊供職病根不去河朔被害無已
微仲曰水官弄泥水別用好人不得所以且用安
持轍曰水官職事不輕奈何以小人主之易曰謂國
承家小人勿用未聞小人有可用之地也此後是非
終不能決會宣仁晏禩九年正月安拌泰乞塞梁村

漲水之後流河東北蓋未可知臣等昨於都堂問吳安持安持亦言去年河水自東今年安知河水不自北宣仁后笑曰水官尚作此言況它人乎轍又奏曰臣今但欲徐觀夏秋河勢所向水若東流則北流不塞自當淤斷水若北流則北河如舊自可容納似此處置安多危少行之無疑若行嶮僥倖萬一成功如水官之意臣不敢從也乞令安持等結罪保明河流形向及軟堰既成有無塡塞河道致將來之患然後遣使按行見可否利害后復笑曰若令結罪必謂執政脅持之且水官猶不保河之東北況使者蹔往乎姑

别議之可也二月徹仲乃朝轍具以前語諭之徹仲
口雖不伏而意甚屈曰軟堰且令具功料申上朝廷
更行相度轍曰如此終非究竟必欲且尓亦可八日
轍方在式假三省得旨批曰依水監所奏下手日具
功料取旨轍以非商量本意以劄子論之徹仲即日
在告十二日轍入對奏曰自去年十一月後來至今
百日間耳水官凡四次妄造事端搖撼朝廷第一次
安持十一月出行河先乞一面措置河事舊法馬頭
不得增損臣知安持意在添進馬頭即指揮除兩河
門外許一面措置安持姦意既露第二次乞於東流

口縷張包口開清豐口以東鷄爪河入日轍以祈穀
宿齋三省即令安持與北京留守司相度施行時徽
仲爲山陵使行有日矣轍見之待漏語及河事徽仲
直視曰此大事不可不慎轍曰誠然公亦冝慎之時
范堯夫爲右相舊不直東流轍告之曰當與徽仲議
定乃定西去堯夫曰命已下奈何轍曰事有理誰敢
不從議於皇儀門外再降指揮使都水與本路安撫
提轉同議可即施行有異議亟以聞堯夫自外來始
意轍與徽仲比及此大相信服既而安撫許冲元乞
候過漲水因河所向閉所不行口堯夫奏乞令許將

與吳安持同議一面施行轍曰河勢難定恐須令諸
司共議乃得其實上以爲然既行上特宣諭曰河事
不小可遣兩制以上二人按行相度堯夫曰河役已
起方議遣官恐稽留役事上曰但使議論得實雖遲
一年何損乃遣中書舍人呂希純殿中侍御史井亮
采往視之二人歸極以北流爲便方施行樞密簽書
劉仲馮援舊例乞與河議仲馮本文潞公吳沖卿門
下士也其言紛然呂井之議遂格而轍亦以罪見逐
於是河流遂東凡七年而後北流復通徽仲之在陵
下也堯夫奏乞除執政上即用李邦直爲中書侍郎

鄧聖求爲尚書右丞三人久在外不得志遂以元豐事激怒上意邦直尤力舊法妃后之家十年一奏門客時皇太妃之兄朱伯材以門客奏徐州富人竇氏堯夫無以裁之一日日中請蠟於都堂與邦直議之繖曰上始親政皇太妃閤中事當遍議之車服儀制已付禮部矣皇太后月費尚書省已奏乞依太皇太后矣皇太妃宜付户部議定至於奏薦亦當議有所予付吏部可也凡事付有司必以法裁處朝廷又酌其可否而後行於體爲便明日奏之上曰月費欸内中批出奏薦皇太后家減二年皇太妃十年議已定

邦直獨曰此可爲後法今姑予之可也上從之邦直
之附會類如此會廷策進士邦直撰策題即爲邪說
以扇惑群聽輙論之曰伏見御試策題歷詆近歲行
事有欲復熙寧元豐故事之意臣備位執政不敢不
言然臣竊料陛下本無此心其必有人妄意陛下牽
於父子之恩不復深究是非遠慮安危故勸陛下復
行此事此所謂小人之愛君取快於一時非忠臣之
愛君以安社稷爲悅者也臣竊觀神宗皇帝以天縱
之才行大有爲之志其所施設度越前古蓋有百世
而不可改者也臣請爲陛下指陳其略先帝在位近

二十年而終身不受尊號裁損宗室恩止袒免減朝
廷無窮之賞出賣坊場顧募衙前免民間破家之患
罷黜諸科誦數之學訓練諸將慵惰之兵置寄祿之
官復六曹之舊嚴重祿之法禁交謁之私行淺攻之
策以制西戎收六色之錢以寬雜役凡如此類皆先
帝之睿算有利無害而元祐以來上下奉行未嘗失
墜者也至於其它事有失當何世無之父作之於前
子救之於後前後相濟此則聖人之孝也漢武帝外
事四夷内興宫室財用匱竭於是修鹽鐵榷酤均輸
之政民不堪命幾至大亂昭帝委任霍光罷去煩苛

漢室乃定光武顯宗以察爲明以讖決事天下恐懼
人懷不安章帝即位深鑒其失代之以寛愷弟之政
後世稱焉及我本朝真宗皇帝右文偃革號稱太平
群臣因其極盛爲天書之說及章獻明肅太后臨御
攬大臣之議藏書梓宫以泯其迹仁宗聽政亦絶口
不言天下至今韙之英宗皇帝自藩邸入繼大臣過
計創濮廟之議朝廷爲之洶洶者數年及先帝嗣位
或請復舉其事寢而不荅遂以安靜夫以漢昭章之
賢與吾仁宗神宗之聖豈其薄於孝敬而輕事變易
也哉蓋有不可不以廟社爲重故也是以子孫既獲

孝敬之實而父祖不失聖明之稱此眞明君之所務
不可與流俗議也臣不勝區區願陛下反覆臣言愼
勿輕事改易若輕變九年已行之事擢任累歲不用
之人人懷私忿而以先帝爲詞則大事去矣奏入不
報再以劄子面論之上不悅李鄧從而媒櫱之乃以
本官出知汝州居數月元豐諸人皆會於朝再謫知
袁州未至降授朝議大夫分司南京筠州居住居三
年責授化州別駕雷州安置未期年或言方南行兄
弟相遇中塗至雷貸富民屋以居復移循州今上即
位大臣猶不悅徙居永州皇子生後徙岳州已乃復

舊官提舉鳳翔上清太平宮有田在潁川乃即居焉居二年朝廷易相復降授朝請大夫罷祠宮凡居筠雷循七年居許六年杜門復理舊學於是詩春秋傳老子解古史四書皆成嘗撫卷而歎自謂得聖賢之遺意繕書而藏之顧謂諸子今世已矣後有達者必有取焉耳家本眉山貧不能歸遂築室於許先君之葬在眉山之東昔嘗約祔於其處雖遠不忍負也以是累諸子矣予居潁川六年歲在丙戌秋九月閱篋中舊書得平生所爲惜其久而忘之也乃作潁濱遺老傳凡萬餘言已而自笑曰此世間得失耳何足以

語達人哉昔予年四十有二始居高安有一二衲僧游聽其言知萬法皆空惟有此心不生不滅以此居富貴處貧賤二十餘年而心未嘗動然猶未覩夫實相也及讀楞嚴以六求一以一除六至于一六兼忘雖践諸相皆無所礙乃油然而笑曰此豈實相也哉夫一猶可忘而况遺老傳乎雖取而焚之可也

欒城後集卷第十三

欒城後集卷第十四

大行太皇太后謚冊文一首

維元祐某年歲次甲子某月甲子朔某日甲子孝孫嗣皇帝臣謹冊拜稽首言曰臣聞聖人之興默契天運昔眞祖仁祖之際章獻臨御歲周一紀實能恊和神人以綏靖國家逮我聖考丕獻萬國惟末小子未堪多難則亦聖祖母躬受其艱始終九年臣民以寧社稷以固欲報之德未獲其所惟周人以諱事神以謚易名明詔聖德以示後嗣庶幾不忘世以爲憲恭惟大行太皇太后實天生德作合皇祖無私如天溥

愛知地內自宫省之祕外薄華戎之廣丕冒德澤以生以成昔在景德北戎弗若時則烈武參定大計師次澶淵克遂有功南北底定垂九十年民獲養生送死功書鼎彝澤加于後及我仁祖將授宣孝以與天位亦惟慈聖實以從母先識潛德宜于室家施及朝廷元豐之末天地震裂疾方彌留羣公卿士拱手相視罔知所措而大策中定與天爲謀肆時冲人實生神器惟幄既施號令時叙稽于衆庶庸一二老政無舊新以便民爲先人無戚疏以守正爲用故士耻奇衺民知嚮方耕田而食遂底于今兩賜小愆責躬菲

食飢饉時告振廪輟漕憂世之心常若歾人賴其賜
神享其誠熏然和平無大烖害閒修咸平之政太弛
遺責中外所釋以千萬計飢寒者得以衣食流散者得
以安處歌舞之音流于四方遂人恃和時肆猾姦一聞
信義然知畏迄無一言之爭夏人恃遠更出侵擾一
被恩德憂畔仍岳卒爲乞盟之計雖然處于中實大
乂千萬邦究觀設施莫見其朕惟約心以公自二王
一主洎于外家均遇以法無僥倖之求處躬以儉自飲
食服器至于宮室取足于用無華靡之飾雖履大位
以天下養歳月之奉子弟之薦猶視長樂之故是以

貴戚近習相視而愧元臣耋者聞風而歎不言而化
成不威而心服自三代漢唐一人已而若夫先后舊儀
具在有司每自抑畏置而弗舉受冊之禮當在文德也
而退卽於崇政明堂之賀當在集英而他儀止於東閤
將成宣光則原廟之設自處於治隆將損任子則族
人之恩下比於列辟几輕於約身而重於遠禮推之厥
政蓋有不可勝言者矣臣夙遭閔凶未習師保之訓
提携閱閱若農之望歲誘之以詩書之樂滋之以勸
講之良示之以聽納之寬導之以決斷之明久而弗
忘遂以成性方將率德以自廣致養以盡誠而命之

弗知哀恫邦國臨朝惘然未知攸濟易月之制旣弗敢違因山之期兹復以告是用博訪于卿士受命于祖宗惟德之至不可以名言而功之隆不可以數舉敢因古人一惠之義益以累朝四謚之法庶以盡予孫之誠而慰海内之望謹遣攝太尉右光禄大夫守尚書左僕射兼門下侍郎上柱國汲郡開國公食邑六千三百户食實封二千户臣吕大防奉册寶上尊謚曰宣仁聖烈太皇太后伏惟靈德在天令名垂世光配廟祐貴子太史没而不亡永永無極於乎哀哉謹言

進謚册文劄子一首

臣奉勅差撰大行太皇太后謚册文并謚書册謚寶
者臣學以病衰耆無師法受命震恐久不成章然念
頃自元祐之初召還諫省漸更侍從復預丞弼前後
八載未嘗一日不在朝廷耳聞號令目覩風化躬侍
帷幄親承德音其於大行太皇太后聖德休功實稍
究萬一況近者因禀呈謚法彼嘗承聖訓稱道盛美
多昔所未聞雖文詞鄙拙不足以稱陛下追崇聖母
孝思罔極之懷而直紀事實略無一詞稍涉虚美施
之四方可以無愧其册文謹先繕寫進呈謹進

改園爲陵山陵手詔一首

大行太皇太后受遺稱制保佑眇躬勤勞九年阜安
四海大德未報奄棄東朝俯宣末命中外悲怛未惟
平日撝恭之至意每避先后臨御之常儀逮兹遺言
止以園陵爲號既非朕尊崇之本志又失臣下愛戴
之誠心宜詔有司易園陵爲山陵餘恭依遺誥

擬荅西夏詔書一首

鴻惟祖宗燾覆中外眷俯西夏號爲父子之邦依我
至仁世享爵秩之賜雖叛服非一而懷柔有常頃朕
纉服之初深示含容之意釋其往事加以新恩而冊
命之使方還冦攘之兵已發將吏憤怒卿士獻言請

興問罪之師以詰稱亂之故朕念爾在位未久勢不自由有臣弗率衆則何咎遂命戢兵以竢尋亦款塞自歸仍念兵禍以來諸族咸弊是用棄四寨山川之廣畀每歲賚予之豐開懷不疑施德過厚方畫疆而會議忽掃境以乘虛再犯誓言專求小利間念自焚之禍屢出無名之師眷彼遺民皆吾赤子姑勑邊吏止爲保境之謀亦許兵間勿拒悔禍之請今覩所奏良副本心接刃之殃非從我始來庭之順豈不爾容然尚託詞鄰邦失誠請之意多求邊壤非欵伏之宜蓋中國舊疆西蕃故地已有前詔不係可還況復本

國前後背誕之餘難執向來委曲聽從之命應今來
所奏乞除延州塞門寨本非所賜已指揮鄜延經略
司依前後朝旨分畫及通遠軍定西城東北界見有
漢蕃兵民住坐去處已指揮熙河經略司依前後朝
旨與夏國商量分畫可差官前去熙州議定其餘並
依所乞仍候畫界了日依例別進誓表然後常貢歲
賜一切復初朕本推誠心坦無疑間雖經反覆猶示
寬恩尚恪守於信言庶永綏於蕃服

擬殿試策題二首元祐中準備

皇帝若曰朕奉承祖宗丕緒上觀三王下覽漢唐考

其爲治之實商周之際其政成於禮樂而以法令輔之至於漢唐其術一出於政刑禮樂雖設而非其所以爲治矣是以三代之盛教化明於上習俗成於下後世有不能繼者然其治亂盛衰朕蓋有疑焉自三代聖賢之君没而子孫陵替亦與漢唐無異豈禮樂刑政之効遂無以大相過耶今自祖宗創業積之百餘年閒律令明具公卿奉法郡縣循理兵民安業大盜不作四夷馴服求之前世未有治安若此其久也其所以度越三代而超絶識者祖宗何術而臻此哉雖然朕夙夜東朝祗服明訓居安慮危若蹈泉谷水

惟近歲之治雖散利施惠以賙窮困而民日益貧雖勤身節用以阜財賦而官日益匱役民之力將以厚其財也而民或告病馭吏以寬將以責其恥也而吏滋不肅河決而西導之使東費不貲矣而功不就羌弱不振招之使來謀既久矣而約不定此六者皆今日之所當慮也予大夫明於古今其講之詳矣恃祖宗磐石之固而忽今日之患則朕所不敢因今日之安而推求祖宗致治之術則士之所當知也其悉心以陳勿畏疑朕將親覽庶幾有補焉

朕惟天下之治須才以濟凡吾左右前後之臣皆儒

者矣每三歲一舉所取必累數百猶懼草野之中耆
舊好學之士有或遺焉而不用者是以親策于廷予
大夫幼而習之長而欲行之閱天下之義理多矣凡
乎昔之所懷而欲效之于上者皆何事乎朕既不敏
不明惟取士之道未得其要令大學之士動以千計
四選之士員累數萬而臨事須才或患不足引而進
之則官冗於上抑而排之則士壅於下將制厥中其
道何由予大夫身處其間而有不知其說者乎蓋唐
虞稽古建官惟百夏商官倍亦克用乂今設官之衆
數倍於古蓋尚有可并省者矣古語有之省事不如

省官信如斯言則士又何以處之子大夫其推言本
統以開釋朕意

欒城後集卷第十四

欒城後集卷第十五

擬合祭天地手詔一首 元祐中撰

朕惟周禮王者親祀天地歲無不徧故郊丘有南北之辨禮樂有同異之别降及漢唐事與古異禮文寖盛費用增廣既難躬行以徧享遂於三歲而親祀事非周舊禮適時變故致齋之日躬見祖考圜丘之饗兼禮天地蓋將因此盛典咸秩百神變禮之得實始於此故祖宗以來常祀從周而親祀用唐神祇顧享中外蒙福百有餘年矣乃者元豐之中禮官建議將舉三代之故而革近世之宜見上帝於南郊禮皇地

於北壇二祀特舉議與周合然而享廟之制尚從變
禮先帝法古從衆始命親祀北郊如南郊儀仍具上
公攝事之禮朕踐祚臨祭於今八年既已再見昊天
未嘗親奉神媪惟父天母地不可以獨疏故以人揆
神禀焉而夕惕博謀多士參訂輔臣或欲郊祀之歲
先行方澤而大禮之舉併在朞年仲夏之時憂於暑
雨或欲以夏至之祀施於孟冬而考之前王初無此
制併舉大事勢終難行或欲天地二祀互用三歲而
祀天厥地情既未允以卑略尊禮尤非順國之大事
朕何敢專是用存先帝之新儀昭示稽古之訓循祖

宗之故事一本公情之實將來南郊合祭天地並以百神從祀皆如熙寧十年以前舊制其元豐六年親祠比郊及上公攝事儀注並令太常寺檢尋元勑如法收藏仍備録前後文案送國史院及令三省條件合用舊典令禮官詳定議注聞奏

論合祭天地劄子一首時已有勑旨不復上

臣伏見禮官等同議合祭天地之禮其間有以合祭爲非者輙考之禮義參之古今竊謂以合祭爲非者皆按禮而未窮義據古而未達今者也何以言之天子父事天毋事地自生民以來未有事父而遺毋事

天而遺地者也周人之法王者一歲親祀天者四親祀地者二當其時禮文簡而儀衛少又未有肆赦推賞之煩蓋一歲六祭而不爲勞故雖天地別祭而不爲闕也自漢以來事與周異故武宣之間已三歲然後一郊間歲然後一祠后土矣雖禮文殘缺不可復詳然三輔故事有合祭天地之語至平帝元始之初合祭之議始見光武因而行之其後或疏或數或合或別皆無常制不足取法惟唐天寶初始定以三年冬至帝皇合祭天地於圓丘祀前親享太清宫及太廟於是三年一郊而始祠祖廟天地百神無不咸秩

變禮之得實始於此本朝一祖五宗監觀前世議定
郊祀而以唐制爲是因而行之迨今百有餘年鬼神
享德四海蒙福則其效驗可見矣嘗竊原祖宗之意
蓋以謂三代舊典時異事異不可復行然而先王遺
法則不可廢是以著之通禮每歲使有司攝事以示
無忘古初而天子親祀則定從三年凡今三年一郊
蓋已非三代之舊則其合祭天地不用三代之故蓋
不當復議矣元豐三年議禮之臣不達此意狂以三
代每歲別祭之儀而非本朝三年合祭之禮其說初
無它義惟有始非求神以類之意一句遂於四年有

旨北郊親祠並依南郊別修上公攝事之儀六年南
郊遂罷合祭而北郊之祀迄今不舉其議始於黄履
而成於張璪先帝重違羣臣俛而從之耳伏惟皇帝
陛下踐祚臨祭於今八年既已再見昊天而未始一
見皇地事天而遺地有事父而遺母之嫌推之人情
神意不遠故中外有識之士咸願復舉祖宗故事合
祭天地從以百神以逆無疆之休以解天下之惑願
太皇太后皇帝陛下深惟祖宗因時施宜之意毋徇
諸儒執禮拘文之説斷自聖意舉而行之則天下幸
甚天下幸甚

元祐會計録叙此本有六篇時與人分條後又不果用

臣聞漢祖入關蕭何收秦圖籍周知四方盈虛强弱之實漢祖賴之以并天下丙吉爲相匈奴嘗入雲中代郡吉使東曹考案邊瑣條其兵食之有無與將吏之才否後廵進對措擬遂定由此觀之古之人所以運籌帷幄之中制勝千里之外者圖籍之功也蓋事之在官必見於書其始無不具者獨患多而易忘久而易滅數十歲之後人亡而書散其不可考者多矣唐李吉甫始簿録元和國計并包巨細無所不具國朝三司使丁謂等因之爲景德皇祐治平熙寧四書

網羅一時出內之計首尾八十餘年本末相授有司得以居今而知昔參酌同異因時施宜此前人作書之本意也臣以不佞待罪地官上承元豐之餘業親覩二聖之新政時事之變易財賦之登耗可得而言也謹按藝祖皇帝創業之始海內分裂租賦之入不能半今世然而宗室尚鮮諸王不過數人仕者寡少自朝廷郡縣皆不能備官士卒精練常以少克衆用此三者故能奮於不足之中而綽然常若有餘及其列國款附賧貢相屬於道府庫充塞創景福內庫以畜金幣爲殄虜之策太宗因之克平太原真宗繼之

懷服契丹二患既弭天下安樂日登富庶故咸平景德之間號稱太平羣臣稱頌功德不知所以裁之者於是請封泰山祀汾陰禮亳社屬車所至費以鉅萬而上淸昭應集禧景靈之功相繼而起累世之積靡耗多矣其後昭應之災臣下復以營繕爲言大臣力爭章獻感悟沛然與遂天下休息仁宗仁聖淸心省事以幸天下然而民物蕃庶未復其舊而夏賊竊發邊久無備遂命益兵以應敵急征以養兵雖間出內藏之積以求紓民而四方騷然民不安其居矣其後西戎既平而已益之兵遂不復汰加以宗子蕃衍充

物官邸官吏冗積員溢於位財之不贍為日久矣英
宗嗣位慨然有救弊之意羣臣諫觀幾見日新之政
而大業未遂神考嗣世忿流弊之委積閔財力之傷
耗覧政之初為强兵富國之計有司奉承違失本旨
始為青苗助役以病農民繼為市易鹽鐵以困商賈
利孔百出不專於三司於是經入竭於上民力屈於
下繼以南征交趾西討拓跋用兵之費一日千金雖
内帑別藏時有以助之而國亦憊矣今二聖臨御方
恭默無為求民之疾苦而療之令之不便無不釋去
民亦少休矣而西夏不賓水旱繼作凡國用度大率

多於前世當此之時而不思所以濟之豈不殆哉臣
歷觀前世持盈守成艱於創業之君蓋盈之必溢而
成之必毀物理之至有不可逃者盈成之間非有德
者不安非有法者不久昔秦隋之盛非無法也內建
百官外列郡縣至於漢唐因而行之卒不能改然皆
二世而亡何者無德以爲安也漢文帝恭儉寡欲專
務以德化民民富而國治後世莫及然身没之後七
國作難幾於亂亡晉武帝削平吳蜀任賢使能容受
直言有明主之風然而亡不旋踵子弟内叛羌胡外
亂遂以失此國二帝者皆無法以爲久也今二聖之

治安而靜仁而恕德積於世秦隋之憂臣無所措心矣然而空匱之極法度不立雖無漢晉强臣敵國之患而數年之後國用曠竭臣恐未可安枕而卧也故臣願得終言之凡計會之實取元豐之八年而其爲別有五一曰收支二曰民賦三曰課入四曰儲運五曰經費五者既具然後著之以見在列之以通表而天下之大計可以畫地而談也若夫内藏右曹之積與天下封椿之實非昔三司所領則不入會計將著之它皆以備覽觀焉臣謹叙

收支叙

古者三年耕必有一年之蓄以三十年之通制國用則九年之蓄可跂而待也今者一歲之入金以兩計者四千三百而其出之不盡者二千七百銀以兩計者五萬七千而其出之多者六萬錢以千計者四千八百四十八萬除米鹽錢後得此數而其出之多者一百八十二萬言未破應在及凡支給賸得此數紬絹以匹計者一百五十一萬而其出之多其十七萬穀以石計者二千四百四十五萬而其出之不盡者七十四萬草以束計者七百九十九萬而其出之多者八百一十一萬然則一歲之入不足以供之一歲之出矣故凡國之經費

折長補短常患不足小有非常之用有司輙求之朝廷待内藏米盬而後足臣身典大計以爲是媮歲月可也數歲之後將有不勝其憂者矣是以輙嘗推原其故方今禁中奉養有度金玉錦繡不踰其舊宮室不修犬馬不玩有司循守法制謹視出入之節未嘗有失也而其弊安在天下久安物盛而用廣亦理之常也顧所以處之如何耳臣請歷舉其數宗室之衆皇祐節度三人今爲九人矣兩使留後一人今爲八人矣觀察使一人今爲十五人矣防禦使四人今爲四十二人矣百官之富景德大夫三十九人景德爲補

中曹郎今爲二百三十八人矣朝奉郎以上一百六十五
人矣景德員外郎爲今爲六百九十五人矣承議郎一百二
十七人景德中博士今爲三百六十九人矣奉議郎一百
四十八人景德三丞爲今爲四百二十一人矣諸司使二
十七人今爲二百六十八人矣副使六十一人今爲
一千一百一十人矣供奉官一百九十人今爲一千三百
二十二人矣侍禁三百一十六人今爲二千一百一十
七人矣三班之吏六十人今爲一百七十二人矣其餘可以類
推不敢遍舉也昔者郎止前行卿有定員今之大夫
朝議皆無限法尚書侍郎歷改三曹而今之正議銀青

合而爲一官秩併增不知其義夫國之財賦非天不生
非地不養非民不長取之有法收之有時止於是矣而宗
室官之吏衆可以禮法節也雖宗之世士之始有常秩者
族闕則補否則循資戶矣不妄授仁宗末年任子之
法自宰相以下無不減損英宗之初三載考績增以
四歲神宗之始宗室祖免之外不復推恩祖免之內
以試出仕此四事者使今世欲爲之將以爲逆人心
違舊法不可言也而況於行之乎雖然祖宗行之不
疑當世亦莫之非何者事勢既極不變則敗衆人之
所共知也今朝廷履至極之勢獨持之而不敢議臣

實疑之誠自今日而議之因其勢循其理微爲之節文使見任者無損而來者有限今雖未見其利要之十年之後事有間矣賈誼言諸侯之變以謂失今不治必爲痼疾今臣亦云苟能裁之天下之幸也

民賦叙

古之民政有不可復者三焉自祖宗以來論事者嘗以爲言而爲政者嘗試其事矣然爲之愈詳而民愈擾事之愈力而功愈難其故何哉古者隱兵於農無事則耕有事則戰安平之世無廩給之費征伐之際得勤力之士此儒者之所歎息而言也然而熙寧

之初爲保甲之令民始嫁毋贅子斷壞支體以求免
丁及其旣成子弟挾縣官之勢以邀其父兄擅弓劍
之技以暴其鄉黨至今河朔京東之盜皆保甲之餘
也其後元豐之中爲保馬之法使民許産養馬畜馬
者衆馬不可得民至持金帛買馬於江淮小不中度
輒斥不用郡縣歲時閲視可否權在醫駔民不堪命
民兵之害乃至於此此所謂不可復者一也周官泉
府之制凡民之貸者以國服爲之息貸而求息三代
之政有不然者矣詩曰倬彼甫田歲取十千我取其
陳食我農人自古有年而孟子亦云春省耕而補不

足秋省歛而助不給者蓋有是道矣而衣必有常數
亦未必有常息也至於熙寧青苗之法凡主客戶得
相保任而貸其息歲取十二出入之際吏緣爲姦請
納之勞民費自倍凡自官而及私者率取二而得一
自私而入公者率輸十而得五錢積於上布帛米粟
賤不可售歲荐饑苦吏卒在門民號無告二十年之
間民無貧富家產盡耗此所謂不可復者二也古者
治民必周知其夫家田畝六畜器械之數未有不知
其數而能制其貧富者也未有不能制其貧富而能
得其心者也故三代之君開井田畫溝洫謹步畝嚴

版圖因口之衆寡以授田因田之厚薄以制賦經界
既定仁政自成下及隋唐風流已遠然其授民田有
口分永業皆取之於官其歛民財有租庸調皆計之
於口其後世亂法壞變爲兩稅户無主客以見居爲
簿人無丁中以貧富爲差田之在民其漸由此貿易
之際不可復知貧者急於售田則田多而稅少富者
利於避役則稅少而田多僥倖一興稅役皆弊故丁
謂之記景德田況之記皇祐皆以均稅爲言矣然嘉
祐中薛向孫琳始議方田量步畮審肥瘠以定賦稅
之入熙寧中呂惠卿復建手實之私隱祟告許以實

貧富之等元豐中李琮追究逃絕均虛數虐編戶以
償失陷之稅此三者皆爲國歛怨所得不補所失事
不旋踵而罷此所謂不可復者三也故臣愚以謂爲
國者當務實而已不求其名誠使民盡力耕田賦輸
以養兵終身無復征戍之勞而朝廷招募勇力强
校之民數之戰陣以衛良民二者各得其利亦何所
不可哉富民之家取有餘以貸不足雖有倍稱之息
而子本之債官不爲理償還之日布縷菽粟雞豚狗
彘百物皆售州縣晏然處曲直之斷而民自相養蓋
亦足矣至於田賦厚薄多寡之異雖小有不齊而安

靜不撓民樂其業賦以時入所失無幾因其交易而質其欺隱繩之以法亦足以禁其太甚昔宇文融括諸道客戶州縣觀望虛張其數以實戶爲客雖得戶八十餘萬歲得錢數百萬而百姓困弊實召天寶之亂均稅之害何以異此凡此三者皆儒者平昔之所稱頌以爲先王之遺法用之足以致太平者也然數十年以來屢試而屢敗足以爲後世好名者之戒矣惟嘉祐以前百役在民衙前大者主倉庫躬饋運小者治燕褻職迎送破家之禍易於反掌至於州縣役人皆貪官暴吏之所誅求仰以爲生者先帝深究

其病觽坊場以募衙前均役錢以餌諸役使民得闔門治生而更不敢苛問有司奉行不得其當坊場求數倍之價役錢取寬剩之積而民始困弊不堪其生矣今二聖鑒觀前事知其得失之實既盡去保甲青苗均税至於役法舉差顧之中推便民者取之郡縣奉承(闕)未即能盡而天下之民知天子之愛我矣故臣於民賦之篇備論其得失俾後有考焉

欒城後集卷第十五

欒城後集卷第十六

兄除翰林承旨乞外任劄子四首

臣伏見兄軾近除翰林學士承旨兼侍讀以臣備位執政不敢復居要職比雖受命仍奏乞候過坤成上壽再乞外任伏念臣頻蒙誤恩擢居丞轄才微德薄常有負乘致寇之憂但以遭逢聖明恩德深厚未之所報不敢求去今者乃以忝冒之故伏蚤兄軾逡巡退避不敢安職於臣私情莫遑寧處況復兄軾才高行備過臣遠甚不唯衆所共知抑亦聖鑒所亮兼臣自蒙擢用今將半年雖日夜勉勵終無所補若使兄

軾得安處侍從論思講讀正其所長未必無補於聖
德也故臣以謂陛下只可使弟避兄不可使兄避弟
只可使不肖避賢不可使實避不肖區區愚懇竭盡
於此伏乞聖慈察臣深心除臣一郡上以全朝廷之
公道下以伸兄弟之私義臣不勝至願冒昧自陳取
進止

貼黃臣自聞兄軾相次到闕即欲上章避
位意謂恐涉援引兄軾之嫌今者竊覩朝
廷擢用兄軾首冠禁林經筵眷遇之意可
謂至重榮名厚禄亦云極矣雖愚無知豈

復更有僥倖無厭之望臣以此不敢復避

小嫌令兄軾不安其職伏乞聖慈體察早

賜施行

第二

臣竊以君臣之間譬如父子中有所懷不當不盡臣近以兄軾爲臣備位省轄不敢安職援引故事力求補外臣丙緣長少之義外量賢愚之分冒瀆聖聰欲求一郡以厭公義今月十二日面被德音以臣與軾既非同官不須回避臣退而思念聖恩隆厚不以兄弟並處要劇爲嫌略去形迹責之實效臣等雖復捐

軀何以爲報然而兄弟孤遠愚拙寡援前後進用皆出聖造臣既預聞國政兄復首冠侍從一家寵榮朝臣未見其比若不知退避下則羣言可謂上則陰譴可虞既兄弟未可並退而臣自知才氣學術皆不如兄是以自求引去意欲使軾稍安於位竭力圖報庶幾有補於國而無害於家耳區區之誠非復矯飾伏乞指揮檢會前奏早賜施行取進止

第三

臣忝備執政無補萬一而兄軾自外召還以臣故不敢安處要近力求補外臣比以長少之宜能否之分

再歷肝膽乞守郡自効以安私義皆所蒙聖訓不允所請雖再三千冒已不容誅而區區寸誠終不可已特以坤成在近臣子皆得上千萬歲壽況臣遭逢恩寵倍常是以未敢復有所請欲俟過聖節即伸前懇伏乞聖慈特賜鑒察取進止

第四

臣伏以兄軾近自杭州召還爲翰林學士承旨兼侍讀轍臣備位政府避嫌請外臣亦再上章自陳以謂朝廷若以長幼論之則當使弟避兄若以才否論之則當使臣避軾事理至順意必見從而志淺言輕不

蒙聽察兄軾近已蒙恩除知潁州雖聖恩深厚曲遂
其請而緣臣忝冒致之外徙不惟私意有所未順質
之公議尤曰非宜況臣供職以來於今半年雖勉强
自將而毫髮無補久妨賢路心自不遑欲乞聖慈諒
臣誠心非有矯飾特除臣一郡以安愚衷干冒宸嚴
不勝戰汗隕越之至取進止

舉王鞏乞外任劄子五首

臣伏見御史中丞鄭雍殿中侍御史楊畏言鞏前任
中憲日舉王鞏不當臣伏自念臣昔薦鞏本緣方今
人物衰少惜其才有可採謂宜洗濯瑕疵稍加錄用

朝廷因此過聽除鞏大藩臣雖無欺君之言終有輕
舉之罪人言不已情實難安伏乞聖慈速正典刑以
彈羣議取進止

臣　第二

臣昨以鄭雍楊畏言臣薦王鞏不當奏乞速正典刑
以彈羣議尋復見諫官虞策與臺官安鼎亦論此事
內虞策所言與鄭雍楊畏不甚相遠惟有安鼎謂臣
欺罔詐謬機械深巧不遜譴責恐臣挾朋誕謾日滋
日横信如鼎言則臣死有餘責有何面目尚在朝廷
今臣既以舉官不當乞行朝典不敢復與鼎辨别曲

直然與頊與趙君錫賈易等同搆飛語誣罔臣兄軾以惡逆之罪嘗與君錫等同上殿奏對上賴聖鑒照察知其挾情虛妄君錫與易即時降黜惟與今在言路是以盡力攻臣無所不至朝廷若不逐臣與必不肯已伏乞聖慈憫臣孤立無援早賜責降使與私意得伸不復煩瀆聖聽則臣死生幸甚臣謹已家居待罪伏乞早賜施行取進止

貼黃臣本欲候二十二日奏事面陳家居待罪之意但以鼎攻臣甚急若不早自引避恐再以惡言見及伏乞聖慈體察

第三

臣適蒙恩押赴起居奏事尋面奏以臺諫有言理合回避乞除外任以安危迹蒙德音宣諭臺諫所言止是舉官不當一事令臣具為朝廷安心供職臣仰服聖恩察臣無他過悪便合祗稟訓詞不當冊有陳請然臣備位執政而舉非其人國有成法在臣則當奉法以率衆於朝廷則不宜曲法以私臣況臣比年以來冊任言責每有論奏不敢觀望以此仇怨滿前孤立寡援每一念此不寒而慄雖無人言自當引去今羣言未已其鋒可畏若不蒙聖恩諒臣此心許臣補

外實恐橫被攻擊立見顛隮臣已不敢復入東府見
在天壽院聽候指揮伏乞聖慈憫臣窮迫早賜施行
臣無任祈天族命激切屏營之至取進止

第四

臣今日伏蒙聖恩特降中使賜臣不允陳乞外任詔
書一道仍傳宣聖旨令臣早赴省供職者孤危之迹
以外爲安保全之恩留而不遣仰荷眷獎惟知感泣
然念臣所任臺諫因緣言事仇怨甚多今輕舉之罪
雖蒙寬貸終恐難以自安伏乞聖慈察臣危懇檢會
前奏早賜開許再三干瀆天聽無任惶懼戰慄之至

取進止

第五

臣今月二十五日伏蒙聖恩特降中使賜臣詔書仍傳聖旨令臣赴省供職愚直寡助朝多仇怨尋具劄子復申前請臣之愚意非止欲求安身蓋將稍息煩言免致上瀆天聽俯伏竢命今已三日未聞報可憂懼實深尚冀聖慈察其孤慄畏人之心恕其再三冒聞之罪檢會累奏早賜施行則臣死生幸甚取進止

乞賜張宣徽謚劄子一首

臣伏見故宣徽南院使太子太保贈司空張方平始

以傳學高文名冠多士終以中立不倚望重累朝練達政體存慮發遭遇聖明眷禮隆異每用其輒言效見當世其所不用皆有驗於後當熙寧變法之際與大臣議論不合引就外補年方七十懇請致仕杜門不出十有餘年觀其始終動合典禮有古人大節然性本渾朴不近名譽臨終戒其子孫不許請謚立碑士大夫聞之莫不嘆息臣昔少年識方平於成都一見以忠義相勉其後兩從奏辟分燕師友竊以謂約身殺禮雖人臣執謙之美而諱行易名本人君追遠之義況自方平之亡臣親聞德音許其忠直竊見故

事臣寮之家有不乞謚者皆因奏請特詔禮官定議
以示褒勸伏乞聖慈以臣比奏降付太常寺於其家
取索行狀依例施行取進止

貼黄本朝翰林侍讀學士承旨兵部侍郎兼
祕書監贈太子太師楊徽之翰林學士承旨
工部尚書宋祁此二人身亡皆不請謚其後
參知政事宋綬爲徽之請謚曰文莊翰林學
士承旨張方平爲祁請謚曰景文伏乞付有
司檢會施行

立皇后制書劄子一首

臣昨日躬聽制書伏承太皇太后陛下上皇帝云皇帝陛下奉親灑懿公選賢淑下逮側微明建中宮以助內治羣臣在位無不忻歡臣每因進見備聞德音知采擇之艱前後經涉二歲所訪何止百家逮兹成命聖心勤止臣今日偶以在告不獲隨衆面致懇誠不勝區區激切惶恐之至

論黄河軟堰劄子一首中三省樞附

臣今月八日以式假不預進呈公事竊見三省同依聖旨比流軟堰依都水監所奏候下手門光將檢計到功料奏取指揮竊緣臣從來都堂聚議常以謂軟

堰不可施於北流利害甚明蓋東流本人力所開闊止百餘步冬月河流斷絶故軟堰可爲今北流既是大河正溜比之東流何止數倍見今河水行流不絶軟堰何由能立蓋水官之意欲以軟堰爲名實作硬堰陰爲回河之計耳朝廷既已覺其意則軟堰之請不宜復從昨已於正月二十八日面奏大略以謂昔先帝因河決導之北流已得水性惟隄防未立每歲不免決溢之患蓋小小決溢是黄河常事本不爲大害而數年前朝廷議欲回河王孝先吴安持等因此横生河事昔北京以南黄河西岸有闞村等三河門

遇河水泆溢即開此三門放水西行空地至北京之
北却合入大河故北京坐聚無大危急只自建議回
河先塞此三門又於西隄作鋸牙馬頭約水東流直
過北京之上故北京連年告急緣此水勢卧東故去
年東流遂多於昔由此言之分流之説非徒無利實
亦有害也何者每年秋水泛漲分入兩流一時之間
稍免決溢此分水之利也河水重濁緩即生淤旣分
爲二不得不緩故今日北流已見淤塞此分水之害
也然將來漲水之後河流東北蓋未可知臣等昨問
吳安持安持亦言去年河水自東安知今年河水不

自北太皇太后宣諭曰水官尚如此言餘人更安敢保岂又奏曰昨來安持等因河流稍東乞於東流添埽五七緷稱此機會不可少緩臣等恐安持意欲因此指揮多添埽緷壅遏北流不爲穩便即乞指揮所增埽不得過元乞數然時方河水埽緷皆不到地所稱機會悉是妄言安持等既未得如意即又奏乞北流河門只留一百五十步蓋北流河門本闊三百餘步今若塞其太半河流既未可保其不北若使所塞堅壯不可動搖則漲水咽怒必爲上流之患京師以來皆未免憂也若所塞浮虛漲水一至隨流蕩去人

工物料無慮數百萬頃刻而盡民之骨血深可痛惜
然臣愚意亦非敢便謂河水必北而不東也但欲候
今年夏秋漲水之來徐觀河勢所向水若全東則北
流不塞自當淤斷水若復北則北河如舊自可容納
朝廷作事務在萬全若行險僥倖萬一成功此則水
官之意臣不敢從也安持等既見前計不行則又要
横截北流以爲軟堰見今北流稍緩安持等矣恐因
此生淤故立此堰然却因作堰欲盡留使臣人工物
料積漸增卑撩淺即是用河上諸埽人力般土填河
數月之後積土成山不與知見今河淤孰爲多少名

欲分水實是河決不可許臣欲乞先令安持等結
罪保明河流所向及士堰若成有無填塞河道致將
來之患然後遣使按行具可否利害太皇太后曰水
官猶不能保河之東北時暫遣使又安能知且可重
別商量臣奏曰臣迫於異同之論故乞遣官若出自
聖斷只朝廷商量亦無不可太皇太后又曰縱令水
官結罪待其敗事然後施行於事何補臣奏曰誠如
聖旨昔修六塔河先責李仲昌狀其功不成隨即責
降此是富弼等當時謬政不足復用今來聖旨極為
允當臣退復思之嘗聞頃歲北流河門闊十餘里水

而闊七八里今來河門止闊三百餘步蓋水官數年以來堙塞大河一至於此使洪流不安誰任其咎又東流河門止闊百餘步每年漲水東行只有滿溢之權今復欲併入北流理難包畜遂指揮中書工房令作畫一問都水監至今未有回報朝廷欲作軟堰當候問得此二事委無妨礙有實及臣等看詳實有利無害乃可施行若不待報遽降依奏指揮必恐有悞國事雖云先具功料奏取指揮然已令依奏下手則是邪說已行必致驚動爲聽且貽後患伏乞聖慈特賜詳察降此議付三省所有八日指揮乞未行下俟

臣忝假商量取旨河事至重措置不當一方生靈被
害非細臣時暫在告心有所見不敢默已干冒天威
甘俟誅譴取進止

工房畫

一勘會北流元祐二年河門元闊幾里水面闊幾
里逐年開排直至去年只闊三百二十步有
何緣故

一勘會東流河門見今闊幾步每年漲水東出水
面南北闊幾里南面有無堤岸北京順水堤
不没者幾尺今來北流若果淤斷將來漲水

東行係併合北流多少分數有無包畜不
盡
貼黃看詳軟堰之義只安持等本只是奏乞
令外丞司相度北流水勢如更有減落即令
用軟堰攔閉元未敢便乞下手今朝廷指揮
更不相度便令下手即依奏之言深爲未當
兼將來敗事安持等得以歸過朝廷尤爲不
便臣忝預執政只合每事反覆商量不當獨
入文字只爲此命一行臣自度忝假之後必
不敢不爭已行之命顯異同之迹非所以示

天下故須至密入此疏仍乞一面密申三省

乞未施行

論軟堰申三省狀

右轍今月八日以式假不預進呈公事竊見中書省錄黄北流軟堰事三省同奉聖旨依都水監北外都水丞司所奏候下手日先將檢計到功料奏取指揮竊緣轍從來於都堂商量以謂軟堰不可施於北流利害甚明兼曾於正月二十八日面奏蒙聖旨令别其商議聞奏今來八日指揮愚意實未以爲然況轍時暫在告心知不便難以緘默已别具論奏謹具申

三省所有八日指揮乞未行下工部俟叅假日更別
商量取旨謹狀

論御試策題劄子二首

臣伏見御試策題歷詆近歲行事有欲復熙寧元豐
故事之意臣備位執政不敢不言然臣竊料陛下本
無此心其必有人妄意陛下牽於父子之恩不復深
究是非遠慮安危故勸陛下復行此事此所謂小人
之愛君取快於一時非忠臣之愛君以安社稷爲悅
者也臣竊覩神宗皇帝以天縱之才行大有爲之志
其所設施度越前古蓋有百世而不可變者矣臣請

爲陛下指陳其略先帝在位近二十年而終身不受
尊號裁損宗室恩止袒免減朝廷無窮之費出賣坊
場顧募衙前免民間破家之患罷黜諸科誦數之學
訓練諸將慵惰之兵置寄祿之官復六曹之舊嚴重
祿之法禁交謁之私行淺攻之策以折西戎之狂收
六色之錢以寬雜役之困其微至於設抵當賣熟藥
凡如此類皆先帝之聖謨睿筭有利無害而元祐以
來上下奉行未嘗失墜者也至如其他事有失當何
世無之父作之於前而子救之於後前後相濟此則
聖人之孝也昔漢武帝外事四夷內興宮室財賦匱

竭於是修鹽鐵榷酤平準均輸之政民不堪命幾至大亂昭帝委任霍光罷去煩苛漢室乃定光武顯宗以察爲明以讖決事上下恐懼人懷不安章帝即位深鑒其失代之以寬豈弟之政後世稱焉及我本朝真宗皇帝右文偃革號稱太平而羣臣因其極盛爲天書之説章獻明肅太后臨御覽大臣之議藏書梓宮以泯其迹及仁宗聽政亦絶口不言天下至今韙之英宗皇帝自藩邸入繼大臣過許創儀廟之議朝廷爲之洶洶者數年及先帝嗣位或請復舉其事寢而不答遂以安靖夫以漢昭章之賢與吾仁宗神宗

之聖豈其薄於孝敬而輕事變易也哉蓋事有不可不以廟社爲重故也是以子孫旣獲孝敬之實而父祖不失聖明之稱此眞明君之所務不可與流俗議也臣不勝區區願陛下反覆臣言愼勿輕事改易若輕變九年已行之事擢任累歲不用之人人懷私忿而以先帝爲詞則大事去矣臣不勝憂國之心冒犯天威丼俟譴責取進止

第二

臣近以御試策題有欲復熈寧元豐故事之意尋具劄子論先帝所行善政見今遵行者自巳非一其間

事有過差元祐以來隨宜修改以安天下者正是子
孫孝敬之義未審陛下以臣言爲然否然臣竊觀自
陛下親政於今已是半年臣等日侍清光若聖意誠
謂先帝舊政有不合改更自當宣諭臣等令商議措
置合自宰臣以下未嘗略聞此言而忽因策問進士
宣露密旨中外聞者莫不驚怪譬如家人父兄欲有
所爲子弟有不預知而亟與行路謀之可乎臣聞兩
喜必有溢美之言兩怒必有溢惡之言善怒不忘於
心而以議天下之政必有過甚而不平者朝廷雖有
今昔之異其實一家欲有所爲當愛惜事體豈可如

仇讎之相及惟患不速也哉頃其元祐初々議改更亦未免此病故役法一事隨改隨復數年而後稍定臣於此時初爲諫官後爲御史每言差役不可盡行而河流不可強泥上下顧望終不盡從陛下以此察之臣非私元祐之政也蓋知事出忽遽則民受其病耳議者誠謂元豐之事有可復行而元祐之政有所未便臣願陛下明詔臣等公共商議見其可而後行審其失而後罷深以生民社稷爲意勿爲此忽々則天下之幸也取進止

貼黄臣竊見章惇昔任樞密使與司馬先爭

論役法其言有曰免役之法利害相雜又曰見行役法今日自合改更又曰自行免役所遣使者不能體先帝愛民之意差役舊害雖已盡去而免役新害隨而復生今日正是更張修完之時又曰凡改更政事固有不可緩者有可以緩者如京東西保馬緩一日則民間有一日之害此不可緩者也如後法歲月之間改更了當誠不爲緩陛下謂惇豈欲破壞元豐故事者哉而言猶若此則元祐改更誠不爲過矣

待罪劄子一首

臣以愚拙特蒙聖恩擢用不次備位政府已及三年報効不聞負衆爲罪前後累致煩言瀆天聽孤危之迹寢食不遑秪自去秋以來紛紜少止欲祈天請命力求補外適以東朝變故不敢自陳今者偶因政事懷有所見輒欲傾盡以報知遇而天資闇冥不達機務論事失當冒犯天威不敢自安謹以遷入觀音院待罪伏乞聖慈察臣久欲退避以免素餐之譏憐臣不識忌諱出於至愚之性少寬刑誅特賜屏逐以允公議臣無任瞻天瀝懇戰懼殞越之至取進止

欒城後集卷第十六

欒城後集卷第十七

元祐七年生日謝表二首

臣某言伏蒙聖恩以臣生日特遣中使降詔書賜臣羊酒米麵者與聞幾政每懷尸祿之憂時及初生曲蒙好賜之厚使華臨賞親族增榮臣轍誠惶誠恐頓首頓首伏臣念起自畎畝之微貧無甔石之積求念屬猒之戒曾無求飽之心迨玷近班適緣乏使不稱是懼如醉其憂豈意生育之期復煩慶賜之重此蓋伏遇皇帝陛下政本於惠禮從其隆萬物盛多如魚麗之時羣臣和樂有鹿鳴之喜斥餼牽以爲饋助燕

私而不忘自顧何功敢竊大烹之養誓將圖報少逃素食之饑臣無任感天荷聖激切屏營之至謹奉表稱謝以聞臣轍誠惶誠恐頓首頓首謹言

臣某言伏蒙聖恩以臣生日特遣中使降詔書賜臣羊酒米麵者孤矢之祥求記於生育廪庖之賜曲被於渙恩祗荷寵靈豈勝愧懼臣轍誠惶誠恐頓首頓首伏念臣少方志學曾蓼莪之莫詞長欲事親愧旨耳之不贍雖居近列之寵常懷罔極之悲顧之遠謀猥叨亟饋此蓋伏遇太皇太后陛下約於奉己侈在養賢躬周公吐餔之勞服大禹惡酒之戒特推觴豆

之賜以助室家之私敢不下酌民言助調國政庶無
覆餗之患以圖報德之方臣無任感天荷聖激切屏
營之至謹奉表稱謝以聞臣轍誠惶誠恐頓首頓首
謹言

謝記

臣伏蒙聖慈以臣生日特遣中使降詔書賜臣羊酒
米麵者獲貳文昌再經生育荐蒙慶賜之典仰承慈
惠之風食浮於人念素餐之可愧任過其量無令德
之足觀欲報之心未知斯措臣無任感天荷聖激切
屏營之至

元祐八年生日謝表二首

臣轍言伏蒙聖恩以臣生日特遣中使降詔書賜臣羊酒米麵者老逢誕日泣親養之無從賜出天厨愧君恩之莫報臣轍誠惶誠恐頓首頓首伏念臣生於窮陋晚被寵榮粗飯垢衣未改半平之舊嘉肴旨酒每驚日食之豐復緣載育之辰曲霑馭華之典室家交慶心口自慙此蓋伏遇皇帝陛下儉以約身優於養士勅廩人而繼粟閔楬父之睍𥈭力行舊章以惠列辟德非易物澤配瀰泉矧玆異數之隆非復周行之比食無避難敢忘臣子之心志在屬饜更誦古人

之戒臣無任感天荷聖激切屏營之至謹奉表稱謝以聞臣轍誠惶誠恐頓首頓首謹言

臣轍言伏蒙聖恩以臣生日特遣中使降詔書賜臣羊酒米麪有惠以饁牽示同安於飽滿繼之麯糵思共享於和平臣轍誠惶誠恐頓首頓首伏念臣生自寒鄉幼被慈訓父篤教忠之義毋有擇鄰之風孤苦積年衰罷無用每逢生日私竊疚懷敢期老病之餘獲霑好賜之末既醉且飽無喜與悲此蓋伏遇太皇太后陛下知臣下之劬勞散虞庖之充積謂漿或不以而問稚作刺食每無餘而秦風變衰需為大烹麃

越前世蓋視如手足俾知體貌之隆况門有桑蓬本
效馳驅之用欲圖報德誓以移忠臣無任感天荷聖
激切屏營之至謹奉表稱謝以聞臣轍誠惶誠恐頓
首頓首謹言

笏記

臣伏蒙聖慈之臣生日特遣中使降詔書賜臣羊酒
米麵者枉蒙寄任空閱歲時每遇初生輒披好賜醉
酒飽德雖喜太平之風嗚野食華未罄盡心之報臣
無任感天荷聖激切屏營之至

辭門下待郎劄子一首

臣竊覩今月内降聖旨臣轉官除門下侍郎伏以執
政近臣須聞國論可用才舉難以次遷苟以先後歲
月爲倫必致忝冒沈淪之議況臣頃由縣道擢寘從
官首尾七年歷盡華貫逮居丞轄之地訖無絲髮之
功黽勉逾年慙負塡臆敢期聖眷未已擢任愈隆臣
反覆思之始者旣以不次度越衆賢今者又因見任
遷貳元宰前後僥倖豈可常然苟復冒居出納之司
不知進退之分公論不允必致顛隮況臣久以愚拙
誤蒙矜閔華今命出未下勢尚可回伏乞聖恩念臣
孤危非有矯飾特寢明命以安微衷臣無任祈天俟

命激切屛營之至取進止

免太中大夫門下侍郎表二首

臣轍言伏奉告命蒙恩除臣太中大夫守門下侍郎者久塵右轄無補於時進貳東臺有慚在列言莫宣於誠意聽未感於高明臣轍誠惶誠懼頓首頓首伏念臣頃以虛名誤蒙收錄旋塵近侍非有勞能唄噍文詞本腐儒之事業彈治邪枉犯衆口之憎嫌及夫進貳文昌日侍軒闥隨衆出入得失何補於萬幾奉行文書勉強自慙者期歲此則聖主之所親見孤臣之所自知豈待人言難逃天鑒敢謂超升累級復進

崇階雖用負乘行自招於寇盜未嘗狥儀食何取於
鶉䆉伏望太皇太后陛下因功以舉賢選衆以拔士
采其譽者必考其實聽其言者皆原其心如臣空疎
自難隱伏特追成命以慰公言使聖朝無失於用人
則臣愚若蒙於厚賜臣無任祈天俟命激切屏營之
至謹奉表陳免以聞臣轍誠惶誠懼頓首頓首謹言
臣轍言伏奉告命蒙恩除臣大中大夫守門下侍郎
者喉吻之任密侍於禁中綸綍之行風傳於海内苟
用人之失當於累上以非輕臣轍誠惶誠懼頓首頓
首伏念臣西南陋儒墳文樸學非有過人之大節惟

守事君之小心無其實不敢居其名非其任不敢竊其祿任歷三世年逾半生奉以周旋未始失墜今者乃欲以尋尺之材居棟梁之任以斗升之量受鍾𥁞之藏雖欲欺君且非本志矧復躐等超累級之上遷秩非舊比之常靖言以思未見其可伏望皇帝陛下因任庶物照臨百官短長各盡其宜大小無失所養必其力有餘而後用則其任逾久而常新抑將多士皆賴以安豈惟微臣獨被其賜愚衷已竭天聽尚回臣無任祈天竢命激切屏營之至謹奉表陳免以聞臣轍誠惶誠懼頓首頓首謹言

謝太中大夫門下侍郎表二首

臣轍言伏奉制命除臣太中大夫守門下侍郎再具詞免蒙降批答不許仍斷來章者黄閤之崇推賢是用四品之貴匪功弗加自慚迂拙之餘俯荷寵先之及臣轍誠惶誠恐頓首頓首伏惟太皇太后陛下政由家出德與性成盡心與民雖萬鍾無愛於國潔身由義雖一毫未嘗取人惟至清故大臣小吏不察而盡知惟至公故貴戚近習不戒而自飭臣每因雙日獲覿清光嘗恐病羸不中於規模固陋難逃於水鑑方欲仰干聰聽少避衆賢敢謂未見瑕疵尚加進擢

豈以其拙直無欺罔之過而遲鈍少狂躁之心致此誤恩濫於末品此蓋伏遇太皇太后陛下人非求備志在養賢將欲因鮑以致管生尊隗以招樂子援十覩五人之用累百求一鶚之精廣而不遺多故致雜臣敢不仰體聖意旁求哲人既以寬寤寐之久勞亦似救空踈之不逮逐此以往未知所裁臣無任感天荷聖激切屏營之至謹奉表稱謝以聞臣轍誠惶誠恐頓首頓首謹言

臣轍言伏奉制命除臣太中大夫守門下侍郎再具詞免蒙降批答不允仍斷來章者掌轄逾年何補六

曹之劇納言置貳仍忝一階之崇雖日次遷要爲非
據臣輙誠惶誠恐頓首頓首竊以臣之事君理先審
己器小受大有滿溢之禍力薄負重有顛覆之虞臣
世本寒微技止文墨向者翺翔翰苑才殫於書詔之
閒總執壹綱力盡於議論之際至於參陪大政實匪
其人久爾冒居日深愧畏未能謀遠常恐見譏於匹
夫有若發蒙何以折衝於下國方知難而欲退偶進
擢之非常貪戀恩榮已乖行意之義顧瞻中外豈無
潛德之人徒以天聽甚高巽命已發循墻雖切反汗
無緣上累朝廷知人之明下愧明友責善之實此蓋

伏遇皇帝陛下游神淵默灼見羣臣之情運智密微
陰扶聖毋之斷人惟求舊德用日新念臣嘉祐之直
言仕亦既久識臣建元之司諫心則無邪忘其鄙乜
日加親近身非木石猶有圖報之心恩隆父兄當驗
服勤之效臣無任感天荷聖激切屏營之至謹奉表
稱謝以聞臣轍誠惶誠恐頓首頓首謹言

進郊祀慶成詩狀一首

右臣伏覩今月十四日親饗郊廟禮成肆赦者恭以
莫大之儀成於一日無窮之澤施及四方歡聲所同
和氣畢應伏惟皇帝陛下奉烈祖之成憲蹈文毋之

訓言臨御七年慎守一德人服孝慈之化物知仁厚之心神祇降休麥禾荐熟長日既至舊章不忘以爲再享明堂未暇圜丘之大祀躬謁皇地久稽先帝之遺言惕然不寧述而非作是用修合祭之舊補不講之文人情所安神意昭答況復肆眚之令一寬於宣頑已責之恩大弛於累繫施仁於不報之地收福於無求之中臣每侍清光略聞大旨勉強吟咏形容盛明愧周頌二后之精深乏唐賦三禮之廣麗圖寫天日自知難成閒雜風謠倘或有取謹賦皇帝郊祀慶成詩一首謹繕寫隨狀上進輕冒宸嚴臣無任慚懼

激切之至謹進

免南郊加恩表二首

臣轍言伏奉告命以郊祀禮畢特加臣護軍進封開國伯食邑五百戶食實封二百戶者幸以空疎獲陪元祀敢祈恩霈下逮無功臣轍誠惶誠恐頓首頓首恭以三年而郊百禮咸至上則六聖德澤洋溢於無盡下則四方奔走勞苦而不辭鳩工聚財講禮修器經涉累歲克舉舊儀斯皆恭倹足以感神仁聖足以服衆故得事舉如素禮成不違其於左右之臣豈有纖芥之助今當宁之羨以誋而弗居相祀之勞雖微

而咸録苟不知避將何以安伏望太皇太后陛下上
丞至恩俛從私欲使無勞者不得受賜而辭寵者獲
遂本心體天地無私之明厲臣下有耻之節聰聽雖
遠懇誠必聞臣無任祈天竢命激切屏營之至謹奉
表陳免以聞臣轍誠惶誠恐頓首頓首謹言
臣轍言伏奉告命以郊祀禮畢特加臣護軍進封開
國伯食邑五百户食實封二百户者叨陪祀事已極
忻榮貪冒寵光實增愧畏臣轍誠惶誠恐頓首頓首
恭以皇帝陛下紹統六聖臨政七年愛敬盡於事親
故道要而用博繹始念於典學故德修而弗知間者

稽參古今並享天地人情旣協神理弗違月朔以還雨雪猶作齋宿之際風霾未除及夫晝漏盡而天宇肅清月幾望而雲物晏燦執玉而進如將弗勝受福以歸謙不自有衆庶如堵歡欣一詞此則聖性得於自然臣下望而莫及曾何誤寵橫及無勞伏望皇帝陛下徇固請之誠收已行之命福胙旣均於在列名器豈宜以假人益慎予奪之權深厲廉耻之節耿然微願冀在必從臣無任祈天竢命激切屛營之至謹奉表陳免以聞臣轍誠惶誠恐頓首頓首謹言

謝南郊加恩表二首

臣轍言伏奉告命特加臣護軍進封開國伯食邑五百戶食實封二百戶尋具表辭免蒙降批答不許仍斷來章者元祀告成靈貺昭答推廣乾坤之施普霑臣子之私顧惟何勞竊冒斯寵臣轍誠惶誠恐頓首頓首伏惟太皇太后陛下母儀三世坤載四方享天下之養而非以厚其身攬天下之務而非以私其族培附帝業保佑神孫譬如農夫之養苗耘鉏以竢其長玉人之作器琢磨而望其成厲之以講學之勤示之以聽斷之敏導之事天而天錫之福訓之祀地而地應以和凡下民所以知戴吾君皆東朝有以啓迪

其意如臣等輩絶企光塵雖復因時以舉儀秖令以從事忝備羽衞進執豆籩豈有勞能坐被光寵此蓋伏遇太皇太后陛下因脤膰之餘慶録左右之微勤以謂承天之休不可以專享及物之惠不嫌於過優致此誤恩首霑近列辭避無所寢興莫遑臣無任感天荷聖激切屏營之至謹奉表稱謝以聞臣轍誠惶誠恐頓首頓首謹言

臣轍言伏奉告命特加臣護軍進封開國伯食邑五百戶食實封二百力尋具表辭免蒙降批答不允仍斷來章者秖相元祀粗免弗虔敢緣均福之常妄冀

及私之寵重紆訓語秖益兢慚臣 轍誠懽誠恐頓首
頓首恭惟郊廟之崇祖宗所敬先之以寬刑薄斂使
民罔艱虞副之以潔粢碩牲使神無恫怨民神胥協
家國用寧顧臣 何人預聞庶政裕民之意詔令具存
事神人誠威儀可效乃者密侍旒冕手薦璧琮粹容
穆然而祇畏之心明羣工肅然而其敬之意息聽於
輿人之誦知有列聖之風良目覩盛儀無周南之嘆
位在近列有粃前之識首被恩私實增戰越此蓋伏
遇皇帝陛下體二儀之博施襲累聖之成規霈然雨
露之私無復賢愚之間勳封之錫深愧於勞臣田况

之加幾至於成國功無毫髮恩積丘山臣無任感天荷聖激切屏營之至謹奉表稱謝以聞臣轍誠惶誠恐頓首頓首謹言

欒城後集卷第十七

欒城後集卷第十八

表䟽一十九首

汝州謝上表一首

臣轍言伏奉告命差知汝州軍州事臣已於四月二十一日到任上訖者論事非宜本虞於大譴承命出守猶荷於寬恩臣轍誠惶誠恐頓首頓首伏念臣性本迂愚學非練達頃值時乘之始偶同彚進之餘由一邑之棲遲歷九年之僥倖遍塵侍從未聞毫髮之勞叉處廟堂滋見斗筲之陋踈拙日慙於君父滿盈每誚於友朋貪戀寵光不知引避愚而自用言之不

疑寡慮直前初獨任其任斐于時妄作信自取於顛
隮尚頼深仁黜臨善地此蓋伏遇皇帝陛下堯舜相
受崇懷善繼之心父母兼容深照不逮之實稍寛憲
法特許省循收去幹之寃雖知甚辛若喪家之犬私
竊自憐恐懼未忘寢興何暇有民與社求知愧於明
時使過與愚冀或收於異日臣無任瞻天荷聖惶懼
戰越之至謹奉表稱謝以聞臣轍誠惶誠恐頓首頓
首謹言

分司南京到筠州謝表一首

臣轍言臣前得罪蒙恩落職知汝州六月十二日再

被告降三官知袁州即治陸行趣陳留具舟赴任九月十日行至江州彭澤縣界復被告降授試少府監分司南京筠州居住尋拜受前行於九月二十五日至筠州居住訖者愚守一心漫無趨避歲更三黜始悟愆尤臣轍誠惶誠恐頓首頓首伏念臣家傳樸學仕偶聖時本無意於功名徒自勤於翰墨因時之使丞塵言事之班竊食無功復預聞政之列纔經九歲遍歷要塗人心忌其超遷天意惡其盈滿擱心自省事猶可追任意直前罪所從出惟闇故不明利害惟拙故不達幾微以至罪積如山命輕若髮荐經彈擊

雖九死以猶輕黜守幽遐累千里而爲近今茲責分
晋務棄置陋邦不親吏民許追思其過咎稍霑禄秩
俾粗免於飢寒人微固無可言恩深繼之以泣自遠
天日分委泥塗朝爲無言恩出獨斷此蓋伏遇皇帝
陛下法天廣覆配地無容雖雷霆之震驚與雪霜之
嚴冽未始絶物之命要在厚民之生故茲賤微猶得
陳述臣自處本復何言顧惟兄弟二人迭相須爲性
命江嶺異域恐遂隔於存亡況復墳墓闊疏父子離
散若臣家之憂患實今世之孤窮靖言思之誰可告
者惟有自投於君父庶幾有冀於生全泣血書詞叩

闕仰訴生有捐軀之日死存結草之誠臣無任瞻天望聖激切屏營之至謹奉表稱謝以聞臣轍誠惶誠恐頓首頓首謹言

明堂賀表一首

臣轍言伏覩今月十九日赦書明堂禮畢大赦天下者饗帝尊親古今之大典推恩肆青天地之至仁舉此盛儀併在今日臣轍誠懽誠忭頓首頓首伏惟皇帝陛下以仁御世以誠事天乾清坤寧兵戢民阜人悅故神罔不宥物備故禮得以成一享圓丘三謁路寢誠敬之心與日兼茂寛大之澤靡物不蒙能事既

修全福自至方將享堯舜之上壽膺成康之令名民
願所同天心是若臣頃侍帷幄稍歷歲時譴責之深
坐甘没齒江湖之遠猶冀首丘夂蟄泥塗聞震雷而
惕若深囚龍檻得清風而自疑臣無任瞻天望聖激
切屏營之至謹奉表稱賀以聞臣轍誠懽誠忭頓首
頓首謹言

雷州謝表一首

臣轍言臣先蒙恩責降分司南京筠州居住於今年
閏二月内又蒙恩責授化州别駕雷州安置已於今
月五日至貶所訖者謫居江外已閲三年再斥海濱

遹行萬里罪名旣重威命猶寬臣轍誠惶誠懼頓首
頓首伏念臣性本朴愚老益頑鄙連年驟進不知盈
滿之爲災臨出妄言未悟顛危之已至命微如髮釁
積成山比者水陸奔馳霧雨烝濕血屬星散皮骨僅
存身錮陋邦地窮南服夷言莫辨海氣常昏出有踐
蛇茹蠱之憂處有陽淫陰伏之病艱虞所迫性命豈
常念咎之餘待盡而已伏惟皇帝陛下仁齊堯舜政
述祖宗日月之明無幽不燭天地之施有生共霑憐
臣草木之微念臣犬馬之舊未忍視其殞斃猶復許
以生全臣雖棄捐尚識恩造知殺身之何補但没齒

以無言臣無任感天荷聖激切屏營之至謹奉表稱
謝以聞臣轍誠惶誠懼頓首頓首謹言

移岳州謝狀一首

得罪南遷於今七歳投竄嶺表又已四年瘴癘所侵
僅存皮骨親屬淪喪生意幾盡自分必死荒徼不復
歸見中原豈意聖神御極恩貸深廣不遺舊物尚許
北還元子赦書重加開宥事出特旨恩實再生臣見
具舟前往自爾稍近華風遂脱瘴死君恩至厚力報
無由臣無任云云

復官宫觀謝表一首

臣轍言：昨於虔州准告授臣濠州團練副使岳州居住，臣尋乘船至鄂州，復准告授臣太中大夫提舉鳳翔府上清太平宮外州軍任便居住，臣已望闕祇受訖者。謫從南方，自分必死；恩移近地，已若再生。復兹舊秩之還，仍領貞祠之秘，居從私欲，感極涕零。臣轍誠惶誠懼，頓首頓首。伏念臣禀生甚微，處世多難，反身自省，本欲忠孝於君親；報國何功，粗免愧畏於俯仰。徒以水炭難於同器，仇怨因而滿前，被以惡名，指爲私黨，將杜其生還之路，遂立爲不赦之文。前後三選，奔馳萬里，瘴癘纏繞，骨肉喪亡，聞者爲臣傷心，見

者爲臣郞弟雖百夫所聚公議自明而衆楚相咻有
口誰訴此者伏遇皇帝陛下體天地之造坦然無私
奮堯舜之明斷然有作自初踐阼即聞德音內推聖
母之慈仁外照羣臣之情僞荐垂恩宥至於再三春
雷發聲蟄戶咸震臣得以遲莫復覩盛明頃嘗卜居
嵩潁之間粗有伏臘之備杜門可以卒歲蔬食可以
終身生當擊壤以詠聖功死當結草以效誠節至於
陰陽之施草木何酬臣無任瞻望闕庭披瀝肝膽激
切屏營之至謹奉表稱謝以聞臣轍誠惶誠懼頓首
頓首謹言

南郊賀表一首

臣轍言伏覩今月二十三日皇帝親饗圓丘禮成肆赦者臨御再朞初見上帝神人交感德澤旁周臣轍誠懽誠忭頓首頓首伏以本朝六代八聖承平之久曠古所未聞三年一郊極盛之儀有唐之成法因四海來祭之廣成百神受職之文推演神休肆宥多辟恭惟皇帝陛下體天地之德性堯舜之深仁受命之符本緣斯致御世之道亦由是隆復因行禮之終益廣好生之澤臣頃斥居荒服豈意生還今忝邇邦幾亟聞敷命造庭稱慶雖絶望於餘生鼓腹載歌竊

有幸於今日臣無任瞻天望聖踊躍抃營之至謹奉
表稱賀以聞臣轍誠懽誠忭頓首頓首謹言

降朝請大夫謝表一首

臣轍言伏奉告降授朝請大夫賜紫金魚袋差遣勳
封食實封如故者罪大恩寬言者未厭官高德薄法
所不容尚領真祠實出寬憲臣轍誠惶誠恐頓首頓
首伏念臣早塵近列無補明時下則拙於身謀上則
闇於國體先朝矜其愚陋宥以遐荒前後七年浮沉
萬死偶真人之御歷敷大號以惟新普復舊官亟叨
厚禄然臣年迫衰暮知復何爲身利退藏顧未敢請

因循於此黽俛自慙雖復追削者五官仍且獲於安閑局涵恩至厚爲幸已多此盖伏遇皇帝陛下以堯舜之仁行成康之政衷未忘於舊物恩許畢其餘生臣謹當杜門躬耕没齒蔬食知生成之難報姑靜黙以待終臣無任瞻天望聖激切屏營之至謹奉表稱謝以聞臣轍誠惶誠恐頓首頓首謹言

謝復墳寺表一首

臣轍言准穎昌府牒准御筆手詔節文應係籍宰執墳寺昨經改正任並給還者名書罪籍慙負明時恩念私堂特還舊刹九泉受賜荒隴生光臣轍誠惶誠

恐頓首頓首伏念臣早以空疎叨居近密始終無補
愚不自量恩禮誤加驟及既往一被黨人之目上遺
先臣之憂舊恩已移没齒何覬豈謂詔恩一出故物
復還丘墟絶芻牧之虞松櫃變燋枯之色骨肉感涕
閭里咨嗟此蓋伏遇皇帝陛下性仁無私聖孝不匱
覽二帝初潛之地動一物失所之懷號令所加存没
感賴臣衰病已久報恩之日不長子孫在前竭忠之
心未替過此以往無所裁之臣無任瞻天望聖激切
屛營之至謹奉表稱謝以聞臣轍誠惶誠恐頓首頓
首謹言

謝復官表二首

屏居田里忽捧絲綸恩旨非常驚喜交至臣中謝伏念臣向者叨塵名位自取顛隮亟蒙召歸即還舊物之厚中雖貶奪不失便地之安衰老之餘退藏爲幸閉門念咎既久謝於交游沒齒無言蓋僅同於木石雖未即死豈復干榮此蓋伏遇皇帝陛下聖德日新仁心天覆躬受八寶推恩萬方朝陽一升雖幽咸照時雨既至靡物不蒙遂使死灰再然朽骨重肉顧臣筋骸已憊不任鞭策之施耳目俱昏絕望清明之化論報無日荷恩則深臣無任云云

誕膺八寶承天地之休連錫二階均雲雨之施恩深
難報感極何言臣中謝伏念臣憂患餘生老病蕙至
麽黜雖久尚霑品秩之餘奉養雖微更獲耕耘之助
一毫以上皆出於君恩累歲偷安有慚於公議復叨
寵數深竊無名兹蓋伏遇皇帝陛下天造曲成聖功
獨運深憐枯槁重許發生示人以無私之心施德於
不報之地臣雖頑鄙粗識恩私筋力已衰莫展驅馳
之用忠誠尚在豈以生死而移臣無任云云

皇太后上僊慰表一首

臣轍言伏覩今月十四日大行皇太后遺誥至穎昌

府者毋儀淪喪率土震驚臣轍誠哀誠殞頓首頓首

大行皇太后定策艱難之中力辭政務之要功存社稷德及生靈奉諱云初痛心罔極伏惟皇帝陛下方以天下爲養遽有終身之憂孝愛燕隆哀慕日遠臣久居謫籍適此召還感恩至深奉慰無路臣無任瞻望闕庭哀慟殞越之至謹奉表陳慰以聞臣轍誠哀誠殞頓首頓首謹言

欽聖憲肅皇后祔廟慰表一首

臣轍言伏聞今月二十六日欽聖憲肅皇后神主祔廟禮畢者復土告終祔姑成禮悲動宸極痛徹寰瀛

臣哀誠頓首頓首欽聖憲肅皇后内治有光坤元至
順方艱難之際好謀而成迨聽斷之辰退藏於密奄
棄萬邦之養永嚴七世之祠伏惟皇帝陛下仁孝自
天感慕踰等捨曾閔匹夫之志念文武創業之艱深
抑誠心以幸天下臣限以在外不獲奔詣闕庭臣無
任瞻望攀咽激切屏營之至謹奉表稱慰以聞臣轍
誠哀誠殞頓首頓首謹言

欽慈皇后祔廟慰表一首

臣轍言伏聞今月二十六日欽慈皇后神主祔廟禮
畢者孝不及養永深敬愛之情禮極追崇亟成陵廟

之制臣轍誠哀誠殞頓首頓首欽惟皇后毓德仁里
作嬪皇家登兼宮闈未遑禴狄之盛禮誕育仁聖克
復祖宗之舊章神人共依中外追感伏惟皇帝陛下
孝恭成德思慕終身雖盡顯親之儀未忘念母之志
中外瞻仰啓處不遑臣限以在外不獲奔詣闕庭臣
無任瞻望摧咽激切屏營之至謹奉表陳慰以聞
轍誠哀誠殞頓首頓首謹言

大行太皇太后上僊功德疏一首

臣伏以道大難名本無心於民上功成即去空結想
於人間贊罷裹脩襟陳禴狄敢薦笠文之祕少資天

福之餘大行太皇太后伏願乘佛妙因稱民善禱超
升彼岸旣資福於今生降澤斯民終未忘於故國臣
無任瞻望激切屏營之至謹疏

皇太后上僊功德疏一首

右臣伏以仙馭賓天聖功在物哀纏率土痛切遺臣
伏惟大行皇太后祖烈崇高坤儀博厚定立長之大
議宗社以安戡戎功而不居中外咸仰奄棄東朝之
養倏返西方之遊易月有期因山非遠願假佛乘之
妙少資淨土之因超三界以無方福羣生於罔測臣
無任瞻望激切屏營之至謹疏

哲宗皇帝大祥功德疏一首

右臣伏以日月有期祥禫成禮甫終過寄滋極痛傷伏惟哲宗皇帝陛下臨御積年威神在物紹聖考之遺業啓華鄂之遠圖至矣成功藐然永慕爰假佛乘之妙少資仙馭之遊伏願追列聖於九霄齊光斗極福遺黎於四海等固山河臣無任瞻天望聖激切屏營之至謹疏

天寧聖節功德疏一首

臣伏以地厚天高取數固多於萬物堯仁舜孝降年獨永於百王理雖出乎自然事必從乎衆欲是用假

佛乘之至妙祝寢筭之無疆皇帝陛下伏願追繼祖宗之隆度越漢唐之盛恭儉以水仁而仁至愷悌以祈福而福生兼獲華夷之心大副臣民之望臣無任瞻天望聖激切屏營之至謹疏

東堂老翁井齋僧疏一首

降授朝請大夫護軍賜紫金魚袋蘇轍伏爲東堂老翁井近歲以來泉源耗竭人失烹餁田失灌種先壠攸託中情惕然令因姪孫新授廣都主簿元老西歸謹請戒律僧就墳側晨設齋轉經夜設水陸道場以祈冥應謹具疏如後

齋僧七人每僧各轉妙法蓮華經一部七卷設

水陸道場一夜

右伏以先君太子太師兆自東山躬卜靈宅泉出右
麓流于西南旱暵不乾霖潦不溢實有常德紀于耆
舊越自近歲漸致枯竭求惟艮坎之德行止相尋山
下出泉在易爲蒙蒙極必發失其常性厥咎在人轍
以愚暗最竊名位積譴致罰以累茲泉令者歸依佛
乘救援衆苦伏願道場清净山神歡喜泉流濆發草
木滋潤居人蒙賜塋域增固伏乞三寶證知稽首謹
疏

欒城後集卷第十八

欒城後集卷第十九

青詞十一首

京師一首

臣久以空疎，預聞國政，上愧天地，下慙君父，常願殫私以徇公，捐身以濟物，而智有所不周，力有所不逮，事不稱心，十常三四，俯仰愧負，朝夕不忘。而稟愚幼之年，過咎未免，長而知悔，往不可追。頃自十載以來，心存至道，清心寡欲，僅乃少完，浩如涉川，未知攸濟。敢以初生之日，仰祈真聖之恩，察其誠心，假以妙力，令臣所志獲遂，所學有成，國以永寧，身以長久。臣不

勝大願頓首頓首謹詞

高安四首

伏以生於微陋性極冥頑叨冐國恩預聞政事才短
德薄福過禍生任意直前不知罪譴之增積終年三
黜遂涉江湖之嶮艱手足之親播遷瘴海父子之愛
晋寓中原寄迹高安遽逢生日術者搽告厄運稍移
仰叩天閽冀回聖造矜其愚而多悠察其中之無它
赦宥徃愆刋除罪籍俾我同氣俱復近邦茍獲閑地
以偷安非復要途之敢望棲心澹泊粗成止欲之因
畢老勤行竊冀長年之幸傾倒激切不知所裁臣無

任瞻天瀝懇惶恐戰越之至謹詞
伏以臣夫婦歸誠至道託迹塵寰自幼至今隨世所
行豈免過咎況復近歲預關國事福禄盈滿功行蔑
聞致此顛隮將復誰咎重以兄軾平生悻直仇怨滿
前流竄海濱日虞瘴癘以至墳墓隔絶父子分離相
望萬里患不相救今斥逐以來荐歷寒暑退惟既往
非有邪慝憂患已深理或當復惟真聖慈閔與物無
私庶幾北還近獲成命非復有心於榮遇惟覬少獲
於安全憐其虚心養氣之勤錫以問道逢師之幸臣
無任懇倒之至謹詞

伏以謫居高安行將再歲杜門自省日懼禍災乃者
火焚閭閻勢極熾猛風從北來正趨館舍治任挈族
未知所適風回火轉幸免焚蕩向非神祇明察憐憫
困窮則雖免灰燼之虞必有狼狽之患敢陳菲供少
伸盥睍伏願稍垂慶祐洗除宿殃臣無任懇倒之至
謹詞
伏念本鄉通義以仕爲家再謫高安累年于此以忠
獲罪夫婦漂流携家不前男女離散宿有疾疢不甚
康強飽暖安閑雖感恩於造物拘縻窘逼常興嘆於
異鄉日磻初生家陳薄供望三清而稽首仰衆聖以

馳誠稍回恩光照此陷穽顧涉新歲脫去宿殃祿命增長骨肉和合怡怡誠意莫敢盡宣臣無任瞻天俟命激切屏營之至頓首頓首謹詞

龍川二首

伏念臣頃自甲戌之歲大運在酉命運相衝是歲生日之後自門下侍郎謫守汝州爾後四經流竄今在循州嶮阻厄窮何所不歷疾疢喪禍近復繼作雖卯酉逆順天理難逃徼生不幸適丁其會然術推陰命先凶後吉自始入運今已七年豈始迎其災而終亡其吉伏願俯念窮困稍垂寬宥覺悟朝廷解釋羅網

骨肉安樂相從北還區區寸誠願盡於此臣無任懇
倒之至謹詞
伏念臣始自甲戌得罪於朝流竄南方於今七載再
投嶺表亦又三年瘴毒所侵骨肉凋喪衣食所迫囊
槖空虛脾肺冷洩藥石不效北歸無日老而益窮常
懼寄死南荒永隔鄉井因上元之穀旦依道士之靈
科稽首泥塗歸命仙聖一願養心煉氣日見成功積
陰消散真陽充滿二願朝廷覺悟羅網解脫振衣北
還躬耕爲樂三願南北眷屬各保安寧北歸之時一
一相見臣已身心自誓屏去邪淫等觀冤親普加慈

恕遇有方便知無不爲或在廟堂或在田野並推此
心無有變易天地鬼神實聞此言雖生成之恩兹未
能報而螻蟻之志死且不渝臣無任懇倒之至謹詞
伏念臣頃自丁丑之春得罪朝廷流放海上是時舟

閤皁一首

過臨江近瞻閤皁遥望玉笥誠心惕然傚福聖境願
得生還中原當就兹山恭陳薄供以答靈造今已蒙
恩授前件官岳州居住乘舟北歸復出山下而私行
無力仰止勝地不能自致惟神格斯不可擬度容光
必照何所不臨臣邅回瘴癘之鄉得脱病苦出入嶺

海之際優游江湖天地之恩草木何報重念臣志葪才短學術空虛頃歲忝冒實為過分然其中國愛民始終一心粗若無愧人不可罔而況於天儻茲心不誣願今日已往隨福所有隨力所堪除其難艱錫之安穩至於壽考由命富貴在天不敢妄祈所有非覬

臣無任懇倒激切之至謹詞

許昌三首

伏念臣頃以宿世舊殃七年流竄天鑒在上矜其無他還寓穎川粗霑微祿顧瞻世事自知難堪姑願禦家耕田養生送死優游里社聊以卒歲念是學道之

心瀞泊已久雖勉求虛靜而習氣未除力行升降而天路猶壅疾病雖去精氣未凝方當厄運之終復遇生日之至仰祈真聖愍我勤勞洗濯往愆助成道力臣無任懇倒激切之至謹詞

伏念臣頃自嶺外還居潁川雖身沾薄俸而心虞多難汝南經歲老病逼身今茲甲申建歲庚申乘運卯人至此法當小泰偶於歲首復返舊廬敢以初生之辰仰祈真聖之佑然臣久慕至道中無它求唯是欲習初乾日望增進願心廣博終冀成就伏願隨力所堪隨福所有內以安身外以及物雖退轉之咎自誓

以必無而保全之功實冀於冥助臣無任懇倒激切之至謹詞

伏念臣幼爲諸生力學雖蚤聞道則遲中歲從仕憂患嘗多安樂則少晚年學道用刀雖篤成功未期所經生日六十有七求日無幾有志未從　自謫居南服首尾七歲旋居穎川又復五載齒髮衰變氣血消亡回首功名自分已矣存心性命猶幸得之伏願眞聖哀矜成就微志苟獲安身之福敢忘及物之心臣無任懇倒激切之至謹詞

祝文一首

嵩山祝文一首

轍昔緣吏役自陳如洛道出嵩少秋雨方淫繁雲如絮纏覆山上究觀近麓莫矚諸嶺摽鞍黙禱庻幾一見俛仰未幾豁然雲移如卷重帷郤寘山後連峯角立草木可數驚顧竊歎莫知其由昔韓愈南征有感於衡嶽以無似克配前烈黙然慙愓不以語衆至于今日十有八年永懷疇昔有不能已謹遣家兵以茶酒香燭及佛經疏仲導薄誠神鑒不昧景響昭答謹告

汝州謝雨文一首

維紹聖元年歲次甲戌四月壬寅朔二十六日丁卯太中大夫知汝州軍州事護軍蘇轍謹以清酒特羊之奠恭祭于北園社令后土神君轍以罪戾謫守兹土自春徂夏旱飢爲苦麰麥殄悴禾未出畝吾民憂傷巫覡旁午念予罪人餘譴累汝開行北園亭曰致雨前守趙士有禱咸許顯懟昔賢顧瞻前武掃地而祭屏去牖戶青樆繞屋喬木環堵微風蕭然神物來處吾僚祇敬齋宿吾府雲興山際倏遍天宇風來不疾雷發不怒祁祁在澤如哺如乳酒不濡地厲不升俎仁哉有神未請而予再宿告晴高下咸溥朝陽既

升鉏耨畢舉宿麥斯實施及禾黍吏免訶譴民病獲
愈念惟始至神則何取祇薦醴牲以求斯祐尚饗

欒城後集卷第十九

欒城後集卷第二十

祭張宫保文

維元祐六年歲次辛未十二月乙卯朔二十日甲戌太中大夫守門下侍郎眉山蘇轍謹以清酒庶羞之奠致祭于故宣徽南院使太子太保贈司空張公四文之靈。轍之方冠，公守西蜀，特予先君幅巾田服，尺書見公。一見而知，曰此鴻鵠，困于棘茨。君亦嘻嗟，世莫知我，孰謂斯人，獨明且果。顧我與兄，復往從之。少未更事，見亦弗疑。後時有成，達于家邦。斯言是信，不折不降。涉世多艱，久而莫伴。從公陳宋，庇子有仁。既博以支又約以禮示我夷易行不知止南遷而還迎我而笑世將用予要至于道我曰不然將復見公俛仰六年斯志莫從遺章上聞匪私爾傷慶曆之遺令也則亡嗚呼公之少年坦然不羈自放於酒竹林是師及其從官精深粹密禮家法士莫見其際公之問學初亦弗勤況然游心功倍於人有疑而問時罔弗達禮則鄭産樂則吴札公之行已色温言厲卒然相逢忽若無意有所與友金石弗踰可以託六尺之孤公之事君道大言深心所不欲富貴莫淫詭詞削草人亦弗知雖罔克用亦罔克疑公老于世事見于外

人之知公兹亦其槩公性静深灼見安危遇物斯應動獲所宜退而自養湛然淳一與天爲徒惟道非役逮其將亡言若平生寂然委蛻不怛于行道實在天後必有傳謂予可敎而亦弗聞公入不出我出不還而便斯道怨乎茫然嗚呼尚享

祭文與可學士文一首

元祐七年八月日太中大夫守門下侍郎蘇轍謹之清酒庶羞之奠致祭于故知湖州與可學士親家翁之靈嗚呼漢蜀之守石室之孫散居倅潼耕稼隱淪是生高人文如西京稚詩楚詞雲溶泉清心恬手柔

隸草從橫，毫墨之餘。遇物賦形，怪石巑列，翠竹羅生。得於無心，見者自驚。嗟世知公，以是謂賢。公心浩然，實而弗炫。有觸不屈，始知其堅。世在熙寧，士銳而翾。利誘于旁，奔走傾旋。公居其間，澹乎忘言。洋人病茶，徐爲一宣。抱忘不伸，委化而遷。惟我與公，交友忘年。以静喜我，申以婚姻。子喪婦存，諸孫在前。撫而教之，尚修公門。窀穸有時，送車烈阡。千里寓詞，聞乎不聞。嗚呼尚饗！

祭亡壻文逸民文

元祐七年八月日，太中大夫、守門下侍郎蘇轍以清洒庶羞之奠致祭于文郎逸民秀才之靈我與君翁忘年之義長女未笄許適君子少君不羣介然老成誦詩屬文亦纘家聲我獨憐君吐詞悲傷是必多難否則不長別我于宋送君于株扶我舟行萬里有餘我遷南方君旅成都相望天涯逾歲一書我還京師幸將見君一病不復發書酸辛女有烈志晉鞠諸孤賦詩栢舟之死不渝惸惸遺孫教以詩書庶幾有成歸大君閭嗚呼尚饗

再祭張宮保文

元祐七年八月日太中大夫守門下侍郎眉山蘇轍

謹以清酒庶羞之奠致祭于故宣徽南院使太子太保贈司空張公四文之靈公志大而才高氣直而慮深世俗之所不悅而君子之所服膺轍從公游實見而知耻視世間若無足爲及其觀會通以行典禮蓋未嘗失時況觀衆人澹然無心及其結意氣而同憂患蓋堅如斷金故方其出也仕歷三世雖未嘗不用而才莫能既退其處也與衆雜居雖罔有不伏而中情實跡究觀始終疑者天人或因物以有覺或逢人而益信由是畜氣養神以終其身中忘我以發照外忘物而遠塵至於委化之日泊然反真嗚呼我之從

公始於父兄師友之交親戚之情而撫棺不哭送葬不行無以寄哀請易公名惟文與定庶幾平生公雖不求朝有典刑嗚呼尚饗

祭亡嫂王氏文

元祐八年歲次癸酉九月丙子朔十八日癸巳太中大夫守門下侍郎蘇轍與新婦德陽郡夫人史氏謹以家饌酒果之奠致祭于亡嫂同安郡君王氏之靈轍幼學於兄師友寔兼志氣雖同以不逮慙兄剛而塞物或不容既以名世亦以不逢轍騃而從祠未免憂嫂以婦人處之則優兄坐語言收畀蓑黨逐邪

城無以日食賜環而來歲未及期飛集西垣遂入北
扉貧富感忻觀者盡驚嫂居其間不改色聲冠服肴
蔬率從其先性固有之非學而然族人咨嗟觀行責
報謂必多福繼以壽考中歲而殂里有莫知三子俱
良聊以慰之兄牧中山始殯而往謂我在茲屬以時
享距城半舍旁撫仲婦無感無懼祭遣諸子嗚呼哀
哉尚饗

祭八新婦黄氏文

元符二年十一月四日辛未舅姑躬以家饌酒果之
奠致祭于故八新婦黄氏之靈吾不善處世得罪乎

朝播遷南荒水陸萬里家有三千季子季婦實從此
行自筠徙雷自雷徙循風波恐懼蹊遂顛絕所至言
言不通飲食異和瘴霧昏殹醫藥無者歲行方聞氣
候殊惡晝熱如湯夜寒如冰行道殭仆居室困瘁始
自僕隸浸淫不已十病六七而汝獨甚天乎何辜遂
殞于瘴追惟平昔慈祥寬厚孰亡不淑而止於是南
北異俗伏臘錢癈燔炙豚魚斬漬果蔬承杞寧賓不
異中夏卒無一言歎恨流落逮及啓手脫然而逝惟
我夙業累爾幼稚與言涕落呼天何益五里禪室頃
所嘗寓土燥室完密邇吾廬權厝有間毋或恐怖二

子雖幼資可成就姑自鞠養無水火患猶罹災厄有
盡天造有復全樞北返歸安故土竄而不朕誠此誠
意嗚呼哀哉尚饗

北歸祭東塋文

維建中靖國元年三月十五日丙子男具官轍因姪
千之等西歸謹以家饌酒果之奠昭告于先考編禮
贈太子太師先妣程氏遂封成國太夫人之靈轍恭
承先業奉教不謹紹聖之初權臣擅命普害忠良先
除異己轍與兄軾同時遷南遭回江西流落嶺外奔
走萬里始終七年尚賴世德有憑遺澤未泯父處瘴

霧雖病不死庚辰正月帝出于震推恩四海澤及兄弟同復舊秩皆侍真祠轍遂自龍川北還許下與諸子濡沫相收西望松檟鬱葱任目然念灑掃弗躬齋祭遐邈歲月滋久海外何贖兄軾來自海南道遠未至皆以困躓之餘思歸未獲如人病躄心不忘起瞻望涕泗不知所言謹告

祭亡兄端明文

維建中靖國元年歲次辛巳九月已未朔初五日癸亥弟具官轍謹遣男遠以家饌酒果之奠致祭于亡兄端明子瞻之靈嗚呼手足之愛平生一人幼學無

所受業先君兄敏我愚賴以有聞寒暑相從逑壯而分涉世多艱竟奚所爲如鴻風飛流落四維渡嶺涉海前後七春瘴氛所烝飄風所吹有來中原人鮮允還義氣外強道心内全百折不摧如有待然負人龍翔雷雨夾天自儋而廉自廉而求道路數千亦跦嶺終止眈陵有田數頃逝將歸休築室鑿井嗚呼天之難忱命不可期秩暑涉江宿瘴乘之上燥下寒氣不能支啓手無言特惟我思念我伯仲我處其季零落盡矣形影無繼嗟乎不淑不見而逝號呼不聞流血至地兄之文章今世第一忠言嘉謀古之遺直名冠多

士義動蠻貊流竄雖久此聲不沒遺文粲然四海所傳易書之祕古所未聞時無孔子孰知其賢以俟聖人後則當然丧來自東病不克迎卜葬嵩陽旣有治命三子孝敬罔留于行陟罔望之淚泗雨零尚饗

再祭亡嫂王氏文

維崇寧元年歲次壬午四月乙酉朔三十三日丁未具官蘇轍與新婦德陽郡夫人史氏謹以家饌酒果之奠致祭于亡嫂同安郡君王氏之靈嗚呼天禍我家兄歸自南沒于毗陵諸孤護喪行于淮汴望之揹膺自始之亡旅殯西折九年于今兄沒有命葬我嵩

少土厚水深邁往告遷及迨初婦靈輴是升道出頻
川家寓于茲迎哭傷心遠日孟秋水潦方降畏行不
能塋兆東南精舍在焉有佛與僧往寓其堂以須兄
至歸于丘林雖非故鄉親族不遐勿畏勿驚嗚呼尚
饗

再祭兄亡端朋文

維崇寧元年歲次壬午五月乙卯朔日弟具官轍與
新婦德陽郡夫人史氏謹以家饌酒果之奠致祭于
亡兄子瞻端明尚書之靈嗚呼惟我與兄出處昔同
幼學無師先君是從遊戲圖書寤寐其日予二人要

如是終後迫寒飢出仕于時鄉舉制策並驅而馳猖
狂妄行誤爲世譏始以是得終以之失兄遂于黃我斥
于筠流落空山友其野人命不自知還後簪紳俛仰
幾何寵祿遄臻欲去未遑禍來盈門大庾之東漲海
之南黎蜒雜居非人所堪不起襲帷颶來掀簷卧不
得寐食何暇其如是亡年雷雨一罩兄歸晉陵我還
潁川顧一見之乃有不然瘴暑相尋醫不能痊嗟兄
與我再起再顛未嘗不同今乃獨先嗚呼我兄而止
斯耶昔始宦遊誦韋氏詩夜雨對床後勿有違進不
知退踐此禍機欲復斯言而天奪之先壟在西老泉

之山歸骨其旁自昔有言勢不克從夫豈不懷地雖郟鄏山曰峨眉天實命之豈人也哉我寓此邦有田一壥于孫安之殆不復遷兄來自西於是磐桓卜告孟秋歸于其阡頻川有蘇肇自兄先嗚呼尚饗

再祭八新婦黃氏文

維年月日舅具官蘇轍姑德陽郡夫人史氏謹以家饌酒果致祭于亡第八新婦黃氏之靈我昔南遷自筠徂雷自雷徂循萬里之行季子季婦同此艱勤婦生名家有德有容幼不逮門繾綣相從冒嶮涉瘴初無咎言念我厄窮往反累汝愧于心　顏瘴病彌月藥

而不克卒殯當年弱子稚女躑躅吾側念毋悽然徃
汝莫追撫此二孫冀其成人命降自天舉家北返與
柩俱還嗟哉吾兄没于毗陵返葬郟山兆域寬深舉
棺從之土厚且堅種栢成林以付而子百年以安嗚
呼尚饗

祭范子中朝散文

維建中靖國元年歲次辛巳十二月丁亥朔初十日
丙申太中大夫提舉鳳翔府上清太平宮護軍蘇轍
謹以清酒庶羞之奠致祭于故朝散范君子中之靈
蘇氏范氏同出坤維蜀公告休居潁之湄我老去國

歸亦從之公逝久矣見其長子婚姻之故莫我遐棄一叩我門遂不再至嗟夫不淑病日以侵一卧歷時弗寤弗興一子既冠一女始勝我見蜀公帝城西偏君與仲叔笑言相驩叔先仲亡君獨蒼顔内撫族黨外接友朋恭敬愷悌此邦所稱嗟我寓新孰慰此心升堂不見哭不復聞俛仰幾何獨爲古人鄉黨之好盡此一觴嗚呼尚饗

祭王子敏奉議文

維年月日具官蘇轍謹以清酌庶羞之奠致祭于故知縣奉議王君子敏之靈昔我在宋吾兄在徐君家

伯仲來學詩書行義不回詞章有餘我曰可人綴以
婚姻旣親且友其行日新伯氏不淑殞于方春君登
丙科又敏于政惠于上官民亦不病矯然衆中氣和
而正孝友之善中發於誠均其有無以及孤悍嫁女
娶婦期不負兄我居潁川君令陵臺十日稅駕爲我
徘徊受法道師不近酒杯我顧君笑自若奚爲隙駒
逝矣爲樂何時去我三年遂病以衰失官居汝啓處
未安伏枕不興將没何言有志弗從使我永歎嗚呼
尚饗

遣适歸祭東塋文

維崇寧三年歲次甲申八月壬寅朔二十一日壬戌
男降授朝請大夫護軍賜紫金魚袋轍謹遣第二男
承事郎監東嶽廟适西歸致祭于先君贈太子太師
先妣程氏五三君追封成國太夫人之墓轍自元符
庚辰蒙恩北歸西望松檟即懷歸忘孤拙多難事與
心違俛仰四年進退惟戾日月不待齒髮變衰深懼
溘然無復歸日遣适代往周行兆域有忘不獲涕泗
垂膺兄軾已没遺言葬汝轍與婦史夙約歸祔常指
其穴以敕諸子苟未即死猶冀一歸躬行汛掃以畢
餘願尊靈未泯鑒此誠意尚饗

祭黄仰先龍圖文

嗚呼尊先使君與我早歲旅于天廷自唐已然同年友朋異姓弟兄南北東西不約而親義均同生君家在陳我宦陳庠時始合并君方少年出從鄉貢嘩然有聲一飛絶羣不入州縣教載公卿無惡於民無怨於友氣和且平我遷南方歸來老矣故舊無幾君家父子見我京師相顧所喜往來綢繆昏姻之好實始于此我廢于時君仕日跡一榮一瘁親友之恩始終不渝允也君子君於父兄人無間言閔子是似其於吏民不剛不柔次公之比謂當百年仰事慈親以及

愛弟奈何不淑有志不終中遺而棄丹旐翩然死丘之隅萬事已矣我老杜門素車不行一慟永已嗚呼尚饗

祭范彝叟右丞文

維年月日具官蘇轍謹遣男具官遲以清酌庶羞之奠致祭于故右丞范公彝叟之靈維昔先正文正穪首嗟我晚生不識耆舊從事南都見其叔子議論琅然前人是似我遷南方六年而歸平生交舊多聚京師晚遇仲氏秉國之維以義知我傾蓋不疑我復遷南仲亦繼徃瘴癘侵凌氣血凋喪同歸潁川白首相

向問疾于牀執手無言慟哭其堂纖此忠賢公方在朝四方所贍居未逾歲亦來守邦顧我里門盃酒相從往還之歡意若將終我寓汝南公旅彭城尺書不通期我以誠我還舊廬終歲杜門公歸訪我欣然笑言二日不見而以訃聞老病無朋誰復念我末懷仲叔言出涕墮於乎哀哉尚饗

祭寶月大師宗兄文

維紹聖二年歲次乙亥十月癸亥朔十一日癸酉降授左朝議大夫試少府監分司南京護軍蘇轍因僧汝丹西歸以香茶果蔬之奠致祭于故寶月大師宗

兄之塔輟方志學從先君子東遊故鄉覽觀樂巾紳
鞅精舍時始見兄頎然如鵠介而善鳴宗黨之故情
若舊識至信臂項閱歲四十性直且剛纖惡不容與
人盡言口如病風惟我兄弟不見瑕玼行有利病勢
有隆汙始終一意不爲薄厚交遊之間蓋未始有昔
我之東師則有言遊宦如寄非可久安意適忘歸憂
患所由亟還于鄉泉石可求我忘師言未返而顛師
亦不待與化俱遷遺州與榮萬里來訃開紙失聲悔
恨無所彈指西望卯塔既成臨絶之言求我以銘自
我竄逐變病相襲緝綴清風得一忘十追懷曩好從

有此心心則不忘而病未能收淚語弁歸所流水一

生一死誠則無已嗚呼尚饗

祭逍遥聰長老

紹聖三年九月二十九日降授左朝議大夫試少府

監分司南京護軍蘇轍謹以香茶果蔬之奠告于故

逍遥長老聰公我生多故再謫於筠萬里故鄉孰爲

故人師自吾斸爲筠導師坦然無心言直氣爽顧我

如故彌久而堅逮茲再來爲我出山逍遥無師衆願

師往師念我獨爲衆所挽入山幾何自冬徂秋一病

不治蟬蛻莫帶此心超然去住不疑筠人懷思涕泣

嵯峩山中來告卯塔將成　一奠之哀斯未忘情尚饗

欒城後集第卷二十

欒城後集卷第二十一

雜文一十三首

汝州龍興寺修吳畫殿記一首

予先君宫師平生好畫，家居甚貧，而購畫常若不及。予兄子瞻少而知畫，不學而得用筆之理。轍少聞其餘，雖不能深造之，亦庶幾焉。凡今世自隋晉以上，畫之存者無一二矣。自唐以來，乃時有見者。世之志於畫者，不以此爲師，則非畫也。予昔游成都，唐人遺迹徧於老佛之居。先蜀之老有能評之者，曰：畫格有四，曰能、妙、神、逸。蓋能不及妙，妙不及神，神不及逸。稱神者二人曰范瓊趙公祐而稱逸者一人孫遇而已范趙之工方圓不以規矩雄傑偉麗見者皆知愛之而孫氏縱橫放肆出於法度之外循法者不逮其精有縱心不逾矩之妙於眉之福海精舍爲行道天王其記曰集潤州高座寺張僧繇予每觀之輒歎曰古之畫者必至於此然後爲極歟其後東遊至岐下始見吳道子畫乃驚曰信矣畫必以此爲極也蓋道子之迹比范趙爲奇而比孫遇爲正其稱畫聖抑以此耶紹聖元年四月予以罪謫守汝陽間與通守李君純繹遊龍興寺觀華嚴小殿其東西夾皆道子所畫東

爲維摩文殊西爲佛成道比岐下所見筆迹危放豁屋尾弊漏塗棧缺弛幾傷於風雨蓋事之精不可傳者存乎其人人二十而迹存達者猶有以知之故道子得之隋晉之餘而范趙得之道子之後使其迹亡雖有達者尚誰發之時有僧惠真方葺寺大殿乃喻使先治此予與李君亦少助焉不逾月堅完如新於敧危之中得記曰治平丙午蘇氏惟政所葺衆異之曰前後葺此皆蘇氏豈偶然也哉惠真治石請記五月二十五日

汝州楊文公詩石記一首

祥符六年楊公大年以翰林學士請急還陽翟省親
疾繼稱病求解官章聖皇帝以其才高名重排群議
貸不加罪逾年以祕書監知汝州公至汝常稱病以
事付僚史以文墨自虞得詩百餘篇既還朝汝人刻
之於石皇祐中郡守王君爲建思賢亭於北園之東
偏紹聖元年四月予自門下侍郎得罪出守兹土時
亭弊已甚詩石散落亡者過半取公汝陽編詩而刻
之仍增廣思賢龕石于左右壁嗚呼公以文學鑒裁
獨步咸平祥符閒事業比唐燕許無愧所與交皆賢
公相一時名士多出其門然方其時則已有流落之

歎既没十有五年聲名猶籍於士大夫而邑賢廢於隸舍馬廐之後詩石散於高臺華屋之下矣凡假外物以為榮觀蓋亦足恃而公之淸風惟量出自不隨世磨滅耶然予獨拳拳未忍其委於荒榛野草而復完之抑非陋歟抑非陋歟

李簡夫少卿詩集引

熙寧初予從張公安道以弦誦教陳之士大夫于是時朝廷以繇役溝洫事責成郡也陳雖號少事而官吏奔走以不及為憂予獨以詩書諷議竊禄其間雖幸得脱於簿書而出無所與遊蓋亦無以為樂也時

大常少卿李君簡夫歸老於家出入於鄉黨者十有五年矣閒而往從之其居處被服約而不陋豐而不餘聽其言未嘗及世俗徐誦其所爲詩曠然閑放往往脫略繩墨有遺我忘物之思問其所與遊多慶曆名卿而元獻晏公深知之求其平生之志則曰樂天吾師也吾慕其爲人而學其詩患莫能及子退而質其里人曰君少好學詳於吏道嘗使諸部矣未老而得疾不卒於廢而棄其官其家蕭然譚說之不給而君居之泰然其子君武始棄官以就養[illegible]沈里閭不避勞辱未幾而家以足閒陳人喜種花比於洛

陽每歲春夏遊者相屬彌月君攜壺命侶無一日不在其間口未嘗問家事晚歲其詩尤高信乎其似樂天也予特方以遊宦爲累以謂士雖不遇如樂天入爲從官以諫争顯出爲牧守以循良稱歸老泉台憂患不及其身而文詞足以名後世可以老死無憾矣君仕雖不隸樂天而始終類焉夫又將何求蓋予未去陳而君亡其後十有七年元祐辛未予以幸過與聞國政祿浮於昔人而令名不聞老將至矣而國恩未報未敢言去蓋嘗恐然忘之不從也君之孫宣德郎公輔以君詩集來告願得予文以冠其首予素高

君之行嘉其亡足而懼不能躋也故具道疇昔之意以授之凡君詩古律若干篇分爲二十卷

王子充秀才文集引一首

昔予既壯有二壻曰文務光王適務光俊而剛適秀而和予方從事南都二子從予學爲文皆長於詩騷然務光之文悲哀摧咽有江文通孟東野感物傷己之思予竊非之曰子有父母兄弟之樂何苦於此務光終不能改也既而喪其親終喪五年而終予哭之慟曰悲夫彼其文固有以兆之乎始予自南都謫居江南凡六年而歸適未嘗一日不從也既與予同憂

患予於渾沭圖史地學浮圖老子之說亦未嘗不同
之故其閑適益深爲文益高而予測之亦益久蓋其
於兄弟妻子嚴而有恩和而有禮未嘗有過故予嘗
曰子非獨予親戚亦朋友也元祐四年秋予奉詔使
契丹九月君以女弟將適人將歸濟南之出以送之
告予爲一日之行明年春還自契丹及境而君書不
至予問焉之及家問之曰噫甚君未至濟南病没於
奉高予哭之失聲君大父諱殷慶曆中樞密使以厚
重氣節稱考諱正路尚書比部郎中樂易好施得名
於士大夫而君以孝友文章居其後謂當久遠而中

道大理有不當然者況子老矣而幷失此二人能無悲乎君之沒文初未能言而子爾未生君弟適昔與君客徐姑識子於子瞻子瞻皆賢之意王氏之遺懿其卒在適乎適裒君之文得詩若干賦若干雜文若干分為若干卷以示予予讀之流涕爲此文冠之庶幾俟爾能立以畀之

子瞻和陶淵明詩集引一首

東坡先生謫居儋耳寘家羅浮之下獨與幼子過負擔度海葺茅竹而居之日啗藷芋而華屋玉食之念不存於胸中平生無所嗜好以圖史爲園囿文章爲

鼓吹至此亦皆罷去獨喜為詩精深華妙不見老人衰憊之氣是時轍亦遷海康書來告曰古之詩人有擬古之作矣未有追和古人者也追和古人則始於東坡吾於詩人無所甚好獨好淵明之詩淵明作詩不多然其詩質而實綺癯而實腴自曹劉鮑謝李杜諸人皆莫及也吾前後和其詩凡百數十篇至其得意自謂不甚愧淵明今將集而幷錄之以遺後之君子子為我志之然吾於淵明豈獨好其詩也哉如其為人實有感焉淵明臨終疏告儼等吾少而窮苦每以家貧東西遊走性剛才拙與物多忤自量為已

必貽俗患黽俛辭世使汝等幼而飢寒淵明此語蓋實錄也吾今眞有此病而不蚤自知半生出仕以犯世患此所以深服淵明欲以晚節師範其萬一也嗟夫淵明不肯爲五斗米一束帶見鄉里小人而子瞻出仕三十餘年爲獄吏所折困終不能悛以陷於大難乃欲以桑榆之末景自託於淵明其誰肯信之雖然子瞻之仕其出入進退猶可考也後之君子其必有以處之矣孔子曰述而不作信而好古竊比於我老彭孟子曰曾子子思同道區區之迹蓋未足以論士也轍少而無師子瞻既冠而學成先君命轍師焉

子瞻常稱轍詩有古人之風自以爲不若也然自其斥居東坡其學日進沛然如川之方至其詩比杜子美李太白爲有餘遂與淵明比轍雖馳驟從之常出其後其和淵明轍繼之者亦一二焉紹聖四年十二月十九日海康城南東齋引

六孫名字説一首

予三子伯曰遲仲曰适叔曰遜始各一子耳予年六十有五而三人各復二子於是予始六孫昔予兄子瞻命其諸孫皆以竹名故名遲之子長曰簡幼曰策易曰乾以易知坤以簡能易則易知簡則易從易知

則有親易從則有功有親則可久有功則可大可久則賢人之德可大則賢人之業故簡之字曰業乾之策二百一十有六坤之策一百四十有四易之始末有策也文王演而重之然後策可見故策之字曰演适之子長曰籀幼曰範書起於篆而究於隸史籀始篆乚隸皆成於滋也故籀之字曰滋範法也王良與嬖奚乘不獲一禽曰我爲之範馳驅終日不獲一爲之詭遇一朝而獲十我不貫與小人乘請辭故範之字曰御遜之子長曰鈞幼曰遜始予得罪於朝而依於跨遜從而鈞生傳曰禮之於人如松栢之有心也

如竹箭之有筠也皆其堅者也故筠之字曰堅孔子曰譬如爲山未成一簣止吾止也譬如平地雖覆一簣進吾往也爲山者必築前無所見則未成一簣而止苟有見矣則雖覆一簣而進進而不止雖山可成也故築之字曰進予蓋老矣而三子方壯將後有子而予不及見乎則已矣如猶及見焉則又將名之族其長而示之使知名之之意焉可也

書孫朴嘗上手寫華嚴經一首

開府孫公歷仕四朝與聞國政者兩經涉夷險而不改其度世皆知貴之矣至其中心純白表裏如一乎

生無負於物利世之人未必盡知之公之守貞定也聞其覺山僧惠實說法惻然有契於心遂以爲善知識復受詔祈雨此山能出其靈蛇以救枯槁此僧此蛇豈其用意專精獨有以識公識心歟公亦嘗爲請於朝得開歲度僧又爲實立碑于塔終身恭奮若有遇於此公子元忠身手書此經藏之山中以成公遺意於佛所說因緣不爲妄語則予兄子瞻所記可信不疑矣元祐八年十二月八日

書楞嚴經後一首

予自十年來於佛法中漸有所悟經歷憂患皆世所

希有而真心不亂每得安樂崇寧癸未自許遷祭杜
門幽坐取楞嚴經翻覆熟讀乃知諸併涅槃正路從
六根入每趺坐燕安覺外塵引起六根根若隨去即
隨生死道中根若不隨返流全一中七流入即是涅
槃真際觀照既久如淨琉璃內含寶月稽首十方
三世一切佛菩薩羅漢僧慈悲哀愍患我無生法忍
無漏勝果誓願心心護持勿令退失三月二十五日
志

書金剛經後二首

予讀楞嚴知六根源出于一外緣六塵流而爲六隨

物淪逝　不能自返如來憐愍衆生爲設方便使知
出門即是歸路故於此經指涅槃門初無隱蔽若衆
生能先心行法使塵不相緣根無所偶返流全一六
用不行晝夜中〻流入與如來法流水接則自其肉
身便可成佛如來猶恐衆生於六根中未知所從乃
使二十五弟子各說所證而觀世音以聞思修爲圓
通第一其言曰初於聞中入流無所所入既寂動靜
二相了然不生如是漸增聞所聞盡〻聞不住覺所
覺空〻覺極圓空所空滅生滅既滅寂滅見前若能
如是圓拔一根則諸根皆脫於一彈指頃遍歷三空

即與諸佛無異矣既又讀金剛經說四果人須陁洹
名爲入流而無所入不入色聲香味觸法是名須陁
洹乃豁然而歎曰須陁洹所證則觀世音所謂初於
聞中入流無所者耶入流非有法也惟不入六塵安
然常住斯入流矣至於斯陁含名一往來而實無往
來阿那含名爲不來而實無來蓋往則入塵來則返
本斯陁含雖能來矣而未能無往阿那含非徒不往
而亦無來至阿羅漢則往來意盡無法可得然則所
謂四果者其實一法也但歷三空有淺深之異耳予
觀二經之言本若符契而世或不喻故明之言經言

如來有五眼近燭牆宇遠覧山河肉眼也隨其福德見有遠近天眼也知物皆妄坐而轉物惠眼也入萬法遍法界法眼也以惠眼轉物以法眼遍物佛眼也謂如來有惠眼法眼佛眼可也何肉眼天眼之有曰如來爲衆生故入諸趣在人則同其肉眼在天則同其天眼如聲聞人住無爲法而畏生死則亦有惠眼而已耳

書白樂天集後二首

元符二年夏六月予自海康舟適龍川㕁大暑水陸行數千里至羅浮水益小舟益庳惕然有瘴暍之慮

乃留家於山下獨與幼子遂葛衫布被乘葉舟秋八月而至既至廬於城東聖壽僧舍閉門索然無以紹日欲借書於居人而民家無畜書者獨西鄰黃氏世爲儒粗有簡冊乃得樂天文集閱之樂天少年知讀佛書習禪定既涉世屢憂患胸中了然照諸幻之空也故其還朝爲從官小不合即捨去分司東洛優游終老蓋唐世士大夫達者如樂天寡矣予方流轉風浪未知所止息觀其遺文中甚愧之然樂天處世不幸在牛李黨中觀其平生端而不倚非有附麗者也蓋勢有所至而不能已耳會昌之初李文饒用事樂

天適已七十遂求致仕不一二年而没嗟夫文饒尚
不能置一樂天於分司中耶然樂天每閑冷衰病發
於咏嘆輒以公卿投荒僇死不獲其終者自解予亦
鄙之至其聞文饒謫朱崖三絶句刻轢尤甚樂天雖
陋蓋不至此也且樂天死於會昌之初而文饒之竄
在會昌末年此决非樂天之詩豈樂天之徒淺陋不
學者附益之耶樂天之賢當為辨之圓覺經云動念
息念皆歸迷悶世間諸修行人不墮動念中即墮息
念中矣欲兩不墮必先辨真妄使真不滅則妄不起
妄不起而六根之源湛如止水則未嘗息念而念自

静矣如此乃爲眞定眞定既立則眞惠自生定惠圓滿而衆善自至此諸佛心要也金剛經云應無所住而生其心既不住六塵亦不住静六塵日夜遊於六根而兩不相染此樂天所謂六根之源湛如止水也六祖嘗告大弟子假使坐而不動除得妄起心此法同無情即能障道道須流通何以却住心心不住即流通住即被縛故五祖告牛頭亦云妄念既不起真心任遍知皆所謂應無所住而生其心者也佛祖舊説符合如此而樂天入漸偈亦似見此事故書其後寄子瞻兄

書鮮于子駿父母贈告後一首

中山鮮于子駿世居閬中昔伯父文甫郎中通守是邦子駿方弱冠以進士見伯父稱之曰君異日學爲名儒仕爲循吏遂以鄉舉送之其後子駿宦學日以有聲予侍親京師始從之遊已而予在應天幕府子駿以部使者攝府事朝夕相從也元祐初予爲中書舍人子駿爲諫議大夫出入東西省無日不見是時司馬君實吕晦叔范堯夫皆在朝廷與子駿有平生之舊方將大用之而子駿已病矣是歲明堂赦書贈其先人金紫光禄大夫安德郡太夫人予適當制實

爲之詞未幾子駿以疾不起歸葬陽翟後十年士大夫遭南遷之禍凡亡年予自龍川歸穎川子駿之子綽來見涕泗言曰伯兄頡季弟焯不幸亡矣惟羣綽在公與先君有文字之好願録舊詞將刻之石以慰諸孤思慕不已之意予亦流落南荒不自意全得至于此撫念存没流涕而從其請建中靖國元年三月十七日記

欒城集後集卷第二十一

欒城後集卷第二十二

亡兄子瞻端明墓誌銘一首

予兄子瞻謫居海南四年春正月今天子即位推恩海內澤及鳥獸夏六月公被命渡海北歸明年舟至淮浙秋七月被病卒於毗陵吳越之民相與哭於市其君子相弔於家訃聞四方無賢愚皆咨嗟出涕太學之士數百人相率飯僧惠林佛舍嗚呼斯文墜矣後生安所復仰公始病以書屬轍曰即死葬我嵩山下子爲我銘轍泣書哭曰小子忍銘吾兄公諱軾姓蘇字子瞻一字和仲世家眉山曾大父諱杲贈太子太

保妣宋氏追封昌國太夫人大父諱序贈太子太傅妣史氏追封嘉國太夫人考諱洵贈太子太師妣程氏追封成國太夫人公生十年而先君宦學四方太夫人親授以書聞古今成敗輒能語其要太夫人嘗讀東漢史至范滂傳慨然太息公侍側曰軾若爲滂夫人亦許之否乎太夫人曰汝能爲滂吾顧不能爲滂母耶公亦奮厲有當世志太夫人喜曰吾有子矣比冠學通經史屬文日數千言嘉祐二年歐陽文忠公考試禮部進士疾時文之詭異思有以救之梅聖俞時與其事得公論刑賞以示文忠文忠驚喜以爲

異人欲以冠多士疑曾子固所爲子固文忠門下士也乃寘公第二復以春秋對義居第一殿試中乙科以書謝諸公文忠見之以書語聖俞曰老夫當避此人放出一頭地士聞者始譁不厭久乃信伏丁太夫人憂終喪五年授河南福昌主簿文忠以直言薦之祕閣試六論舊不起草以故文多不工公始具草文義粲然時以爲難比答制策復入三等除大理評事簽書鳳翔府判官長吏意公文人不以吏事責之公盡心其職老吏畏伏關中自元昊叛命人貧役重岐下歲以南山木栰自渭入河經底柱之險衙前以破

産者相繼也公徧問老校曰木栰之害本不至此若
河渭未漲操栰者以時進止可無重費也患其乘河
渭之暴多方害之耳公即修衙規使衙前得自擇水
工栰行無虞仍言於府使得係籍自是衙前之害減
半治平二年罷還判登聞鼓院英宗在藩聞公名欲
以唐故事召入翰林宰相限以近例欲召試祕閣上
曰未知其能否故試如蘇軾有不能耶宰相猶不可
及試二論皆入三等得直史館丁先君憂服除時熙
寧二年也王介甫用事多所建立公與介甫議論素
異既還朝寘之官告院四年介甫欲變更科舉上疑

焉使兩制三館議之公議上上悟曰吾固疑此得蘇
軾議意釋然矣即日召見問何以助朕公辭避久之
乃曰臣竊意陛下求治太急聽言太廣進人太銳願
陛下安静以待物之來然後應之上竦然聽受曰卿
三言朕當詳思之介甫之黨皆不悅命攝開封推官
意以多事困之公決斷精敏聲問益遠會上元有旨
布浙燈公密疏舊例無有不宜以玩好示人即有旨
罷毁前初策進士舉子希合爭言祖宗法制非是公
爲考官退擬答以進深中其病自是論事愈力介甫
愈恨御史知雜事者爲誣奏公過失窮治無所得公

未嘗以一言自辨乞外任避之通判杭州是時四方行青苗免役市易浙西兼行水科鹽法公於其間常因法以便民民賴以少安高麗入貢使者凌蔑州郡押伴使臣皆本路筦庫乘勢驕橫至與鈐轄亢禮公使人謂之曰遠夷慕化而來理必恭順今乃爾暴恣非汝導之不至是也不悛當奏之押伴者懼爲之小戢使者發幣於官吏書稱甲子公却之曰高麗於本朝稱臣而不禀正朔吾安敢受使者亟易書稱熙寧然後受之時以爲得禮吏民畏愛及罷去猶謂之學士而不言姓自杭徙知密州時方行手實法使民自

踈財産以定戶等又使人得告其不實司農寺又下
諸路不時施行者以違制論公謂提舉常平官曰違
制之坐若自朝廷誰敢不從今出於司農是擅造律
也若何使者驚曰公姑徐之未幾朝廷亦知手實之
害罷之密人私以爲幸郡嘗有盜竊發而未獲安撫
轉運司憂之遣一二班使臣領悍卒數十人入境捕
之卒凶恣行以禁物誣民入其家爭鬭至殺人畏
罪驚散欲爲亂民訴之公投其書不視曰必不至此
潰卒聞之少安徐使人招出戮之自密徙徐是時河
決曹村泛于梁山泊溢于南清河城南兩山環繞呂

梁百步扼之隄于城下漲不特洩城將敗富民爭出避水公曰富民若出民心動揺吾誰與守吾在是水決不能敗城驅使復入公履屨杖策親入武衛營呼其卒長謂之曰河將害城事急矣雖禁軍宜爲我盡力卒長呼曰太守猶不避塗潦吾儕小人效命之秋也執梃入火伍中率其徒短衣徒跣持畚鍤以出築東南長隄首起戲馬臺尾屬於城隄成水至隄下害不及城民心乃安然雨日夜不止河勢益暴城不沈者三板公廬於城上過家不入使官吏堵而守卒完城以聞復請調來歲夫增築故城爲木岸以虞水之

再至朝廷從之訖事詔褒之徐人至今思焉徙知湖州以表謝上言事者摘其語以爲謗遣官逮赴御史獄初公既補外見事有不便於民者不敢言亦不敢默視也緣詩人之義託事以諷庶幾有補於國言者從而媒蘖之上初薄其過而浸潤不止是以不得已從其請既付獄吏必欲寘之死鍛鍊久之不決上終憐之促具獄以黃州團練副使安置公幅巾芒屩與田父野老相從溪谷之間築室於東坡自號東坡居士五年上有意復用而言者沮之上手札徙汝州略曰蘇軾黜居思咎閱歲滋深人材實難不忍終棄末

至上書自言有飢寒之憂有田在常願得居之書朝
入夕報可士大夫知上之卒喜公也會晏駕不果復
用至常以哲宗即位復朝奉郎知登州至登召爲禮
部郎中公舊善門下侍郎司馬君實及知樞密院章
子厚二人氷炭不相入子厚每以詭侮困君實君實
苦之求助於公公見子厚曰司馬君實時望甚重昔
許靖以虛名無實見鄙於蜀先主法正曰靖之浮譽
播流四海若不加禮必以賤賢爲累先主納之乃以
靖爲司徒許靖且不可慢況君實乎子厚以爲然君
實賴以少安既而朝廷緣先帝意欲用公除起居舍

人公起於憂患不欲驟罷要地力辭之見宰相蔡持正自言持正曰公徊翔久矣朝中無出公右者公固辭持正曰今日誰當在公前者公曰昔林希同在館中年且長持正曰希固當先公耶卒不許然希亦由此繼補記注元祐元年公以七品服入侍延和即改賜銀緋二年遷中書舍人時君實方議改免役爲差役差役行於祖宗之世法久多弊編戸充役不習官吏虐使之多以破產而狹鄉之民或有不得休息者先帝知其然故爲免役使民以戸高下出錢而無執役之苦行法者不循上意於顧役實費之外取錢過

多民遂以病若量出爲入毋多取於民則足矣君實
爲人忠信有餘而才智不足知免役之害而不知其
利欲一切以差役代之云差官置局公亦與其選獨
以實告而君實始不悅矣嘗見之政事堂條陳不可
君實忿然公曰昔韓魏公剌陝西義勇公爲諫官争
之甚力魏公不樂公亦不顧軾昔聞公道其詳豈今
日作相不許軾盡言耶君實笑而止公知言不用乞
補外不許君實始怒有逐公意矣會其病卒乃已特
臺諫官多君實之人皆希合以求進惡公以直形已
争求公瑕疵旣不可得則因緣熙寧謗訕之説以病

公公自是不安於朝矣尋除翰林學士二年復除侍讀每進讀至治亂盛衰邪正得失之際未嘗不反覆開導覬上有所覺悟上雖共默不言聞公所論說輒首肯喜之三年權知禮部貢舉會大雪苦寒士坐庭中噤不能言公寬其禁約使得盡其技而巡鋪内臣伺其坐起過爲凌辱公以其傷動士心虧損國體奏之有旨送内侍省撻而逐之士皆悅服嘗侍上讀祖宗寶訓因及時事公歷言今賞罰不明善惡無所勸沮又黄河勢方西流而强之使東夏人寇鎮戎殺掠幾萬人帥臣掩蔽不以聞朝廷亦不問事每如此恐

寖成衰亂之漸當軸者恨之公知不見容乞外任四年以龍圖閣學士知杭州時諫官言前宰相蔡持正知安州作詩借郝處俊事以譏刺時事大臣議逐之嶺南公密疏言朝廷若薄確之罪則於皇帝孝治爲不足若深罪確則於太皇太后仁政爲小累謂宜皇帝降敕置獄逮治而太皇太后內出手詔赦之則仁孝兩得矣宣仁后心善公言而不能用公出郊未發遣內侍賜龍茶銀合用前執政恩例所以慰勞甚厚及至杭吏民習公舊政不勞而治歲適大旱飢疫並作公請於朝免本路上供米三之一故米不翔貴復

得賜度僧牒百易米以救飢者明年方春即減價糶常平米民遂免大旱之苦公又多作饘粥藥劑遣吏挾醫分坊治病活者甚衆公曰杭水陸之會因疫病死比他處常多乃裒羨緡得二千復發私橐得黃金五十兩以作病坊稍畜錢糧以待之至于今不廢是秋復大雨太湖泛溢害稼公度來歲必飢復請于朝乞免上供米半又多乞度牒以糴常平米并義倉所有皆以備來歲出糶朝廷多從之由是吳越之民復免流散杭本江海之地水泉鹹苦居民稀少唐刺史李泌始引西湖水作六井民足於水故井邑日富及

白居易復役西湖放水入運河自河入田所漑至千頃然湖水多葑自唐及錢氏歲輒開治故湖水足用近歲廢而不理至是湖中葑田積二十五萬餘丈而水無幾矣運河失湖水之利則取給於江湖潮渾濁多淤河行闤闠中三年一淘爲市井大患而六井亦幾廢公始浚茅山鹽橋二河以茅山一河專受江湖以鹽橋一河專受湖水復造堰閘以爲湖水畜洩之限然後潮不入市且以餘力復完六井民稍獲其利矣公間至湖上周視良久曰今欲去葑田葑田如雲將安所寘之湖南北三十里環湖往來終日不達若取

葑田積之湖中爲長堤以通南北則葑田去而行者
便矣吳人種菱春輒芟除不遺寸草葑田若去募人
種菱收其利以備修湖則湖當不復堙塞乃取救荒
之餘得錢粮以貫石數者萬後請於朝得百僧度牒
以募役者堤成植芙蓉楊柳其上望之如圖畫杭人
名之蘇公堤杭僧有淨源者舊居海濱與舶客交通
牟利舶至高麗交譽之元豐末其王子義天來朝因
往拜焉至是源死其徒竊持其畫像附舶往告義天
亦使其徒附舶來祭祭訖乃言國母使以金塔一祝
皇帝太皇太后壽公不納而奏之曰高麗久不入貢

失賜予厚利意欲來朝矣未測朝廷所以待之薄厚故因祭亡僧而行祝壽之禮禮意尠薄蓋可見矣若受而不答則遠夷或以怨怒因而厚賜之正墮其計臣謂朝廷宜勿與知而使州郡以理却之然庸僧猾商敢擅招誘外夷邀求厚利爲國生事其漸不可長宜痛加懲創朝廷皆從之未幾高麗貢使果至公按舊例使之所至吳越七州實費二萬四千餘緡而民聞之費不在乃今諸郡量事裁損比至民僕交易之利而無侵撓之害浙江潮自海門東來勢如雷霆而浮山峙於江中與漁浦諸山大牙相錯洄洑激射歲

敗公私船不可勝計公議自浙江上流地名石門並山而東鑿爲運河引浙江及谿谷諸水二十餘里以達于江又並山爲岸不能十里以達于龍山之大慈浦自浦北折抵小嶺鑿嶺六十五丈以達于嶺東古河浚古河數里以達于龍山運河以避浮山之險人皆以爲便奏聞有惡公成功者會公罷歸使代者盡力排之功以不成公復言三吳之水瀦爲太湖太湖之水溢爲松江以入海海日兩潮潮濁而江清潮水嘗欲淤塞江路而江水清駛隨輒滌去海口嘗通則吳中少水患昔蘇州以東公私船皆以篙行無陸

挽者自慶曆以來松江大築挽路建長橋以扼塞江
路故今三吳多水欲鑿挽路爲千橋以迅江勢亦不
果用人皆恨之公二十年間再莅此州有德於其人
家有畫像飲食必祝又作生祠以報六年召入爲翰
林承旨復侍邇英當軸者不樂風御史攻公公之自
汝移常也授命於宋會神考晏駕哭於宋而南至揚
州常人爲公買田書至公喜作詩有聞好語之句言
者妄謂公聞諱而喜乞加深譴然詩刻石有時日朝
廷知言者之妄皆逐之公懼請外補乃以龍圖閣學
士守潁先是開封諸縣多水患吏不究本末決其陂

澤注之惠民河河不能勝則陳亦多水至是又將鑿鄧艾溝與潁河並且鑿黄堆注之於淮議者多欲從之公適至遣吏以水平準之淮之漲水高於新溝幾一丈若鑿黄堆淮水顧流浸州境决不可爲朝廷從之郡有宿贓尹遇等數人羣黨驚刼殺變主及捕盜吏兵者非一朝廷以名捕不獲被殺者噤不敢言公召汝陰尉李直方謂之曰君能禽此當力言於朝乞行優賞不獲亦以不職奏免君矣直方退緝知羣盜所在分命弓手往捕其黨而躬往捕遇直方有母年九十母子泣别而行手戟刺而獲之然小不應格推

賞不及公爲言於朝請以年勞改朝散郎階爲直方
賞朝廷不從其後吏部以公當遷以符會公考公自
謂已許直方卒不報七年從楊州發運司舊主東南
漕法聽操舟者私載物貨征商不得留難故操舟者
富厚以官舟爲家補其弊漏而周船夫之乏困故其
所載率無虞而速達近歲不恕征商之小失一切不
許故舟弊人困多盜所載以濟飢寒公私病公奏乞
復故朝廷從之未閲歲以兵部尚書召還並侍讀是
歲親祀南郊爲鹵簿使導駕入太廟有貴戚以其車
從爭道不避伏衛公於車中劾奏之明日中使傳命

中敕有司嚴整伏衛尋遷禮部復兼端明殿翰林侍讀二學士高麗遣使請書於朝朝廷以故事盡許之公曰漢東平王請諸子及太史公書猶不肯與今高麗所請有甚於此其可予之乎不聽公臨事必以正不能俯仰隨俗乞守郡自劾八年以二學士知定州定久不治軍政尤弛武衛卒驕墮不教軍校蠹食其廩賜故不敢呵問公取其貪汙甚者配隸遠惡然後繕修營房禁止飲博軍中衣食稍足乃部勒以戰法衆皆畏伏然諸校多不自安者有卒史復以贓訴其長公曰此事吾自治則可汝若得告軍中亂矣亦決

配之衆乃定會春大閱軍禮久廢將吏戎服奔走執
事副總管王光祖自謂老將耻之稱疾不出公召書
史作奏將上光祖震恐而出訖事無敢慢者定人言
自韓魏公去不見此禮至今矣比戎久和邊兵不試
臨事有不可用之憂惟沿邊弓箭社兵與冦爲鄰以
戰射自衞猶號精鋭故相龐公守邊因其故俗立隊
伍將校出入賞罰緩急可使歲久法弛復爲保甲所
撓漸不爲用公奏爲免保甲及兩税折變科配長吏
以時訓勞不報議者惜之時方例廢舊人公坐爲中
書舍人日草責降官制直書其罪誣以謗訕紹聖元

年遂以本官知英州尋復降一官未至復以寧遠軍節度副使安置惠州公以侍從齒嶺南編户獨以少子過自隨瘴癘所侵蠻蜑所侮胷中泊然無所帶芥人無賢愚皆得其歡心疾苦者畀之藥殞斃者納之竁又率衆爲二橋以濟病涉者惠人愛敬之居三年大臣以流竄者爲未足也四年復以瓊州别駕安置昌化非人所居食飲不具藥石無有初僦官屋以庇風雨有司猶謂不可則買地築室昌化士人畚土運甓以助之爲屋三間人不堪其憂公食芋飲水著書以爲樂時從其父老遊亦無間也元符三年大赦北還

初從廉冊從來已乃復朝奉郎提舉成都玉局觀居
從其便公自元祐以來未嘗以歲課乞遷故官止於
此勳上輕車都尉封武功縣開國伯食邑九百户將
居許病暑暴下中止於常建中靖國元年六月請老
以本官致仕遂以不起未終旬日獨以諸子侍側曰
吾生無惡死必不墜愼無哭泣以怛化問以後事不
答湛然而逝實七月丁亥也公娶王氏追封通義郡
君繼室以其女弟封同安郡君亦先公而卒子三人
長曰邁雄州防禦推官知河間縣事次曰迨次曰過
皆承務郎孫男六人簞符箕籥筌籌明年閏六月癸

酉葬於汝州郟城縣釣臺鄉上瑞里公之於文得之於天少與轍皆師先君初好賈誼陸贄書論古今治亂不爲空言既而讀莊子喟然歎息曰吾昔有見於中口未能言今見莊子得吾心矣乃出也中庸論其言微妙皆古人所未喻嘗謂轍曰吾視今世學者獨子可與我上下耳既而謫居於黄杜門深居馳騁翰墨其文一變如川之方至而轍瞠然不能及矣後讀釋氏書深悟實相參之孔老博辯無礙浩然不見其涯也先君晚歲讀易玩其爻象得其剛柔遠近喜怒逆順之情以觀其詞皆迎刃而解作易傳未完疾革命

公述其志公泣受命卒以成書然後千載之微言煥
然可知也復作論語說時發孔氏之祕最後居海南
作書傳推明上古之絶學多先儒所未達既成三書
撫之嘆曰今世要未能信後有君子當知我矣至其
遇事所爲詩騷銘記書檄論譔率皆過人有東坡集
四十卷後集二十卷奏議十五卷内制十卷外制三
卷公詩本似李杜晚喜陶淵明追和之者幾遍凡四
卷幼而好書老而不勸自言不及晉人至唐褚薛顔
柳髣髴近之平生篤於孝友輕財好施伯父太白早
亡子孫未立杜氏姑卒未葬先君没有遺言公旣除

喪節以禮葬姑及官可廕補復以奏伯父之曾孫彭
其於人見善稱之如恐不及見不善斥之如恐不盡
見義勇於敢爲而不顧其害用此數困於世然終不
以爲恨孔子謂伯夷叔齊古之賢人曰求仁而得仁
又何怨公實有焉銘曰
蘇自欒城西宅于眉世有潛德而人莫知猗歟先君
名施四方公幼師焉其學以光出而從君道直言忠
行險如夷不謀其躬英祖擢之神考試之亦既知矣
而未克施晚侍哲皇進以詩書誰實間之一斥而疏
公心如玉焚而不灰不變生死孰爲去來古有微言

衆謗所蒙手發其樞恃此以終心之所涵遇物則見
聲融金石光溢雲漢耳目同是舉世畢知欲造其淵
或眩以疑絶學不繼如已斷弦百世之後豈其無賢
我初從公賴以有知撫我則兄誨我則師皆遷于南
而不同歸天實爲之莫知我哀

欒城後集卷第二十二

欒城集後卷二十三

歐陽文忠公神道碑一首 翰林學士承旨知制誥公籍書公所撰

熙寧五年秋七月觀文殿學士太子少師致仕歐陽文忠公薨于汝陰八年秋九月諸子奉公之喪葬于新鄭旌賢鄉自葬至崇寧五年凡三十有二年矣公子棐以墓隧之碑來請轍方以罪廢于家且病不能執筆辭不獲命乃曰病苟不死當如君志既而已謹案歐陽氏自唐率更令之四世孫琮爲吉州刺史後世因家于吉曾祖諱郴南唐武昌令贈太師中書令妣劉氏追封楚國太夫人祖諱偃南唐南京衙院判官

贈太師中書令兼尚書令姚李氏追封吳國太夫人
考諱觀秦州軍事推官贈太師中書令兼尚書令封
鄭國公妣鄭氏追封韓國太夫人公諱脩字永叔生
四歲而孤韓國守節自誓親教公讀書家貧至以荻
畫地學書公敏悟過人所覽輒能誦比成人將舉進
士爲一時偶儷之文已絶出倫輩翰林學士胥公時
在漢陽見而奇之曰子必有名於世館之門下公從
之京師兩試國子監一試禮部皆第一人遂中甲科
補西京推官始從君師魯遊爲古文議論當世事迭
相師友與梅聖俞遊爲歌詩相倡和遂以文章名冠

天下留守王文康公知其賢還朝薦之景祐初召試
遷鎮南軍節度掌書記館閣校勘特范文正公知開
封府每進見輒論時政得失宰相惡之斥守饒州公
見諫官高若訥若訥詆誚范公以為當黜公為書責
之坐貶峽州夷陵令明年移乾德令明年移乾德令
復為武成軍節度判官康定初范公起為陝西經略
招討安退不同其進可也辭不就召還復校勘遷太
子中允與脩崇文總目慶曆初遷集賢校理同知太
常禮院求補外通判滑事特西師未解契丹初復舊
約京東西盜賊蜂起國用不給仁宗知朝臣不任事

始登進范公及杜正獻公富文忠公韓忠獻公分列二府增諫員取敢言士公首被選以太常丞知諫院賜五品服未幾修起居注公每勸上延見諸公訪以政事上再出手詔使諸公條天下事又開天章閣召對賜坐給紙筆使具疏予前諸公惶恐退而上時所宜先者十數事於是有詔勸農桑興學校華磨勘任子等弊中外悚然而小人不便相與騰口謗之公知其必爲害常爲上分別邪正勸力行諸公之言初范公之貶饒州公之貶饒州公與尹師魯余安道皆以直范公見逐目之黨人自是朋黨之論起久而益熾

公乃爲朋黨論以進言君子以同道爲朋小人以同
利爲朋人君但當退小人之僞朋用君子之眞朋其
言懇惻詳盡其後諸公卒以黨議不得久留於朝公
性疾惡論事無所回避小人視之如仇讎而公愈奮
厲不顧上獨深知其忠改右正言知制誥賜三品服
仍知諫院故事知制誥必試上知公之文有旨不試
與近世楊文公陳文惠公比逮公二人而已嘗因奏
事論及人物上目公曰如歐陽脩何處得來蓋欲大
用而未果也四年大臣有言河東芻糧不足請廢麟
州徙治合河津或請廢其寨命公往視利害公曰麟

州天嶮不可廢也麟州廢則五寨不可守五寨不守
則府州遂爲孤壘今五寨存故虜在二三百里外若
五寨廢則夾河皆虜巢穴河内州縣皆不安居矣不
若分其駐並河清塞堡緩急不失應副而平時可省
轉輸由是麟州得不廢又言忻代州岢嵐火山軍並
邊民田廢不得耕號爲禁地吾雖不耕而虜常盜耕
之若募民計口出丁爲兵量入租粟以耕歲可得數
百萬斛不然它日且盡爲虜有議下太原帥臣以爲
不便持之久之乃從凡河東賦歛過重民所不堪奏
罷者十數事自河東還會保州兵亂又以公爲龍圖

閣學士河北都轉運使陛辭上面諭無爲久留許有
所欲言ヒ之公曰諫官得風聞言事外官越職而言
罪也上曰第以聞勿以中外爲意河北諸軍怙亂驕
恣小不如意輒負持州郡公奏乞優假將帥以鎮厭
士心軍中乃定初保州亂兵皆招以不死既而悉誅
之貸從二千人亦分隸諸州富公爲宣撫使恐後生
變與公相遇於内黄夜半屛人謀欲諸州同日誅之
公曰禍莫大於殺已降况貸從乎既非朝命州郡有
一不從爲變不細富公悟乃止公奏罷御河催綱司
以督粮餉邊州賴之又置磁相州都作院以繕一路

戎器河北方小治而二府諸公相繼以黨議罷去公
慨然上書論之用事者益怒會公之外甥女張嫁公
族人晟以失行繫獄言事者乘此欲并中公遂起詔
獄窮治張貲産上使中官監劾之卒辨其誣猶降官
知滁州事居二年徙楊州又徙潁州遷禮部郎中復
龍圖閣直學士晋守南京遷吏部郎中丁韓國太夫
人憂至和初服除入見鬚鬢盡白上恠之問勞惻然
恩意甚厚命判吏部流内銓小人畏公且大用僞爲
公奏乞澄汰宦官宦官聞之果怒會選人胡宗堯當
改官坐嘗以官舟假人經赦去官法當循資公引對

取旨上特令改官宦官有密奏者曰宗堯翰林學士
宿之子有司右之私也遂出公知同州言者多謂公
無罪上悟詔刊脩唐書俄入翰林爲學士自滁州之
貶至是十二年矣上臨御既久遍閲天下士羣臣未有
以大稱上意上思富公韓公之賢復召寘二府時慶
曆舊人惟二公與公三人皆在朝廷士大夫知上有
致治之意翕然相慶公以學士判三班院二年奉使
契丹契丹使其貴臣宗愿宗熙蕭知足蕭孝友四人
押燕曰此非常例以卿名重故爾嘉祐初判太常寺
二年權知貢舉是時進士爲文以詭異相高文體大

壞公患之所取率以詞義近古爲貴凡以嶮怪知名
者黜去殆盡牓出怨謗紛然久之乃服然文章自是
變而復古三年加龍圖閣學士權知開封府事所代
包孝肅公以威嚴御下名震都邑公簡易循理不求
赫赫之譽有以包公之政勵公者曰公凡人材性不
一用其所長事無不舉強其所短勢必不逮吾亦任
吾所長耳聞者稱善四年求罷遷給事中充羣牧使
唐書成拜禮部侍郎俄兼翰林侍讀學士公在翰林
凡八年知無不言所言多聽河決商胡賈魏公留守
北京欲開橫壠故道回河使東仲昌者欲道商胡入

六塔河詔兩省臺諫集議公故奉使河北知河决根本以爲河水重濁理無不淤〻從下起下流既淤上流必决水性避高决必趨下以近事驗之河非不能力塞故道非不能力復但勢不能久必决於上流耳橫壠功大難成雖成必有復决之患六塔狹小不能容受大河以全河注之濱棣德博必被其害不若因水所趨增治隄防疏其下流浚之入海則河無决溢散漫之憂數十年之利也陳恭公當國主橫壠之議恭公罷去而宰相復以仲昌之言爲然行之而敗河北被害者凡數千里狄武襄公爲樞密使奮自軍伍

多戰功軍中服其威名上不豫諸軍訛言籍籍公言
武臣掌機密而得軍情不惟於國不便鮮不以爲身
害請出之外藩以保其終始遂罷知陳州公嘗因水
災上言陛下臨御三十餘年而儲宮未建此久闕之
典也漢文帝卽位群臣請立太子羣臣不自疑而敢
請文帝亦不疑其臣有二心後唐明宗尤惡人言太
子事然漢文帝立太子之後享國長久爲漢太宗明
宗儲嗣不早定而秦王以窺覦陷于大禍後唐遂亂
陛下何疑而久不定乎公言事不擇劇易類如此五
年以本官爲樞密副使明年爲參知政事公在兵府

與曾魯公考天下兵數及三路屯戍多少地里遠近
更爲圖籍凡邊防久闕屯戍者必加蒐補其在政府
凡兵民官吏財利之要中書所當知者集爲總目遇
事不復求之有司時富公久以母憂去位公與韓公
同心輔政每議事心所未可必力爭韓公亦開懷不
疑故嘉祐之政世多以爲得時東宫猶未定臣僚問
有言者然皆不克行最後諫官司馬光知江州呂誨
言之中書將因二跡以請幸上有可意相與力贊之
一日奏事垂拱讀二疏未及有言上曰朕有意久矣
顧未得其人耳宗室中誰可者韓公對曰宗室不接

外人臣等無由知之抑此事非臣下所敢議當出自
聖斷上乃稱英宗舊名曰宮中嘗養此人今三十許
歲矣惟此人可耳是日君臣定議於殿上將退公奏
曰此事至大臣等未敢即行陛下今夕更思之來日
取旨明日請之崇政上曰決無疑矣諸公皆曰事當有
漸容臣等議所除官時英宗方居濮王憂遂議起復
除泰州防禦使判宗正寺來日復對上大喜諸公奏
曰此事既行不可中止乞陛下斷之於心內批付臣
等行之可也上曰此豈可使婦人知之中書行之足
矣時六年十月也及命下英宗力辭上聽候服除乜

年二月英宗既免喪稱疾不出至七月韓公議曰宗正之命既出外人皆知必爲皇子矣今不若遂正其名使知愈退而愈進示朝廷不可回之意衆稱善乃以其累表上之上曰今當如何韓公未對公進曰宗室舊不領職事今有此命天下皆知陛下意矣然詔勑付閤門得以不受今若以爲皇子詔書一出而事定矣上以爲然遂下詔及宫車晏駕皇子嗣位海内泰然有磐石之固然後天下皆詠歌仁宗之聖以及諸公之貸而向之黨議消釋無餘至於小人亦磨滅不見矣英宗即位之初以疾未親政慈聖光獻太后

臨朝公與諸公往來二宮彌縫其間卒復明辟樞密使嘗闕人公當次補韓公魯公議將進擬不以告公公覺其意謂二公曰今天子諒陰母后垂簾而二三大臣自相位置何以示天下二公大服而止其後張康節公去位英宗復將用公〻又力辭不拜公再辭重位諸公不喻其意而服其難八年遷戶部侍郎治平初特遷吏部神宗即位遷尚書左丞公性剛直平生與人盡言無所隱及在二府士大夫有所干請輒面喻可否雖臺諫論事亦必以是非詰之以此得怨而公不卹也朝廷議加濮王典禮詔下禮官與從官

定議衆欲改封大國稱伯父議未下臺官意公主
此議遂專以詆公言者旣以不勝補外而來者持
公愈急御史蔣之奇弁以飛語汙公公杜門求辨其
事神宗察其誣連詔詰問詞窮逐去公亦堅求退上
知不可奪除觀文殿學士知亳州事熙寧初還兵部
尚書知青州事充京東東路安撫使時諸縣散青苗
錢公乞令民止納本錢以示不爲利罷提舉管勾官
聽民以願請不報三年除檢校太保宣徽南院使判
太原府河東路經略安撫使公辭求知蔡州從之公
在亳已六請致仕比至蔡逾年復請四年以觀文殿

學士太子少師致仕公年未及謝事天下益以高公公昔守潁上樂其風土因卜居焉及歸而居室未完處之怡然不以爲意公之在滁也自號醉翁作亭瑯邪山以醉翁名之晚年又自號六一居士曰吾集古録一千卷藏書一萬卷有琴一張有棊一局而常置酒一壺吾老於其間是爲六一自爲傳刻石亦名其文曰居士集居潁一年而薨享年六十有六贈太子太師謚文忠天下學士聞之皆出涕相弔後以諸子贈太師追封兗國公〻之於文天材有餘豐約中度雍容俯仰不大聲色而義理自勝短章大論施無不

可有欲效之不詭則俗不淫則陋終不可及是以獨
步當世求之古人亦不可多得公於六經長易詩春
秋其所發明多古人所未見嘗奉詔撰唐本紀表志
撰五代史二書本紀法嚴而詞約多取春秋遺意其
表傳志考與遷固相上下几為易童子問三卷詩本
義十四卷唐本紀表志七十五卷五代史七十四卷
居士集五十卷外集若干卷歸榮集一卷外制集三
卷內制集八卷奏議集十八卷四六集七卷集古錄
跋尾十卷雜著述十九卷公篤於朋友不以貴賤生
死易意尹師魯石守道孫明復梅聖俞既沒皆經理

其家或言之朝廷官其子弟尤奬進文士一有所長
必極口稱道惟恐人不知也公前後歷七郡守其政
察而不苛寬而不弛吏民安之滁楊之人至爲立生
祠鄭公嘗有遺訓戒慎用死刑韓國以語公々終身
行之以謂漢法惟殺人者死今法多雜犯死罪故死
罪非殺人者多所平反蓋鄭公意也昔孔子生於衰
周而識文武之道其稱曰文王旣没文不在慈乎雖
一時諸侯不能用功業不見於天下而其文卒不可揜
孔子旣没諸弟子如子貢子夏皆以文名於世數傳
之後子思孟子孫卿並爲諸侯師秦人雖以塗炭遇

之不能廢也及漢祖以干戈定亂紛紜未已而叔孫通陸賈之徒以詩書禮樂彌縫其闕矣其後賈誼董仲舒相繼而起則西漢之文後世莫能髣髴蓋孔氏之遺烈其所及者如此自漢以來更魏晉歷南北文弊極矣雖唐正觀開元之盛而文氣衰蔫燕許之流倔強其間卒不能振惟韓退之一變復古闕其頹波東注之海遂復西漢之舊自退之以來五代相承天下不知所以爲文祖宗之治禮文法度追迹漢唐而文章之士楊劉而已及公之文行於天下乃復無愧於古於乎自孔子至今千數百年文章發而復興

惟得二人焉夫豈偶然也哉公初娶胥氏即翰林學
士偃之女再娶楊氏集賢院學士大雅之女後娶薛
氏資政殿學士簡肅公奎之女追封岐國太夫人男
八人發故承議郎弈故光禄寺丞棐朝奉大夫辯故
承議郎餘早亡孫男六人愻故臨邑縣尉憲通仕郎
恕奉議郎愬故宣義郎愿慤皆將仕郎孫女七人皆
適士族公之在翰林也先君文安先生以布衣隱居
鄉閭聞天子復用正人喜以書遺公公一見其文曰
此孫卿子之書也及公考試禮部亡兄子瞻以進士
試稠人中公與梅聖俞得其程文以爲異人是歲徹亦

中下第公亦以謂不忝其家先君不幸捐館舍亡兄
與轍皆流落不偶元祐初會於京師公家以公碑諉
子瞻子許焉既又至於大故轍之不敏以父兄故不
敢復辭銘曰於穆仁宗有臣文忠自嶮而夷保其初
終惟古君臣終之實難匪不用賢有孽其間公奮自
南聲被四方文且有忠熣其光上實開之實下梶之
三[起三賓成逮嘉祐君臣一德左右天造民用歛 誰实使之賁而復全淮天子克明克明忠乃卒育]
食舜禹相授不改舊臣白髮蒼顏囊然在廷功成而
歸維公本心彼亦何知言恐不淼潁水之濱甲第朱
門新鄭之墟茂木高墳野人指之文忠之遺忠臣不

危仁祖之思

荅歐陽叔弼學士書一首

轍啓：令子承務見訪，蒙示手書，以先公神道碑未立，猥以見屬。轍與亡兄子瞻俱出先公門下，亡兄平昔已許譔述，不幸奄至大故，此志不申，則轍今日不當復以鄙陋不足以發明先公事業爲辭矣。但有一事自患：雖以來八九年間，驚怯畏避，未嘗秉筆爲文。衆所共悉。又自北歸，衰病日侵，須髮變白，志意消縮，非復曩日之比，斯文一時火手筆也。雖復勉強爲之，深恐失前忘後，不能成文，重以獲罪，柰何！若叔弼不以

朝夕見追許遷延三數年間如其病疾少差辛未至
死則不復辭矣然恐孝愛懇切急於表見當難世以
歲月竢耳不能如教悚息悚息

欒城後集卷第廿三

欒城後集卷第二十四

雜文五首

巢谷傳一首

巢谷字元脩，父中世，眉山農家也。少從士大夫讀書，老爲里校師。谷幼傳父學，雖朴而博，舉進士京師，見舉武藝者，心好之。谷素多力，遂棄其舊學，畜弓箭，習騎射。久之業成，而不中第。聞西邊多驍勇，騎射擊刺，爲四方冠，去遊秦鳳涇原間。所至友其秀傑，有韓存寶者尤與之善，谷教之兵書，二人相與爲金石交。熙寧中，存寶爲河州將，有功，號熙河名將，朝廷稍奇之。

會瀘州蠻乞弟擾邊諸郡不能制乃命存寶出兵討之存寶不習蠻事邀谷至軍中問焉及存寶得罪將就逮自料必死謂谷曰我涇原武夫死非所惜顧妻子不免寒餓橐中有銀數百兩非君莫使遺之者谷許諾即變姓名懷銀步行往授其子人無知者存寶死谷逃避江淮間會赦乃出予以鄉閭故幼而識之知其志節緩急可託者也予之在朝谷浮沈里中未嘗一見紹聖初予以罪謫居筠州自筠徙雷自雷徙循予兄子瞻亦自惠再徙昌化士大夫皆諱與予兄弟遊平生親友無復相聞者谷獨慨然自眉山誦言

欲徒步訪吾兄弟聞者皆笑其狂元符二年春正月
自梅州遺予書曰我萬里步行見公不自意全今至
梅矣不旬日必見死無恨矣予驚喜曰此非今世人
古之人也既見握手相泣已而道平生逾月不厭時
谷年七十有三矣瘦瘠多病非復昔日元脩也將復
見予瞻於海南予愍其老且病止之曰君意則善然
自此至儋數千里復當渡海非老人事也谷曰我自
視未即死也公無止我留之不可閱其橐中無數千
錢予方乏因亦強資遺之船行至新會有蠻隸竊其
橐裝以逃獲於新州谷從之至新遂病死予聞哭之

失羣恨其不用吾言然亦奇其不用吾言而行其志也昔趙襄子厄於晉陽知伯率韓魏決水圍之城不沈者三版縣釜而爨易子而食羣臣皆懈惟高恭不失人臣之禮及襄子用張孟談計三家之圍解行賞羣臣以恭爲先談曰晉陽之難惟恭無功曷爲先之襄子曰晉陽之難羣臣皆懈惟恭不失人臣之禮吾是以先之谷於朋友之義實無愧高恭者惜其不遇襄子而前遇存寶後遇予兄弟予方雜居南夷與之起居出入蓋將終焉雖知其賢尚何以發之聞谷有子蒙在涇原軍中故爲作傳與日以授之谷始名轂

及見之循州改名谷云

亡姊王夫人墓志銘一首

伯父太中大夫生女子四人仲姊適進士王君東美器之獨享上壽年七十有五從其子建爲梓州桐山尉官滿而歸没於鄉閭實建中靖國元年十二月庚寅也前一歲轍與兄子瞻皆自嶺南蒙恩北還將歸埽先墓是時兄弟惟仲姊在耳而子瞻舟行至毗陵復以疾不起轍既哭之則計於鄉曰天倫之愛惟仲姊一人矣東西相望將誰訴者計未達而仲姊又亡蓋哭之慟曰已矣手足盡矣何以立於世惟夫人幼

敏而静四歲而知絲纊十歲而知饋饍父毋以爲能
既長奉巳法不妄言笑二十而歸王氏蚤莫不懈舅
姑亦賢之舅祕書丞兼没於燿州貧不能歸夫人勸
其家盡所有以歸葬未幾而姑亡器之亦即世生事
不給人不堪其憂夫人處之哀而不傷被服飲食雖
窶必脩與親族交雖貧不傲雖富不屈訓導諸子不
失家法遇其有過未嘗見聲色曰使爾自悟則善勉
强從我無益也春秋祠事必親視滌濯執庖爨夜以
達旦以此終其身嘗夢一老人旁有贊拜者既覺猶
拜未巳且求其家繪像則四代祖毋也自是并祭四

代肄及元祐九年進士第時輙備位政府以親祀圜
丘恩賜冠帔使肄以歸奉夫人肄迎養銅山夫人常
稱内外祖父從政之方以敕之及其疾病肄刲股以
具饍既執喪水漿不入口者累日哀毁殆

龍井辯才法師塔碑一首

生十年而出家口不茹葷血每見講堂坐輒嘆曰吾

願登此説法度人年十六落髮受具足戒十八就學

於天竺慈雲師雲門人方盛厭衆欲郤之雲曰疇昔吾夢甚異此子殆法器也勿郤師日夜勤力學與行進不數年而齒其高第雲沒復事明智韶師韶嘗講摩訶止觀至方便五緣曰淨名所謂以一食施一切供養諸佛及衆賢聖然後可食此一方便也師聞之悟曰今乃知色聲香味皆具第一義諦因淚下如雨由此遇物中無疑矣嘗夢與其同門友元素入一寺曰妙樂有僧出師問之曰此非荆溪尊者製法華文句記處耶曰然師訪以尊者遺像相與至東閣見一梵僧趺坐不動容貌甚偉謂師曰我汝過去師也當

爲我作禮師拜已而覺忽若有得年二十五恩賜紫衣及辯才號葢代詔爲衆講說者凡十五年知杭州呂公溱請師住大悲寶閣院師嚴設紀律犯者秋毫皆斥去其徒畏敬之居十年沈公遘治杭以謂上天竺本觀音大士道場以聲音懺悔爲佛事非禪那居也乃請師以教易禪師至吳越人爭以檀施歸之遂鑿山增室幾至萬礎重樓傑觀冠於浙西學者數倍其故有禱於大士者亦鮮弗答詔名其院曰靈感觀音熙寧初龍圖祖公無擇在杭言者或不悦其政遽起制獄師以鑄鐘事預逮居其間泰然擬金剛篋撲

圓事理説居十七年有僧文捷者利其富倚權貴人以動轉運使奪而有之遷師於下天竺師恬不爲忤捷猶不厭使者復爲逐師於潛逾年而捷敗事聞朝廷復以上天竺畀師捷之在天竺也吴人不悦施者不至巖石草木爲之索然及師之復士女不督而集山中百物皆若有喜色清獻趙公抃與師爲世外友親見而賛之曰師去天竺山空鬼哭天竺師歸道場光輝然師復留三年終欲捨去謂其徒曰吾祖智者聖人也猶以急於化人害於行已位本五品而證止鐵輪况吾凡夫也哉固謝去老於南山龍井之上以

茅竹自覆吳越聞之争爲之築室廬具像設甓尾金碧咄嗟而就三年復爲太守鄧公温伯請居南屏一年鄧公去乃歸龍井終焉師於講説不擇晝夜常曰鬼神盛德不具多畏人晝説或不得至比夜人常曰幾能聽嘗焚指以供佛右三左二僅能以執其徒有欲效之者輒禁之曰如我乃可平生脩西方净業未嘗以須臾廢行成力具能以其餘見於外者非一也

予兄子瞻中子迨生三年不能行請師爲落髮磨頂祝之不數日能行如它兒布衣李生者習禪觀甚辯而無行欲從師出家子瞻憐之爲請於師未言其名

師拒不許若知其爲人堵秀州嘉興令陶冢有子得
魅疾巫醫莫能治師呪之而愈越州諸曁陳氏女子
心疾漫不知人父母以見師警以微言醒然而悟嘗
與僧㦁仲會食仲視師眉間有光如螢遽起攬之得
舍利師曰愼毋以告人不知者將以妄疑我日是常
有於其卧起得之者及其將化入室撫坐謝賓客上
言語飲食召其常所往來僧道潛告之曰吾西方業
成好是七日無魔橫右脅吉祥而逝吾願足矣至五
日出偈告衆七日奄無而寂皆如其言師度弟子若
干人四方學者不可以數計頗能以其道教化吳越

至十月庚午塔成頌曰
如來昔在世心禪語爲教譬如四大海惟是一濕性於
其濕性中變化千萬億風來爲濤瀾風去爲湛然魚
龍所游戲神鬼所出沒船筏借其力網罟取其利其
上爲洲渚諸國所生育其下爲淵谷百怪所藏伏東
西出日月上下屬江漢觀者不能了愕眙何暇説如
來知迷悶隨變爲解釋因變所説者是則名爲教彼
善聞教人當知是幻爾既已知是幻則當識真實我
觀世教師皆謂教是實由謂教實故則爲禪所訶禪
雖訶教乎終以教致禪禪若不取教是杜所入門教

而不知禪是不識家也辯才眞法師於教得禪那口
舌如瀾翻而不失道根心湛如正水得風輒粲然以
是於東南普服禪教師士女常奔走金帛常圍遶師
惟不取故物來不得拒道成數有盡西一方瞬息西方
亦非實要有真實處

逍遥聰禪師塔碑一首

予元豐中以罪謫高安既涉世多難知佛法之可以
爲歸也是時洞山有文黄檗有全聖壽有聰是三老
人皆具正法眼超然無累於物予稍從之遊既久而
有見也居五年予自高安移宰績溪未幾而全委化

文夫洞山聰去聖壽凡廿年予再謫高安而文住歸宗聰退老黃蘗不復出矣聰聞予來出見曰吾夢與君遊於山中知君復來去來宿緣也無足怪者與予處一年弊衣糲食澹然若將終焉高安之人曰有如聰禪師而不坐道場者耶師曰吾未始不在道場顧以蘇公一來餘無求也衆曰逍遥唐帝子遺築賓旅不至而貲粮可以老居之無害師不聽予告之曰師豈以我故廢傳法耶師笑而許之詔聖乙亥十有二月始杖策入山山久弟不理十方不至師方治其缺圮延衆予亦得般若涅槃實積華嚴四大部舊經於聖

壽補其殘破而授之明年夏師得疾山深無醫愈而
復劇九月戊申而寂春秋五十有五師本綿州鹽泉
王氏幼事劍門慈雲海亮師年二十三誦經得度始
遊成都從講師捨之南至吴越見净慈大本禪師久
而不悟本曰吾曉昔夢汝異甚汝不勉則死師茫然
不知所謂常志南嶽思大口吞三世諸佛語一日爲
僧伽作禮醒然而喻即見本具道所以然本曰汝得
之矣吾夢汝吞一世界一鬃刀知汝自今始眞出家
也即爲擊鼓告衆師遊江西高安人敬愛之延住眞
如開善聖壽三道場師性静黙與物無忤所居不問

有無安於戒律不知持犯之别平居未嘗談說叩之
輒亹亹不竭予見之二十年口不言人過逍遥祖師
曰僖唐肅宗少子也出家事忠國師忠記之居逍遥
賜田甚廣經五代亂民盜耕之幾盡前長老文因訴
於縣十得一二可以居衆矣而衆未集因相山之勝
環植松栢將自爲窣堵波既没或言其不利改葬它
所及師之寂郎因之以葬衆皆曰有得之報十月庚
午而葬銘曰
道遥峻深帝子道場百年無人龍天悲傷師遊吳中
得法本翁口吞大千不蔕于胷律精不持道備不言

遊戲諸方物知其賢翼然歸之師郄避之草庵布衣
逝與世辭忽來自山衆迎而喜爲予而出寺豈堪比
衆曰逍遥法鼓不鳴師雖老矣強爲我行師入居之
草木欣無俯仰幾何寂如蛻蟬吁嗟前人度是塔址
成而不居若有所竢新塔巋然松栢離匪人所圖緣
則在兹

天竺海月法師塔碑一首

餘杭天竺有二大士一曰海月一曰辯才皆事明智
韶法師以講説作佛事而心悟最上乘不爲講説所
縛吳越多禪衆聞其言者皆曰説教如是是亦禪也

故吳越之人歸之與佛菩薩無異熙寧中子兄子瞻
通守餘杭從二公遊敬之如師支海月之將寂也使
人邀子瞻入山以事不時往師遺言須其至乃闔棺
既寂四日而子瞻至發棺視之膚理如生必頂温然
驚嘆出涕後十有六年子瞻守餘杭復從辯才遊及
其滅也子瞻守淮南其徒請爲塔銘子瞻以屬子又
十三年予與子瞻皆自嶺外得歸而予瞻終於毗陵
餘杭參寥師弔予穎川既而泣曰辯才既以子瞻故
得銘於公海月獨未有銘公以子瞻其亦勿辭予亦
泣許之公名惠辯字訥翁姓富氏秀之華亭人也幼

不好弄其父奇之以施普照寺年十有九受具足戒
從韶於天竺受天台教習西方觀復事三衢浮石矩
法師皆盡其學韶之將老也命公代之講者八年學
者宗之及其老遂領寺事翰林沈文通治杭以威猛
御物僧徒嚴憚之見者惶駭失據公獨從容如平日
文通異之遂以泣僧職卒至都僧正凡講授二十五
年往來千人得法者甚衆西方觀成與同社人造塔
及閣公容止端静不畜長物有盜夜入其室脫衣與
之導之出門使從支徑逃去熙寧六年十月有疾十
七日旦起盥濯與衆别焚香跏趺而逝年六十臘四

佛本說一乘無二亦無三空洞無一物應物無不住

師實公之高第以銘授之俾刻之石銘曰

感通者不可勝言而聞於人者如此今住天竺德賢人曰山神也如期而雨公學行高妙報在西方其以疾晝寢夢老人白衣烏帽告曰明日日中必雨問其止公沒之歲吳越大旱禱於天竺觀音像不應公以以金盤盛水使師瞑目而洗其腸浣已欲內覺而痛汝勤於誨人當得辯惠嘗苦脾痛久而不愈夢天神入門而失始代師講摩章安尊者以金箆擊其口曰十一公初入天竺及潤有老人冠帶傴僂俞梁迎之

欲以是教人人或不能信以其不信故故示以方便方便皆是幻惟惠爲眞實有方便惠解無方便縛有惠方便解無惠方便縛惟惠惟方便更相爲縛解縛脫解亦除然後至佛乘智者古智人具惠與方便示人西方觀其實則是幻由幻而得佛於以度衆生會歸於一乘何者非佛法海月辯才師智者之孫曾由教而得禪皆僧中第一我不識其面知其心中事作銘書塔否二公知其然

欒城後集卷二十四